최종철 에로틱 미스테리 작품집

핑크 스카프

가나북스

CONTENTS

두 남자

도봉산 포대능선.

언제나 사람들의 발길이 끊이지 않지만 일요일에는 시골장터처럼 붐비는 등산 코스다. 특히 진달래 피고 햇볕이 따사로운 봄날에는 곳곳의 좁은 능선을 지나기 위해 긴 줄을 서서 차례를 기다리는 모습이, 마치 전투에 참가하려는 보병의 행군 대열 같다. 긴 겨울 동안 움츠리고 지내 온 도시 사람들이 기지개를 펴듯 산으로, 산으로 모여들기 때문이다.

전날, 우연히 길에서 만난 김경호 씨가 일요일에 도봉산에나 같이 오르지 않겠냐고 해 따라나섰다. 그와는 지난 가을 '산사랑산악회'라는 모임을 따라 설악산 대청봉을 등정할 때 처음 만난 사이였는데, 그 후 길에서 마주치자 무척 반가웠다.

이른 아침, 설악산 한계령에 도착해서 대청봉을 등반하고 오색으로 내려오는, 거의 15킬로미터 정도의 긴 등산 코스였다.

등산 모임을 따라가다보면 각자의 페이스에 따라 맞는 사람끼리 무리지어 산을 오르기 마련인데, 김경호 씨는 결코 서두르지 않는, 느긋한 페이스였다. 키가 크고 넓은 어깨, 차양이 둥근 회색 등산모 아래 적당히 그을린 낯빛, 뭉툭한 코, 두리번거리는 눈빛은 미식축구선수나 검투사처럼 에너지가 넘쳐 보인다. 보통 힘이 넘치는 등산객들이 서둘러 앞서 가는 것과 달리, 그는 마치 평지를 걷듯 여유를 부리며, 천천히 산을 올랐다.

그가 천천히 산을 오르는 데는 나름대로의 목적이 있어 보였다.

등산객들은 대개 서로를 잘 모르면서도 쉽게 말을 걸 수 있는 마음의 여유가 생긴다. 신발부터 머리끝까지 규격화되고 상품화된 등산복 차림 일색이라, 마치 목욕탕에서 옷을 홀라당 다 벗고 있을 때와 마찬가지로 서로의 신분에 신경을 쓸 필요가 없다. 산을 오르다 멋진 풍광이나 단풍을 만나 아무에게나 카메라를 내밀며 '이거 한 번 눌러주세요' 하면 통하지 않는 사람이 없다. 마음에 드는 여자가 보이면 따라다니면서 은근히 초콜릿을 내밀다가 나중에는 여자의 짐까지 몽땅 어깨에 메고 산을 오르는 모습은 흔한 장면이다.

그는 선홍빛으로 곱게 물든 단풍나무나 거북 모양의 바위, 빨갛게 익은 마가목 열매 등, 멋진 가을의 풍광을 만나면 핸드폰 카메라로 찍느라 이따금 혼자서 무리에서 벗어나고는 했다. 그러다 또 금방 무리에 합류했다. 꼭 세 여자가 함께 가는 무리 속으로 끼어들었다. 세 여자는 친구 사이로 같이 산악회에 참가한 일행이었다. 여자들 주위에서 한 남자가 갑자기 사라졌다 금방 나타나기를 두어 번 반복하면 주의와 관심을 불러일으키기 마련이다.

남자의 행동에 여자들이 어떻게 반응하는가? 이 얼마나 흥미로운 구경거리인가. 나는 은근슬쩍 그에게 말을 걸어 대며 그를 따라다녔다. 서로 이름도 모르는 사이였지만 그는 나를 일행처럼 받아줬다. 세 여자에게 접근하는 데 남자 혼자보다는 둘이 유리하다고 판단했기 때문이리라.

그의 의도와 작전은 주효했다. 중청봉이 앞에 보이는 코스부터 여자 셋과 우리는 대화도 나누고 일행처럼 나란히 걷는 사이가 되었다. 군데군데 쉬면서 커피도 나눠 마시고, 여자들이 깎아주는 과일도 받아먹었다. 중청대피소에 도착해서는 취사도 함께 했다.

그의 큼지막한 검은색 등산 배낭은 보물창고였다. 연륜이 쌓여 검다 못해 회색빛이 감도는 그 배낭에서 온갖 물건이 다 나왔다. 버너와 코펠, 물통을 꺼내 라면을 수북이 끓여 대는데, 여자들이 입맛을 다셔 대며 그에게 고마움을 넘어 감탄의 눈빛을 보내기에 충분했다. 뜨끈뜨끈한 라면 국물을 안주 삼아 막걸리도 마셨다. 그가 배낭에서 막걸리를 네 병이나 꺼내서 잔을 돌렸다. 그는 회색빛이 감도는 큰 눈을 끔뻑이며 두툼한 입술에 웃음을 머금고 연신 여자들에게 술을 권했다. 그가 웃음을 지을 때는 자연산 멍게 껍질 같은 검붉은 입꼬리가 귀밑까지 올라가며 역삼각형을 이뤘다. 특히 세 여자 중 눈이 동그랗고 핑크색 등산셔츠의 가슴선이 터질듯 몸매가 풍만한, 양순이에게 술을 권

할 때는 그 역삼각형 입술에서 멍게즙이 줄줄 새는 것처럼 침을 흘렸다. 나나 나머지 두 여자를 향해 이 여자는 내 거요, 라고 주장하는 노골적인 표정이었다.

남자끼리 나란히 서서 나무 밑동을 향해 오줌을 갈길 때 그가 말했다.

"난 양순이를 찍었소. 누굴 찍을 거요?"

"찍어요? 글쎄…… 꼭 그래야 하는지…….''

그가 나를 보며 고개를 갸웃 했다.

"산악회에 남자가 혼자 오면 누구 하나 꼬시러 온 거 아닌가?"

"그, 그렇죠?"

나는 얼른 맞장구를 쳐줬다.

그가 한 수 가르치듯 말했다.

"여자들도 마찬가지요. 뭔가 기대하고 오는 거지. 남자가 당기면 다 넘어오게 되어 있어요. 특히 산에 혼자 오는 여자들 중에는 엉덩이를 씰룩거리는 것들이 있는데, 발정한 암캐라 할까. 수컷들이 따라붙기를 은근히 바라고 있다고 보면 틀림없어요. 체면상 표현을 말로 안 할 뿐이지. 양순이는 빼고 두 여자 중 누가 엉덩이를 더 많이 씰룩이는지 잘 봐요. 내가 보기에는 통통한 여자가 은근슬쩍 풍겨 대는 것 같은데. 그 여자를 찍으면 확실할 거요. 아셨죠?"

그가 나를 보며 그 역삼각형 멍게 입술로 웃음을 크게 지어 보였다.

중청대피소에서 출발해 대청봉으로 향하면서부터 나는 세 여자의 엉덩이를 관찰하기 시작했다. 여성 등산복의 특징인 탄력과 신축성으로 인해 각자 엉덩이의 형상과 팬티 선의 곡선마저 여실히 드러나 보였다. 세 여자는 키와 체형이 각기 특징적으로 달랐다. 키가 크고 몸이 마른 듯 늘씬한 여자는 체형의 곡선 굴곡이 크지 않고 일자형으로 길게 보였다. 키만큼 엉덩이도 크지만 곡선이 두드러지지 않고 흔들림도 크지 않았다. 바위 길을 오를 때도 남자 엉덩이처럼 미미한 요동으로 뚜벅뚜벅 걸어 올라갔다. 양순이란 여자는 160센티미터 정도의 보통 키인데 상체의 볼륨과 하체의 볼륨이 뚜렷이 부각되는 체형이었다. 가슴선이 넓은 상체도 크게 보이지만 허리선으로부터 펑퍼짐하게 벌어지면서 툭 튀어나오듯 동그란 엉덩이 곡선은 더 크고 우람하게 보였다. 차고 단단한 빛의 짙은 남색 바지에 감싸인 그 우람한 엉덩이는 여자의 하체가 저렇게 크고 건장하구나, 하는 느낌을 주었다. 그녀는 힘이 넘치듯 활달하게 산길을 걸었는데, 내가 마음을 먹고 관찰해서인지 그 우람한 엉덩이를 좌우로 크게 흔들어 대는 모습은 사내들의 눈길을 끌기에 충분했다. 나머지 한 여자도 키는 작지만 가슴과 엉덩이에 통통하게 살이 올라 나름대로 볼륨은 있어 보였다. 그 여자도 걸을 때 엉덩이를 좌우로 흔들어 댔는데 그 흔들림은 양순이의 것보다는 크지 않았다.

세 여자가 엉덩이를 흔들어 대는 크기와 매력은 양순이, 통통한 여자, 키 큰 여자 순이었다. 그가 여자를 보는 관점이 나름대로의 논리적 사실에 근거하고 있음을 알았다. 내가 보기에도 여성스러움이랄까,

여자로서의 매력은 엉덩이 흔들림의 크기순처럼 양순이가 단연 돋보였고 다음이 통통한 여자 순이었다.

그렇다고 그가 추천한 대로 통통한 여자를 어떻게 해볼 생각은 없었다. 나는 설악산 단풍을 구경하러 왔지 그의 말대로 여자를 꼬시러 온 사람은 아니었다. 오히려 그가 여자를 보는 관점, 여자를 대하는 행동, 남성다운 매력과 정복 의식 등이 흥미를 불러일으켰다고 할까. 여자에게 관심을 갖느니 차라리 그 남자를 관찰하는 편이 더 흥미로웠다.

과연 그는 매력적으로 씰룩거리는 양순이의 엉덩이를 정복하기 위해서 어떤 전략으로 작업하려는 것일까?

대청봉을 지나 오색으로 가는 코스는 경사가 급한 내리막길이 많다. 하산길이라 특히 여자들은 무릎 관절과 발목에 쌓인 피로 때문에 자주 쉬면서 조심스럽게 천천히 걷기 마련이다. 하산길 내내 그는 양순이의 곁을 1미터 이상 벗어난 적이 거의 없었다. 쉴 때는 양순이가 앉을 자리를 펴주며 보호자처럼 옆에 달라붙어 앉았고, 여자들끼리 용변을 보기 위해 숲속으로 사라졌다 나타나면 기다렸다가 금방 접근해 에스코트하는 기사처럼 행동했다. 그는 배낭에서 스프레이 파스도 꺼내 여자들의 무릎과 발목에 뿌려줬다. 양순이의 발목에 뿌릴 때는 그녀의 하얀 다리를 손으로 부여안고 장딴지를 정성스럽게 쓰다듬기까지 했다. 그의 정성에 여자도 싫지 않은 듯 그윽한 눈빛으로 호응하는 장면은 나뿐 아니라 나머지 두 여자도 야릇한 기분을 느끼게 만들었다. 그는 술을 무척 즐기는지 하산길에도 술병을 꺼냈다. 서부극에서 악당들이 즐겨 마시는 납작한 스테인리스 술병인데, 원기를 북돋는 양주라며 먼저 자신이 조그만 술병 뚜껑으로 한 잔 홀짝 마신 후 양순이에게 권했다. 그녀가 마시고 나자 술병과 뚜껑을 나에게 건네주며 두 여자에게 한 잔씩 권하라고 말했다. 본인과 양순이 외 나머지는 마시든지 말든지 상관없다는 태도…… 양순이와 다른 여자를 구분해서 대하는 차별화 전략…… 철저히 차별화해서 극진히 대함으로써 여자의 비위를 크게 맞춰주며 동시에 자신의 노골적 의도를 숨김없이 내보이는 태도. 비록 동물 세계 짝짓기처럼 속이 훤히 들여다보이는 행동이지만 그의 전략은 분명히 먹혀들고 있었다. 오색으로 내려와 서울로 향하는 버스에 탈 때 양순이는 두 친구와 떨어져 그와 나란히 앉았다. 밤 10시경 서울에 도착해서 해산할 때도 두 사람이 함께 택시를 타고 떠나는 모습을 봤다.

바로 그 김경호 씨를 겨울이 지나 거의 반 년 만에 우연히 길에서 만났으니 반가울 수밖에. 그가 명함을 건네며 도봉산에 같이 가자고 해, 나는 궁금증이랄까 기대감으로 흔쾌히 그를 따라 도봉산 포대능선에 올랐다.

포대능선에서 자운봉으로 이어지는 코스는 우뚝우뚝 솟은 커다란 바위가 듬성듬성 이어져 있어서 바위능선을 오르며 지나는 길은 험난하다. 대개 바위능선 아래로 우회해서 지나는 길이 있기 마련인데, 대부분의 등산객은 우회로를 이용한다. 하지만 바위를 타고 오르내리는 묘미를 즐기는 사람들은 크고 험준한 바위 위로 곧장 올라간다. 하늘 가까이 우뚝 솟은 바위 위에 앉아 아래로 보이는 절벽과 골짜기, 먼 산의 경치를 바라보는 맛이 실로 장쾌하고 후련하기 때문이다.

그를 따라 올라간 바위도 그런 곳이었다. 높은 암벽에서 아래로 이어진 밧줄을 잡고 올라가니 높고 넓은 바위 공간이었다. 발밑 깎아지른 절벽 아래 만월암 골짜기가 아득히 내려다보이고, 따사로운 봄볕 아지랑이 멀리 노원구와 의정부 쪽 아파트 군상들이 가물거렸다. 오른쪽에 우뚝 솟은 자운봉은 바위등성이 군데군데 핀 진달래꽃과 희고 미끈한 바위 속살이 어우러져, 마치 하나의 분재 정원처럼 단아했다. 진달래가 만개한 은석바위 능선 코스를 따라 울긋불긋 등산복 차림의 사람들이 산 정상을 향해 아직도 줄을 이어 끊임없이 올라오고 있었다.

평퍼짐한 바위 위에 이미 대여섯 명의 사람들이 올라와 있었다. 혼자서 혹은 짝을 지어 각기 자리를 잡고 앉았는데, 젊은 남녀 한 쌍은 바위 한쪽 난간에 뿌리를 박고 자란 소나무 그늘 아래 앉아 점심을 먹고 있었다. 봄볕이 따사로울 정도로 따갑지 않았고 서늘한 기운이 감도는 산 위라 아무 곳에 앉아도 좋은 날씨였다.

그와 나는 여유 공간이 남아 있는 바위 한쪽 귀퉁이에 자리를 잡고 앉았다. 일어서서 두어 발짝만 내딛으면 절벽이 내려다보이고, 앉아 있어도 앞쪽 수락산 자락과 노원구 쪽 아파트 군락이 아스라이 눈에 들어오는 자리였다.

그는 그 요술배낭에서 또 버너 등을 꺼내 라면을 끓였다. 구수하고 진한 라면 국물 냄새가 바위 위로 퍼졌다. 우리는 라면에 김치, 내가 꺼낸 김밥 등을 벌려 놓고 탁 트인 경치를 구경하며 천천히 막걸리를 마셨다.

우리 자리에서 서너 발짝 떨어진 곳에 한 남자가 앉아 있었다. 김밥을 안주 삼아 스테인리스 잔에 소주를 따라 혼자 홀짝였는데, 라면 국물 냄새 때문인지 이따금 우리 쪽으로 고개를 돌렸다. 네모난 얼굴이 작고 하얘서 착하고 외로운 인상이었다.

마음이 쓰였는지 그가 그 남자에게 말했다.

"따끈한 국물 좀 드시죠?"

"아, 아닙니다."

하얀 얼굴이 계면쩍은 듯 고개를 저었다.

"말씀은 고맙습니다."

"그래도 소주에는 라면 국물이 훨씬 나을 텐데……."

"정말 괜찮습니다. 신경 쓰지 마십시오!"

남자가 손까지 저으며 극구 사양했다. 작은 얼굴에 방해받지 않고 혼자 있고 싶다는 표정이 역력해 보였다.

그래도 활달한 그는 굳이 종이컵에 라면 국물을 가득 담아 가서 내밀었다. 남자가 자리에서 일어나 두 손으로 컵을 받으며 머리를 조아렸다. 작고 아담한 체격에 마치 일본인처럼 머리를 조아리는 것으로 봐서, 학교에서 예절을 가르치는 엄한 성격의 선생님 같은 태도였다.

그와 나는 막걸리를 홀짝거리며 풍류객처럼 봄 산의 경치에 젖어들었다.

드디어 내가 궁금해 하던 것을 물었다.

"참, 양순이, 그 양순 씨와는 어떻게 됐나요?"

"양순이? 아! 그 양순이?"

그의 아지랑이처럼 희끄무레한 눈에 빛이 돌았다.

"화끈한 여자지!"

단어의 억양이 강하고 술기운으로 고양된 목소리라, 옆의 그 남자가 우리 쪽으로 고개를 돌렸다.

내가 목소리를 낮춰 재촉했다.

"화끈하다뇨? 어떻게?"

"바로 봐버렸단 거죠."

그가 입꼬리가 귀밑까지 올라가는 그 역삼각형 멍게 웃음을 지었다.

"바로라면…… 바로 그날? 같이 택시를 타고 가시던데……."

"아, 봤군요."

그가 이어 말했다.

"내가 그 두 여자를 떼어내고 양순이만 태워 가던 걸 봤군요. 바로 그 길로 모텔로 직행했죠 뭐."

안타를 하나 날린 야구선수처럼 의기양양하게, 그러나 별일 아니란 듯 태연하게 말하는 그가 경외스러웠다.

"아니, 산에서 처음 만난 남녀가…… 바로 그날로 모텔까지 직행할 수 있다뇨? 참!"

"참, 순진하시긴. 요즘 세태를 정말 모르시나본데. 저기 올라오는 여자들 중 특히 혼자 온 여자가 있으면 둘 중 하나는, 아니 어쩌면 둘 다, 그럴 수 있는 여자라고 보면 틀림없어요. 물론 남자가 하기 나름 이지만!"

그가 종이컵에 가득 따라 놓은 막걸리를 쭉 들이키고는 멍게 껍질 같이 검붉은 입술로 씩 웃었다. 자기 자신이라면 확신한다는 자신만 만한 표정이었다.

내가 일부러 고개를 저으며 말했다.

"설마요. 둘 다 그렇게 만들 수 있다는 것은 좀 지나치신 거 아닙니 까, 김 사장?"

그가 준 명함에 인테리어 업체 대표라고 되어 있어서 나는 그를 김 사장이라 불렀다. 내가 덧붙여 말했다.

"아무리 세태가 그렇다고 모든 여자들이 양순이, 아니 양순 씨처럼 그렇게 호락호락……."

"세태가 그렇다는 것은 저도 동의합니다."

이렇게 끼어든 사람은 혼자 앉아 있던 바로 그 남자였다. 그가 소주 병과 스테인리스 잔을 들고 와 아예 우리 사이에 앉으며 한 말이었다.

"대부분의 여자들이 남편 이외에 애인 하나 없이 사는 것은 팔불출 이라고 한다는데, 여자들이 헤프고 헤픈 세상이란 것은 맞는 말이죠."

"내 말이……!"

김 사장이 쌍까풀진 회색 눈에 반색을 하며 남자를 환영했다. 말이 통하는 사람을 만난 듯 서로 잔까지 부딪치며 마신 후 각자 막걸리와 소주를 서로의 잔에 따라주기까지 했다.

샌님처럼 하얀 얼굴의 남자는 눈도 작아 까만 눈빛으로 김 사장의 희끄무레한 큰 눈을 마주 대했다. 술기운인지 작고 가는 눈가에 약간의 홍조가 보였지만 눈동자만은 까맣고 또렷해 호기심 많은 학생 같은 눈빛이었다. 우리가 나누는 여자에 관한 대화가 그의 호기심을 자극한 모양이다. 사실 여자 이야기만큼 남자의 흥미를 끄는 대화거리도 드물다.

우쭐해진 김 사장이 맞장구를 치듯 이어서 말했다.

"애인이 하나인 것은 다반사고, 좀 반반하게 생겼다 하면 밥 먹고 술 마시는 남자, 옷 사주는 남자, 같이 여행 가는 남자 등, 두셋을 따로따로 만나는 여자도 수두룩하다니까!"

내가 반론을 제기했다.

"극히 일부겠죠. 어디 가정이 있고 남편이 있는 여자가 그럴 수 있단 말입니까? 가정을 팽개치고 나온 여자라면 몰라도."

"정말 몰라도 한참 모르시는구만! 그런 여자일수록 가정을 빈틈없이 철저하게 꾸려 간다는 사실 몰라요? 프로는 프로를 알아본다고, 몇 마디 나눠보면 금방 알 수 있는데, 양순이 같은 여자가 그런 여자요."

그가 그 역삼각형 입술로 회심의 미소를 지었다. 병사가 무용담을 자랑하듯 이어 말했다.

"그날 택시를 타고 가면서 손목을 꼭 잡고 눈을 마주보며 말했지. 몸도 나른한데 같이 목욕이나 하고 가는 게 어떻겠냐고…… 눈을 끔벅하며 살짝 웃더구만…… 그 순간을 내가 놓칠 리가 있나. 바로 앞에 모텔이 눈에 띄기에 택시를 세웠지. 그 길로 모텔에 들어갔는데…… 역시 프로는 프로였어!"

그가 남긴 마지막 말의 여운에 멍한 기분이었다. 술에 취하고 그 말의 여운에 취해 잠시 잠잠해진 분위기였다. 샌님 남자도 나처럼 입을 벌린 채 김 사장의 회심 어린 큰 눈을 멍하게 바라보고 있었다.

분위기를 고조시키듯 김 사장이 또 말했다.

"화끈하고 쿨한 여자야!"

"쿨하다니 무슨 뜻이죠?"

샌님이 물었다.

김 사장이 그것도 모르냐는 듯 입꼬리를 올리며 설명했다.

"남녀 간에 끊고 맺음이 분명하단 뜻이지. 일 대 일로 만나 화끈하게 즐기고 헤어질 때는 서로 부담 없이 냉정하게 돌아설 줄 아는 여자. 남자가 해주는 만큼만 호응해주고 더 이상 요구하지도 않는 여자. 왜 그런지 알아요? 남자에게 이것저것 요구해봤자 관계만 지저분해지고 끝내는 볼썽사납게 얼굴 찌푸리며 갈라선다는 것을 경험으로 잘 알기 때문이지. 이런 정도의 쿨한 경지에 도달했다면 그동안 숱한 남자를 거쳐 온 여자라고 보면 틀림없어요. 바로 이런 여자들이 애인을 두셋 이상 거느리고 아무 잡음 없이 번갈아 가며 남자들을 만나는 거요. 외간 남자와 실컷 즐기다보면 미안한 생각이 들어 남편에게 더 잘해주게 된다나? 이래 가면서, 핫핫핫."

그가 입을 크게 벌리고 호탕하게 웃었다. 그의 웃음에 호응해 우리는 각자의 잔을 들어 쭉 들이켰다.

궁금한 내가 물었다.

"양순 씨는 그럼, 그날 모텔에 간 이후 끝났습니까?"

"끝나긴! 지난 겨울 동안 서너 번 만났지. 지금도 연락해서 서로 시간만 맞으면 얼마든지 만날 수 있어요. 내가 다른 데 바빠서 연락을 안 할 뿐이지."

그가 자신만만하게 말했다.

그럼, 김 사장 당신은 양순이 같은 여자를 현재 몇 명이나 만나고 있냐, 고 묻고 싶었다.

그때, 샌님이 까만 눈동자를 반짝이며 정색한 얼굴로 물었다.

"아까 말한 쿨한 여자들은 이 남자 저 남자 만나면서도 가정만은 오히려 알뜰하게 잘 지켜 간다고 했는데, 그럼 외간 남자에게 빠져 애들마저 팽개치고 가정을 뛰쳐나가버리는 여자는 왜 그런 거요?"

김 사장이 막걸리를 홀짝거리며 입맛을 다셨다. 잠시 뜸을 들인 후 말했다.

"그런 여자도 간혹 있지. 별의별 여자가 있기 마련인데, 대체로 내성적이고 세상물정 모르고 순탄하게만 살아 온 여자가 그럴 가능성이 높아요. 연애 경험도 없이 부모가 맺어준 대로 남편을 만났고 애들을 낳아 키우느라 정신없이 살아 왔는데, 어느 날 문득 자신과 남편과의 관계를 되돌아보니 크게 허무함을 느낀 거지. 자신에 대한 남편의 관심은 세월이 갈수록 희미해지는데, 자신은 가정의 테두리 속에만 묶어 두고 남편은 밖으로 떠돈다고. 거기다 남편이 바람까지 피운다. 이럴 경우 자신에게 호감을 가지고 조금만 따뜻이 대해주는 남자를 만나면 십중팔구 푹 빠져들기 마련이지. 그 중 한둘은 자식이고 뭐고 다 버리고 나올 가능성이 있고. 특히 제비를 만났다 하면 집 재산까지 말아먹고는 마침내 패가망신까지 하는데……."

"제비라뇨? 어떤 제비?"

샌님이 물었다.

"어떤 제비라니? 제비 몰라요? 의도적으로 여자에게 접근해서 혼을 쏙 빼놓고는 돈을 야금야금 갈취하며 살아가는 족속 말이요. 나 이거 원! 별 강의를 다 하네. 자 한 잔 하고 합시다!"

김 사장이 역삼각형 웃음을 씩 짓고는 잔을 들었다. 종이컵 안에 막걸리가 없는 것을 알고는 샌님이 소주를 따라줬다.

야외에서, 특히 공기 맑은 산 속에서 술을 마시면 술이 취하지 않는 듯 잘 들이켜진다. 김 사장과 나는 막걸리 세 병을 다 마셔버렸고, 샌님은 소주 한 병을 혼자서 다 비운 후 또 한 병을 배낭에서 꺼내 놓았다. 술이 센 샌님은 아무리 마셔도 눈가에 홍조 이외에 하얀 얼굴의 표정 변화도 없고, 자세의 흐트러짐도 별로 없는 준수한 타입이었다.

샘님과 나는 김 사장의 멍게 껍질 같이 촉촉한 입술만 바라보고 있었다.

김 사장이 소주를 마시고 김치를 한 점 입에 넣은 후 말했다.

"아무튼 남편 외에 처음으로 외간 남자에게 빠지는 초짜 여자가 걸리면 마치 사춘기 처녀 다루듯 스릴이 있어 재밌지만, 자칫 잘못 다루다간 여자가 물불 가리지 않고 정신없이 덤벼들게 되는데, 그 땐 여자를 떼어내기 위해 남자가 여간 골치 아파지는 게 아니지……."

"골치 아프다니, 어떻게?"

내가 진지하게 물었다.

그가 술기운이 감도는 희끄무레한 눈빛으로 나를 잠시 응시했다. 그리고는 먼 하늘을 바라다봤다. 그 큰 잿빛 눈은 잠시 뭔가를 회상하는 듯 보였다.

그가 눈길을 돌렸을 때 나와 샘님이 진지하게 자신만을 쳐다보고 있음을 알고는 입가에 빙긋 웃음을 흘렸다.

소주로 목을 축인 후, 마치 병사가 무용담을 이야기하듯, 그가 경험담을 털어놓았다.

"벌써 사오 년 전이지. 그날도 오늘처럼 봄날이었어. 관악산에서 사당역 쪽으로 내려가는데, 국기봉 근처에서 여자가 발을 쩔룩이며 혼자 내려가는 거야. 바위가 많은 산이라 오른발 발목을 접질린 거지. 도움이 필요해 보여서 내가 말을 걸었지. 발목에 물파스를 뿌려주겠다고. 발목이 빨갛게 부어 있어 부축이 필요하더구만. 그래 파스를 뿌려주고 내가 부축해주겠노라고 손을 내밀었는데, 극구 사양하는 거야. 미모는 아니지만 평범한 얼굴에 수줍은 듯 얼굴을 붉히는 모습이 어찌나 순수해 보이는지. 키도 크고 건강하게 성숙한 여자가 순수하다 생각하니 물씬 마음이 끌리는 거야. 보통 여자라면 도움을 준다면 아무나 손을 덥석 잡겠지만, 이 여자는 남자와의 신체 접촉 자체를 꺼리는 태도였어. 조선 시대나 아라비아 여인들처럼 말이야. 그래서 스틱을 주며 그거라도 짚고 내려가라고 했지. 그렇게 사당역까지 같이 내려갔어. 여자가 2호선 전철을 타기 전에 스틱을 돌려주기에 그냥 가져가라고 했더니 내 전화번호를 묻더구만. 꼭 돌려주겠다며. 그깟 스틱 하나 아무 것도 아니지만 역시 순수한 여자라 한 열흘 후에 전화가 온 거야. 발목도 다 나았고, 스틱을 돌려주려는데 어떻게 하면 되냐고. 그래 내가 뭐라고 말했게?"

그가 퀴즈라도 내는 것처럼 눈꼬리를 치켰다.

나와 샌님이 대답이 없자 큰 눈에 회심의 미소를 흘렸다.

"전화가 올 걸 미리 대비하고 있었지. 여자는 조그마한 것에도 마음이 움직이기 마련이거든. 내가 말했어. 발목이 한 번 접질렸으면 또 그럴 가능성이 있으니 올바른 산행법을 배워야 한다고. 가까운 산으로 등산복 차림으로 나오면 내가 가르쳐줄 테니 일단 한번 나와보라고. 집이 성수동이라기에 가까운 아차산에서 만나자고 했더니 재깍 나오는 거야. 그때부터 그 여자와 나와의 관계는 시작된 거야."

내가 끼어들었다.

"그 여자가 시간적 여유가 있었나보죠? 산에서 만나자는데 재깍 나와주고?"

"대체로 대한민국의 여자들이 언제 시간적 여유가 가장 많은지 알아요? 결혼하고서 애 낳고 기르느라 한 십여 년은 정신이 없고. 애들이 초등학교 오륙 학년부터 중학교에 다닐 무렵, 다 커서 각자 알아서 학교다 학원이다 다니기 시작할 때부터 비로소 가정의 굴레를 벗어날 수 있는 여유가 생기는 거지. 이 여자도 당시 남매가 초중학생이었고 남편은 지방에서 근무하다 주말에야 가끔 올라왔다니 할 일이 뭐가 있겠어. 친구다 계모임이다 문화센터다 나다니게 되고, 그러다보면 자연스럽게 집밖으로 나돌며 술도 마시고 남자도 만나게 되는 거지. 바로 이럴 즈음에 이 여자가 나를 만난 거야."

"그래 아차산서 만나 어떻게 했어요?"

샌님이 재촉했다. 그는 김 사장의 장황해지려는 군더더기 설명보다는 결과가 궁금한 눈치였다.

"발을 내딛는 방법이며 스틱 잡는 법 같이 기본적인 것을 가르쳐줬지. 의도적으로 하나하나 자세히 설명하며 시범을 보이고 교정해주니 진지해질 수밖에. 수줍음이랄까 경계심 같은 것은 차츰 엷어지고, 참 성의가 있는 남자구나, 하는 믿음을 주는 거지. 시키는 대로 고분고분 따라주니 진지한 학생처럼 싱그럽고 풋풋한 거야. 처녀는 아니지만 옷깃 사이로 보이는 젖가슴 살도 하얗고 봉긋해 보이고, 때가 묻지 않은 듯 순수해 보였어. 그래선지 다른 여자들 대할 때와 달리 이 여자는 어쩐지 아껴주고 싶었고, 조심스럽게 대하고 싶었나봐."

그가 말을 멈추고 먼 산을 바라보았다. 잠시 회상에 잠긴 듯하더니 소주를 입에 털어 넣었다. 샌님이 재깍 그의 종이컵에 소주를 따라줬다.

그가 계속했다.

"여자는 정말 초짜였어. 내 손이 몸에 닿기만 해도 부르르 떨 정도였으니. 성감대랄까 섹스 면에서 거의 계발이 안 된 불모지랄까, 처녀지 같은 여자였지. 이 여자를 만날 때마다 하나하나 깨우쳐주며 공략해가는 맛이 얼마나 스릴이 있고 재미있었던지. 마치 총각 때 처음 연애할 때처럼 짜릿짜릿했다니깐! 오죽했으면 만난 지 한 달이 지나서야 첫 키스를 했으니…… 얼마나 달콤했던지…… 그러니 언제 이 여자를 모텔에 데려갈 수 있었게?"

그가 또 눈꼬리를 치키며 퀴즈를 내듯 물었다.

그의 이야기에 빠져 있던 나나 샌님이 고개를 갸웃 할 수밖에.

"바로 그날. 바로 첫 키스를 한 날, 즉시 데려갔지!"

그가 혼자 재치문답 하듯 자랑스럽게 말했다.

"여자가 키스를 받아줄 정도면 다 받아줄 마음이라고 보면 틀림없거든. 쇠뿔도 단김에 뺀다고. 방에 들어갔는데 얼마나 수줍음을 타고 피동적인지. 팬티를 벗기느라 얼마나 실랑이를 하며 시간을 끌었던지. 이건 마치 처녀를 겁탈하는 것처럼 흥분되고 스릴이 있는 거야. 역시 진국은 진국이었어. 내 품 안에서 여자가 몇 번이고 자지러지면서 나중엔 눈물까지 찔끔거릴 정도였으니……."

그가 회심의 미소를 짓듯 히죽이 웃었다. 더 이상 말을 잇지 않고 술잔을 들었다. 나와 샌님도 덩달아 술잔을 들었고, 셋이 잔을 부딪친 후 쭉 들이켰다. 대 연애담의 서막이랄까 하나의 막이 내려진 순간 같았다.

우리가 바위 위 귀퉁이에 앉아 술을 마시며 이야기에 빠져 있는 동안 여러 사람이 바위 위를 거쳐 갔다. 앉아 점심을 먹고 가기도 하고, 그냥 경치를 구경하다 가기도 하고. 벌써 봄날의 오후 2시가 넘자 해는 서쪽으로 기울고 등산객들도 대부분 하산하기 시작했다. 우리가 앉아 있는 바위 위로 올라오는 사람도 뜸해졌다.

우리 세 사람만 봄날의 풍류객인 양 술과 연애담에 빠져 계속 바위 위에 앉아 있었다. 연애담의 주인공인 김 사장을 처음부터 따라온 나는 원래 진지한 관객이지만, 혼자 왔다 우연이 이야기에 끌려 합류한 샌님도 역시 진지한 관객으로 자리를 지켰다.

샌님이 병에 남아 있던 소주를 세 사람에게 고루 따른 후 김 사장의 입을 바라봤다.

김 사장이 입을 열었다.

"여자가 섹스 면에서 그렇게 무지했던 것은 역시 남편 탓이었어. 자기 마누라에게 성질이 대쪽 같고 도덕군자인 양 꼬장꼬장한 남자 있잖아. 이런 남자는 마누라와 하는 것을 대단한 선심이라도 베푸는 것처럼 생각하고, 어쩌다 해도 어둠속에서 아랫도리만 벗기고 올라갔다 자신만 금방 싸고 내려와버리는 스타일 말이야. 나중에 여자에게 들어보니 남편이 저 남쪽 여수에 있는 무슨 화학 공장에 다니는 엔지니어라나, 그래서 매사에 원리원칙밖에 모르고. 월급은 꼬박꼬박 잘 올라오는데 남편은 어쩌다 올라오지만 친구다 술이다 밖으로만 나다니고. 그렇게 십여 년 애 둘을 키우며 살아 왔으니, 나 같은 남자 만나는 것은 상상도 못할 일이었겠지. 내가 그 여자의 차가운 몸뚱이에 확 불을 붙여준 셈이랄까. 맛을 알게 되더니 이제는 적극적으로 먼저 요구하기 시작하는데, 이거 원, 나 없이는 못 산다고 눈물까지 흘리는 거 있지? 나 원! 여러 여자 겪어봤지만 그토록 물불 안 가리고 정열적으로 덤벼드는 여자 처음 봤다니깐! 핫핫핫."

그의 호탕한 웃음소리가 봄날 하늘로 메아리처럼 퍼졌다.

그때 샌님이 자신의 스테인리스 잔을 들어 소주를 다 비웠다. 그리고는 김 사장을 똑바로 쳐다봤는데 작은 눈 안의 까만 두 눈동자에서 진지하게 작은 불꽃이 일고 있었다.

신이 난 김 사장이 계속했다.

"어느 정도로 적극적이고 정열적인 여자였나 하면…… 내가 원래 술을 좋아하잖아. 한 잔 해야 마음도 동하고 분위기도 나는 게 사실이고. 내 차는 사업상 큰 승합차라 여자와 만날 때 어울리지도 않고, 음주운전 때문에 되도록 차를 안 가져가지. 두어 번 면허를 정지당한 적도 있어서 마누라 보기에 체면도 말이 아니고. 차가 있으면 야외의 호젓한 모텔도 드나들고 멀리 드라이브도 할 수 있는데, 그게 불만인지 이 여자가 대뜸 내게 그랜저를 뽑아주는 거 있지. 차뿐 아니라 내게 돈을 아낌없이 써 대는데…… 내가 요구하지도 않는데 옷이며 구두며, 여행을 가면 기름값이며 숙박비까지 다 내려 들더라고. 여자가 돈을 쓰겠다니 기분이 나쁘지는 않지만 그렇다고 썩 좋은 것도 아니더구만. 여자를 완전히 휘어잡긴 했지만 어쩐지 돈에 끌려 다니는 듯한 느낌말이야. 그래서 그런지 여자가 뽑아준 차를 몰고 그 여자가 사는 성수역 옆 우성아파트 있지. 언제나 그리로 여자를 태우러 가는데, 태우러 갈 때의 내 기분이 어떤지 알아? 꼭 몸 팔러 가는 창녀 같은 기분이었다니깐! 핫핫핫."

그가 또 호탕하게 웃었다.

나도 덩달아 빙그레 웃었는데, 어찌된 영문인지 샌님은 웃지 않고 여전히 진지한 표정을 견지하고 있었다.

김 사장과 나는 종이컵의 소주를 마저 비웠다.

세 사람의 잔이 모두 빈 것을 알고는 김 사장이 씩 웃더니 배낭에서 예전에 보았던 그 납작한 스테인리스 양주병을 꺼냈다. 양주까지 마시기는 부담되어 내가 사양하자 샌님의 잔에 가득 따르고 자신의 종이컵에 나머지 양주를 가득 따랐다. 또 한 번 멍게 껍질 입술로 역삼각형 웃음을 씩 짓더니 푹 한숨을 내쉬었다. 술기운으로 인한 한숨으로 보였다.

그가 연애담의 마지막 장을 향해 다시 입을 열었다.

"아무리 속궁합이 절묘하게 맞고 못 보면 죽을 것 같은 남녀 관계라도 역시 섹스에는 한계가 있어. 무슨 연구에 의하면 그 짜릿한 느낌이 사람에 따라 다른데, 짧으면 한 달 반, 길어야 1년 반이라나? 만난 지 1년 반쯤 지났는데 이 여자가 분당 야탑역 근처의 원룸으로 나를 데려가더니 뜬금없이 실토를 하는 거야. 남편과 이혼 수속 중이고 별거를 위해 원룸을 얻어 집에서 나왔다. 다 자란 애들은 성수역 우성아파트 같은 104동에 사는 할머니 할아버지가 돌보니 신경 쓸 것 없다. 그동안 남편과의 성격 차이로 숱하게 싸우고 고민해 오다 드디어 결심했다. 그렇다고 당신도 이혼하고 같이 합쳐달라는 것은 아니다. 변함없이 만나주는 것으로 만족하고 살겠다. 등등……. 여자가 이렇게 나오면, 얼씨구 이 여자는 이제 완전히 내 거로구나, 남자가 좋아할 것 같지만 실은 그 반대인 거 있지. 이 여자에게 신경 써야 한다는 부담감에 더럭 겁이 나는 거야. 유부녀일 때는 만날 때만 신경을 써주면 되지만 이제는 온통 나만 바라보고 살 텐데 어떻게 걱정이 안 돼. 이래서 혼자 사는 여자나 과부를 만나면 꺼려지는 거지. 아무튼 그때 정신이 번쩍 들더군. 그리고 결심했어. 1년 6개월 동안 그만큼 서로 즐겼으면 그것으로 됐다. 더 이상 만나봐야 서로에게 짐만 될 뿐이니 이젠 끝내야 한다. 기회를 잡고 여자에게 내 결심을 전했지. 울고불고 생난리를 치는데 바로 다음날부터 연락을 끊어버렸지. 여자란 끊을 때 냉정하고 과감해야지 질질 끌다간 추하고 치사해지거든. 별 문자를 다 보내면서 욕하고 협박하는데, 보름 동안 앓아누워 있다느니, 약을 먹고 죽겠다느니, 내 마누라를 만나 가정을 박살내겠다느니……. 실제 우리 집까지 찾아와 기웃거린 것도 알지. 하지만 반응을 보일 내가 아니지.

딱 한 번 문자를 보냈는데 확실히 정리하기 위해 그녀가 사준 그랜저를 돌려줄 때였어. 차 명의를 내 이름에서 그녀 이름인 이정숙으로 변경해서 그녀 집 앞에 세워 두고 가져가라고 문자를 보냈지. 그 뒤로도 근 반년 넘게 회유와 협박 문자를 계속 보내더니 뜸해졌다 마침내 끝난 거야."

그가 이야기를 마치고 종이컵의 양주를 한 모금 마셨다.

나와 샘님이 묵묵히 그의 입만 바라보고 있자 그가 결론을 내리듯 말했다.

"그래서 초짜 여자는 부담스럽단 거야. 프로라면 쿨하고 화끈한, 양순이 같은 여자와 서로 엔조이 하다 마는 거지."

봄날의 오후라 건조하고 냉한 봄바람이 바위 위로 올라왔다. 오랫동안 한자리에 앉아 술을 마셔서 몸에 한기가 돌았고 오줌도 마려웠다. 그러나 궁금한 것이 더 급해서 내가 물었다.

"그럼 그 여자는 김 사장과 끝난 후 어떻게 됐을까요? 아마도 집으로 들어갔겠죠?"

김 사장이 재깍 머리를 저었다.

"아닐걸? 한 번 남자 맛을 본 여잔데 다시 집으로 들어갈 리가 없지. 아마 나 같은 남자를 만나려고 헤매겠지. 틀림없이 만났을 거야. 그러면서 그 여자도 프로가 되어 가는 거고."

그때, 샘님이 끙 하는 소리를 내더니 스테인리스 잔에 가득한 양주를 단숨에 들이켰다. 그리고는 김 사장을 똑바로 쳐다보며 말했다.

"결론은 제비란 이야기구만! 순진한 여자 꼬셔서 등쳐먹고, 실컷 가지고 놀다 이혼까지 시키고, 나중에는 나 몰라라 차버렸다는 이야기."

샌님의 검은콩만한 작고 까만 두 눈동자에서 영롱하게 반짝반짝 불꽃이 일었다.

신랄한 비판에 약간 당황한 듯 김 사장이 샌님의 얼굴을 잠시 내려다봤다. 이내 덩치 큰 상체를 샌님 쪽으로 기우뚱거리며 씩 역삼각형 웃음을 지었다.

"듣고 보니 결과적으로 그렇다고 생각할 수도 있겠네. 하지만 처음부터 내가 등쳐먹자고 접근한 건 아니잖아. 끌려서 만났더니 서로 정이 든 거지. 그렇다고 그 여자와 내가 영원히 같이 살 수는 없잖아? 남녀간의 만남이 원래 다 그런 거잖아? 한쪽이 정이 깊어 적극적으로 나오면 다른 한쪽은 싫증난다고 뿌리치기 마련이고. 그러니까 바람이지. 안 그래? 핫핫핫."

그가 호기 있게 웃었다. 술기운이 실린 그의 웃음소리가 바위 위에서 봄날 하늘로 메아리치듯 울려 퍼졌다.

두 남자가 나누는 연애담의 품평회를 뒤로 하고 나는 일단 소변을 보기 위해 자리에서 일어섰다. 등산객들이 대부분 하산하는 시간이라 바위 위로 올라오는 사람은 이제 없었다. 나는 소나무 밑동에 오줌을 눌까 하다가 너무 허공에 노출된 것 같아 바위 아래쪽에 계단처럼 턱이 진 골짜기를 발견하고 그곳으로 내려갔다. 바위 틈 골짜기에서 자운봉을 바라보며 시원스럽게 오줌을 갈겼다. 술을 마신 후라 체온이 빠져나가는지 봄날 오후의 냉랭한 바람결에 오싹 한기를 느꼈다.

더 추워지기 전에 하산하려는 요량으로 다시 바위 위로 올라갔다.

그때, 바위 위 우리가 앉아 있었던 자리에 김 사장은 보이지 않고 샌님만 혼자 서 있는 것이 보였다.

내가 물었다.

"김 사장은? 어디 소변보러 갔나요?"

"아뇨. 저 아래요."

샌님이 손가락으로 바위 아래를 가리켰다.

"저 아래로 방금 떨어졌소."

샌님의 작고 하얀 얼굴이 차갑게 대답했다.

"네!?"

나는 놀란 나머지 눈을 휘둥그레 뜨고 샌님이 가리킨 바위 아래를 내려다봤다. 50미터가 훨씬 넘는, 깎아지른 바위 절벽 맨 아래쪽 부근에 김 사장이 입고 있던 빨간색 재킷이 가물가물 눈에 들어왔다.

덜컥 겁이 난 내가 샌님을 돌아봤다.

"아니! 어쩌다가?"

샌님의 하얀 얼굴이 미동도 하지 않고 바위 아래 빨간색 재킷을 응시하고 있었다. 그때 그의 작고 까만 눈동자에서 여전히 불꽃이 일고 있었는데, 그 불꽃은 진지함의 불꽃이 아니라 분노의 불꽃이었음을 처음으로 알아봤다.

그가 대답했다.

"내게 어디 사는 누구냐고 묻기에 성수역 우성아파트 104동에 살고 있고, 이혼한 마누라 이름이 이정숙이라고 말해줬더니, 비틀비틀 뒷걸음치다 떨어졌소."

해녀, 잠수하다

1.

짙푸른 바다 위에 뜬 초록빛 섬.

남색 물결이 출렁이는 해변에 이따금 연초록 물감을 흩뿌린 듯한 산호밭과 흰 모래톱.

해녀들의 자맥질 휘파람소리도 선명한 갯바위.

제주도 동쪽 바다 위에 소 한 마리가 누워 있는 모습처럼 보인다는 우도(牛島)가 있다.

이십여 일 동안의 병원 생활로 심신이 나약해진 주성현에게 의사가 "맑은 공기 속에서의 휴양"이 절대적으로 필요하다고 말했을 때 그 섬이 생각났다. 언젠가 대학생 시절 제주도 여행길에 친구들과 그 섬에 잠깐 들른 적이 있었다. 그때 본 눈부신 태양 아래 모든 것이 푸르고 아름답게만 느껴졌던 모습이 성현의 뇌리에 선명히 각인되어 있었던 것이다.

성현은 급성 폐렴도 어느 정도 치유되었고, 이왕 남은 병가 기간 동안 의사의 권유대로 우도에서 맑은 공기와 갯바위 낚시나 즐기자고 마음먹었다.

성산포항에서 배를 타고 십여 분만에 우도 선착장에 도착했다. 성현은 우도 마을 전체를 순회하는 마을버스를 타고 섬 서쪽에 위치한 서패리 바닷가로 향했다. 그곳에는 해수욕장이 있다. 하얀 산호초가 부서져 눈부신 모래톱을 이루고 바닷속 산호밭은 짙은 남색 바다빛과 어우러져 에메랄드처럼 시리도록 맑고 고운 연두빛을 발한다.

성현이 마음에 둔 곳이 거기였다. 다행이 아직 관광 비수기라 바닷가 전망 좋은 집 민박도 얻을 수 있었다.

차가운 듯하지만 맑고 상쾌한 바다 공기를 깊이깊이 호흡했다. 바로 앞에는 성산일출봉이 우뚝 솟아 있고 그 뒤로 눈 덮인 한라산이 흰 구름 속에서 아스라이 포근한 자태를 드러냈다.

성현은 섬 전체를 둘러봤다.

우도봉에 올라 녹색의 초원처럼 펼쳐진 들과 밭과 마을들을 굽어봤다. 주로 해변 가까이 형성된 마을들은 마치 조개껍질을 올망졸망 모아 엎어 놓은 모습이다. 길과 밭과 집과 무덤의 주위를 둘러싼 돌담의 모습이 그림 속의 옛 성곽처럼 낮고 길게 이어져 있다. 돌담을 이룬 그 곰보 마냥 구멍이 송글송글 뚫린 검은 용암석은 산과 들 그리고 해변에 지천으로 널렸다.

성현은 옛날 첫 방문시의 기억을 더듬어 모래가 검다는 검멀레 백사장도 내려가보고, 고래가 살았다는 동안경굴도 구경했다.

오후의 해가 반쯤 기울어 바다가 온통 코발트빛으로 물들 무렵에는 섬의 동쪽 비양도 끝에 외롭게 서 있는 등대 주위를 어슬렁거렸다. 낡고 허름하여 버려진 듯한 그 등대는 막막한 바다를 향하여 하얀 손수건을 의롭지만 끝없이 흔들고 있는 것 같았다. 시간이 해가 기우는 오후라 넓고 창랑(滄浪)이 이는 바다 위에는 조각배 하나 보이지 않았다.

성현은 자기 자신이 바로 그 등대와 같은 처지라는 생각이 들었다. 갑자기 병마에 시달려 낡고 버려진 듯한 느낌. 이제 회복되고 있다지만 아직은 심신이 나른하고 처량한 기분, 하지만 저 등대처럼 막막한 그 어떤 것을 향해 무엇인가를 기다리고 있어야만 하는 운명……. 그것이 심신의 완전한 회복인지, 어려서부터 가꿔온 꿈의 실현인지, 아니면 어떤 막연한 그리움인지 확실하지도 않았다.

성현은 피곤함을 느꼈다. 아름다운 풍경과 맑은 공기 속에서 심호흡을 시작했지만 아직은 불완전한 상태임을 스스로 인정했다. 그는 나머지 구경을 다음으로 미루고 숙소가 있는 해수욕장으로 돌아왔다.

그가 해수욕장 끝에 있는 식당 겸 횟집 '산호초'에 들렸을 때는 해가 거의 다 기울 무렵이었다.

식당은 백사장으로 이루어진 만을 끼고 바다 끝으로 튀어나온 곳에 자리 잡아 앞쪽과 좌우로 바다가 환하게 내려다보이는 전망 좋은 집이었다. 전망이 좋은 반면에 바닷바람도 드세서 폭풍우가 몰아치거나 구름이 잔뜩 낀 날에는 어딘지 을씨년스럽고 으시으시할 것만 같은 외딴 집이었다.

지금은 다행히 하늘이 맑아 쾌청한 날이었다. 다만 바람이 다소 강해서 식당 출입문의 창이 흔들릴 정도였다. 손님은 없고 두 남자가 툇마루 같은 방에 걸터앉아 있었다.

한 사람은 오십대쯤의 부리부리한 눈을 한 건강한 얼굴로 갈색 점퍼를 입고 있었다. 검은 머리를 단정히 빗어 올린 스타일로 짐작하건데 면 직원이나 시골 학교 선생님처럼 보였다. 다른 사람은 삼십대 초반의 키가 크고 얼굴이 새하얀 미남으로 머리카락을 무스로 다듬었다. 이런 섬구석에 어울리지 않는 도시형이지만 청바지 작업복에 슬리퍼 차림을 봤을 때 식당 주인임을 짐작할 수 있었다.

성현의 등장 때문인지 두 남자는 하던 말을 멈췄다. 서로의 표정으로 봐서 어느 정도 심각한 대화였던 눈치다.

성현은 개의치 않고 자리를 잡고 앉았다. 벽에 걸린 메뉴판을 보고 생선회 한 접시를 골랐다. 배가 고프기도 했지만 평소에 좋아하던 생선회에 침도 넘어갔다. 맑은 공기를 마시며 회복기에 몸보신도 잘 하라는 의사의 권유도 있었다.

"저 자리돔 한 접시 주세요!"

성현이 주문하자 그때야 식당 주인이 자리에서 일어났다. 그러나 그는 생선을 고르기 위해 수조 쪽으로 가는 것도 아니었고 생선회를 뜨기 위하여 주방 쪽으로 가는 것도 아니었다. 식당 출입문 반대쪽 문을 열고 손가락을 입에 넣고서 바다를 향하여 휘파람을 획— 불었다.

저만치 떨어진 바다에 해녀 몇 명이서 물질을 하고 있는 모습이 보였다. 그 중 한 해녀가 휘파람 소리를 듣고 뭍으로 나오는 모습도 보였다.

식당 주인은 성현의 자리 탁자 위에 물병과 물잔만 가져다주고 이내 그 툇마루 같은 방에 다시 앉아버렸다.

아무래도 한참을 기다려야 할 모양이다. 성현은 물로 목을 축이며 앉아 있었다.

"어디서 왔소?"

말없이 앉아만 있던 오십대 남자가 갑자기 성현에게 물었다.

"서울에서 왔습니다."

"이 시간에는 나가는 배가 끊겼는데 숙소는 정했소?"

"네, 저기 해수욕장 끝 집 민박예요. 열흘쯤 여기서 지낼 예정입니다."

두 남자의 눈길이 성현에게 모였다.

"젊은 분이 무슨 볼 일이라도?"

"아, 아닙니다. 몸이 좀 약해서 휴양 차 왔습니다. 맑은 공기도 마시고 갯바위 낚시도 즐길 겸 해서……."

성현이 솔직하게 대답했다. 몸이 회복기에 접어든 그는 이젠 누군가와 대화도 나누고 싶어졌다. 사실 이십여 일의 병원 생활 기간에 누군가와 부담 없고 마음 편한 대화를 나눈 기억이 없었다.

오십대 남자의 부리부리한 눈길이 부드러워지고 입가에 미소가 감돌았다.

"잘 오셨소. 맑은 공기라면 대한민국을 통틀어 이 우도만 한 곳도 없을 거요. 이곳에서 낚시도 하고 싱싱한 회를 듬뿍 즐기다보면 무슨 병환인지 몰라도 금방 회복되어 힘이 솟게 될 거요. 그거 아시오? 우리 우도 사람들의 평균 수명이 여자들은 90이 넘고 남자들도 거의 비슷하다는 것 말이요?"

"그렇습니까?"

"그게 다 이 바닷가 오염 없는 공기와 싱싱한 해산물을 먹고 한가롭게 살기 때문이라오. 나는 딸애가 서울에 있어 어쩌다 가보지만 그 숨이 콱콱 막히는 매연 하며, 차나 사람들은 왜 그리도 많고 그리 바쁜지. 나는 어지럽고 숨이 넘어갈 것 같아 볼일만 마치면 금방 내려와버린다오."

성현은 고개를 끄덕여줬다.

"아저씨는 혹시 이 우도면 공무원이시거나 학교 선생님 아니신가요?"

"나요? 내가 그렇게 보이오?"

"이 섬에 대한 선전을 너무도 잘하시기에 말입니다."

남자가 씩 웃으며 갈색 점퍼 호주머니에서 지갑을 꺼내더니 명함을 성현에게 건넸다.

'어촌계 간사 이한조'

"미안합니다. 저는 지금 명함이 없습니다. 주성현이라고 합니다."

"내친 김에 젊은이에게 우리 어촌계 홍보나 해야겠구만. 우리 어촌에서 나는 해산물이나 듬뿍 잡숴주오. 그 중에서도 이곳에서 나는 해삼 중에 색깔이 불그스름한 홍삼이란 것이 있어요. 값이 비싸긴 해도 기력 회복, 특히 남자의 정력에 기가 막히게 좋은 거라오. 허허……."

남자가 호탕하게 웃었다.

그때 검은 잠수복에 물안경과 물갈퀴를 손에 든 해녀가 식당 뒷문을 열고 들어왔다. 물에서 뭍으로 방금 올라선 참이라 잠수복에서 바닷물이 뚝뚝 떨어지고 있었다. 해녀는 그대로 주방 안쪽으로 들어갔다.

주인 남자가 느릿느릿 그녀를 따라 주방으로 들어가더니 안쪽에서 대화하는 소리가 들려왔다. 이내 남자는 다시 홀로 나와 그 자리에 앉았다.

이윽고 잠수복을 벗은 해녀가 주방에서 나왔는데 성현은 그녀의 모습에 탄성을 지를 뻔했다. 키가 크고 어깨가 벌어진 수영선수처럼 늘씬한 몸매에 검은 눈이 크고 볼에 홍조가 감도는 미녀였다. 모델처럼 검고 긴 머릿단과 햇볕에 적당히 그은 얼굴빛, 흰 블라우스 안에서 출렁이는 가슴과 균형 잡힌 걸음걸이……. 그 여자의 자태는 심약한 상태의 성현에게 건강미와 탄력을 유감없이 발산하고 있었다.

여자는 뜰채를 들고 수조에서 성현이 주문한 횟감을 직접 골라 다시 주방 안으로 들어가버렸다. 희멀건 주인 남자는 그저 빈둥거리며 앉아만 있고 손님의 주문에 따라 회를 뜨는 일도, 찬을 마련하는 일도 여자가 도맡아 하는 모양이다.

한참 후에야 여자가 반찬을 차려줬다. 가지런히 썬 자리돔 회 접시도 그녀가 직접 내왔다.

그녀의 긴 머릿단에서는 바닷물의 물기가 아직도 자르르 흐르고 있었다. 멀리 한라산 중턱 언저리로 넘어가려는 석양빛이 그녀의 검은 머리단과 싱싱하고 탄력 있는 얼굴을 환하게 비췄다.

순간 성현은 자신의 가슴이 뛰고 있음을 느꼈다.

"소주도 하나 주세요."

성현이 침을 꿀꺽 삼키며 주문했다.

여자가 말없이 소주와 잔을 가져다줬다.

성현은 먼저 소주 한 잔을 가득 부어 한 숨에 삼킬 요량이었다. 그러나 실로 너무도 오랜만에 접하는 톡 쏘는 쓴맛 때문에 반쯤 마시고 내려놓았다. 몸과 얼굴에 금방 취기가 오는 기분이었다. 독한 약물 치료로 몸이 어지간히 약해졌나보다.

"한 잔 같이 하시죠!"

성현이 점퍼 입은 남자에게 권했다.

"아니오. 나는 술은 안 마신다오."

남자는 먼 한라산으로 눈길을 돌렸다.

그러고 보니 그 남자는 여자가 나타난 이래 한 마디도 안 했다. 부리부리한 눈으로 여자의 거동을 힐끗힐끗 쳐다볼 뿐 입은 굳게 다물고 있었다. 여자도 그 남자의 눈길을 피하는 눈치였다. 주인 남자도 말없이 앉아만 있고…….

잠시 후 그 점퍼 입은 남자가 일어서면서 주인 남자에게 말했다.

"나중에 이야기하세!"

그가 식당 밖으로 나가자 주인 남자도 벌떡 일어나 뒤쫓아 나갔다. 뭔가 따지려는 기세다. 두 남자가 나간 출입문을 바라보는 여자의 눈길에 못마땅하다는 기색이 역력해 보였다.

조금 지나 주인 남자가 들어와 화난 표정으로 혼잣말처럼 지껄였다.

"몇 번 말해도 도대체 알아들은 척도 안 하니……."

여자가 남편을 쳐다보며 대꾸했다.

"당신이 상관한다고 들을 사람이에요? 관둬요."

남자는 이내 자기 자리에 앉고 여자는 식탁을 정리하기 시작했다.

성현은 소주를 천천히 조금씩 마시며 생선회를 먹었다. 회는 싱싱했고 실로 오랜만에 먹어서인지 맛을 돋우었다.

성현은 기분이 좋았다. 창문 너머 한라산 자락에 지는 석양이 눈부셨고 코발트빛 바다와 출렁이는 파도소리가 좋았다. 한적한 바닷가 횟집에 앉아 있는 여유가 좋았다. 그는 식당 안을 분주히 오가는 여자의 탄력 있는 몸매와 생동감이 넘치는 그 미모를 이따금 흘끔흘끔 훔쳐봤다.

그날 밤 성현은 꿈을 꿨다.

단풍처럼 붉게 물든 산호밭을 한 해녀의 뒤를 따라 끝없이 헤엄쳐

가고 있었다. 한순간 앞서 가던 해녀가 뒤를 돌아봤을 때 그 얼굴을 봤다. 해녀는 식당의 그 여자였다.

　제주의 날씨는 어떤 날에는 미친년이 널뛰듯 하루에도 열두 번도 더 변한다. 쾌청하고 맑은 하늘에서 하얀 눈가루가 뿌려지는가 하면 금방 파도 같은 구름떼가 뒤덮고……. 함박눈이 어느새 가랑비로 변했다가 이내 밝은 햇볕이 쫙쫙 내리비추고……. 폭풍우가 노도와 같은 파도와 검은 구름을 몰고 나타났다가 금방 어디로 사라졌는지 찬란한 태양과 함께 바다는 다시 잠잠해지고…….
　성현이 갯바위에서 릴낚시를 던지고 있던 그날의 날씨도 그랬다. 한라산의 아늑한 자태와 바로 앞 성산일출봉이 흰 눈가루로 뒤덮였다가 곧 밝은 태양 아래 손에 잡힐 듯 선명하게 나타났다. 오전 내내 불안정하던 날씨가 오후 한나절은 밝고 고요했다. 그곳 우도 해수욕장 주변 바다는 파도도 잠잠했고 물빛도 고왔다.
　성현이 앉아 있는 갯바위와 식당 산호초 사이의 바다에 오후 한나절 일고여덟 명의 해녀가 자맥질하는 모습이 한가롭게 보였다. 통을 띄워 놓고는 이삼 분 동안 물속으로 사라졌다가 나타나 내뱉는 휘파람 같은 숨소리는 갈매기 울음소리보다 더 맑고 선명하고 길었다. 검은 잠수복의 해녀들은 두세 명 한 곳에 모이기도 하고 각자 한 사람씩 흩어지기도 했다.
　오후 해가 상당히 기울 무렵, 날씨가 오전처럼 다시 불안정해지기 시작했다. 바람이 불고 구름이 나타나고 파도가 일었다.

건너편 식당 산호초를 향해서 섬 안쪽으로부터 오토바이 한 대가 달려와 멈춰 섰다. 곧 식당 밖으로 사람이 나오는 것이 보였는데 전날 성현과 인사를 나누었던 어촌계 간사라는 남자임을 알 수 있었다.

그 남자는 어떤 해녀를 향해서 신호를 보내는지 팔을 흔들어 댔다. 곧 한 해녀가 뭍으로 나왔고 남자는 그 해녀를 오토바이에 태우고 섬 안쪽으로 사라졌다.

곧이어 바다에서 물질하던 해녀들이 하나둘 씩 뭍으로 나왔다.

해는 남아 있지만 날씨가 변덕스러워지니 성현도 낚시를 거뒀다. 실로 오랜만에 한 낚시여서인지 솜씨가 많이 줄었다. 낚시 바늘이 바닷속 바위에 걸려 열댓 개나 잘려 나갔다. 그날 성현이 바다에서 건져 올린 수확물은 한 뼘 크기 도미 새끼 한 마리, 그보다 작은 도다리 새끼 한 마리, 그리고 어쩌다 낚싯바늘에 몸통이 걸려 끌려나온 작은 문어 한 마리가 전부였다.

성현은 수확물을 들고 식당 산호초로 갔다. 저녁 식사도 할 겸 생선회도 부탁할 요량이었다.

뜻밖에도 식당에는 그 여자 혼자 있었다. 주인 남자도 보이지 않았다.

"저 이거 오늘 제가 잡은 건데 회 좀 떠주시면……."

성현이 미안한 듯, 수줍은 듯 말했다. 여자가 엷은 미소를 입가에 머금었다. 성현의 가는 목소리와 수줍어하는 태도 때문이리라.

"주세요. 이걸로 매운탕에 식사까지 하면 딱 되겠네요."

여자가 생선을 받아들고 주방 안으로 들어갔다. 성현은 가슴이 두근 거렸다. 전날에는 말 한 마디 없던 여자가 오늘은 스스로 입을 열고 성 현을 대해준다. 거기다 여자가 미소까지 지어줬다.

성현은 창 너머로 구름이 몰려오는 저녁 하늘과, 바람이 일고 파도 가 높아지는 바다를 바라보며 기다렸다. 여자와 식당 안에서 단 둘이 있게 된 데에 대한 기대 반, 어떤 막연한 두려움 반의 긴장된 마음이 이어졌다.

이윽고 여자가 생선회가 담긴 접시와 반찬을 식탁에 차려줬다. 성현 은 소주 두어 잔 들고 나서야 긴장감이 어느 정도 풀렸다. 그는 저 멀 리 혼자 앉아 있는 여자에게 용기를 내어 말을 걸었다.

"오늘도 저 앞에서 물질하시는 모습을 봤는데요. 바다에는 매일 들 어가시나요?"

"날씨만 웬만하면…… 거의 매일이죠."

여자가 스스럼없이 대답하고는 눈길을 창밖으로 돌려버렸다. 밖은 이미 어두워졌고 파도 소리는 한층 드높았다.

성현은 더 이상 대화를 이어 가지 못했다. 다만 여자가 이 근처 바닷 속이 어떤 모양인지 구석구석 자신의 손금보다도 더 훤하게 알고 있 으리라는 생각을 했다.

보통 사람과 달리 해녀에게는 바닷속에 자신만의 또 다른 세계가 있는 것이다. 어디가 전복과 소라밭이고 어디서 해삼과 낙지와 문어 가 꿈틀거리는지 다 안다. 어디에 가면 산호밭이 있고 어떤 고기 떼가 몰려다니는지도 안다. 어쩌면 매일 만나는 고기 떼와 대화를 나눌 수도……. 그 맑고 고운 바닷속 세상을 매일매일 헤엄치며 살고 있기 때문에 저렇게 미끈한 몸매와 건강미가 넘치는 미모를 유지할 수 있으리라.

"아저씨는 집이 서울 어디세요?"

"저요? 신촌 쪽으로. 신촌 아세요?"

여자가 머리를 가로저었다.

"서울엔 자주 안 가시나보죠?"

"딱 한 번 가봤어요."

"네? 한 번이요?"

성현은 놀랬다. 세상에, 아무리 제주도에서 또 배를 타고 들어가야 하는 섬에 산다지만 요즘 세상에 살면서 서울에 딱 한 번밖에 안 가봤다니.

"몇 년 전 영등포 예식장에 서울 사는 친구 결혼식에 갔었어요."

여자가 말했다. 그리고는 당시를 회상하는 듯 아련한 눈길을 또 창밖으로 돌렸다.

그때 식당 카운터에 있는 전화벨이 따르릉 울렸다.

성현은 여자와 대화를 이어 가려던 참이었다. 영등포와 신촌은 가깝다며. 만약 또 서울에 올 기회가 있으면 여기저기 구경도 시켜주겠노라는 말도 하려는 참에 전화가 와버렸다.

"네… 뭐라고요? …어딘데? ……. 알았어 언니……. 내 곧 갈게.

뭐?……. 알았다니깐!"

여자는 짧게 전화를 받고 끊었다. 그녀의 얼굴에 심각한 표정이 감돌았다.

"아저씨, 미안한데요 지금 급한 일이 생겨서 가봐야겠는데…… 미안해요."

여자가 식당을 서둘러 닫으려 했다. 성현도 얼떨결에 일어설 수밖에 없었다.

여자는 식당 문을 잠그고 섬 안쪽 마을을 향해 뛰어갔다.

2.

폭풍우가 휘몰아치던 밤이었다. 성현은 드높은 파도소리와 창문이 흔들거리는 소리에 잠을 설쳤다. 폭풍우는 다음날 오전이 지나서야 잠잠해졌다.

오후에 성현은 낚싯대를 들고 갯바위로 나갔다. 바다는 언제 그랬냐는 듯 호수처럼 잔잔했고 맑은 햇빛이 바닷속 깊은 곳까지 투명하게 내리비쳤다.

그러나 고요한 바다 위로 이상한 기운이 감돌았다. 이렇게 날씨 좋은 오후인데도 바다에는 해녀 한 사람 눈에 띄지 않았다. 바로 어제만 해도 일고여덟 명이 무리를 지어 자맥질하던 바다에 오늘은 단 한 사람의 해녀도 나타나지 않다니……?

식당 산호초도 문을 닫았는지 인기척도 없이 조용했다. 아니다 다를

까. 섬 안쪽으로부터 경찰차 한 대가 달려 나오더니 식당 앞에 멈춰 서
는 것이 보였다.

성현은 낚싯대를 거두고 식당 산호초로 달려갔다.

식당 안에서 정복을 입은 경찰이 식당 주인 남자와 대화를 나누고
있었다. 주인 남자의 희멀건 얼굴이 붉은 멍과 핏기어린 상채기로 일
그러져 있었다.

"그래 맞아요. 소장님 말씀대로 올돌목 곳간에서 이 간사님과 한바
탕 붙은 건 사실입니다. 하지만 순덕 엄마도 그 자리에 있어서 알지만
간사님이 먼저 곳간에서 나갔어요. 그 뒤에 간사님이 어디로 사라졌
는지는 나도 모른다니까요?"

경사 계급장을 단 파출소 소장이 머리를 저었다. 강현수란 명찰을
단 소장은 고집이 있어 보였다.

"이한조 간사가 먼저 곳간에서 나간 건 사실이야. 그런데 순덕 엄마
말이 정근일 씨도 곧 곳간에서 나갔다는데, 바로 이 간사를 뒤쫓아 가
서 또 한 차례 붙은 것 아니냔 말이야."

식당 주인 남자, 정근일이 가슴을 쳤다.

"아니, 순덕 엄마가 그래요? 이 간사가 나간 다음 내가 바로 나갔다
고? 이거 환장하겠네. 누구 때문에, 누구를 위해 나서서 내 얼굴이 이
모양 이 꼴이 된 건데 그 따위 말을 하다니……. 이봐요, 소장님! 이
간사가 내 얼굴을 이 따위로 만들어 놓고 가버린 후에도 나는 순덕
엄마랑 거기서 적어도 30분은 넘게 더 있다 나왔단 말이에요. 알기나

해요?"

"아니, 한밤중에 그 썰렁한 곳간에서 순덕 엄마한테 무슨 볼일이 있다고 30분씩이나 더 있다 나왔다는 거야?"

"소장님! 모르시나본데, 순덕 엄마는 내 고종사촌 누님이요. 재제작년 폭풍우 때 어선이 침몰해서 누님이 매형과 사별한 후 혼자 고생하며 살고 있는데 동생뻘인 나로서는 돌봐줘야 하는 입장 아니겠소? 그래 이런저런 이야기를 했을 뿐이요."

"이런저런 이야기라니? 무슨 이야기를 한 건지 거짓 없이 정직하게 말해봐."

정근일이 멍으로 일그러진 얼굴을 찌푸렸다. 그는 옆에 손님인 성현까지 와 있어서 이래저래 못마땅했겠지만 입을 열었다.

"내 참, 소장님이 우기시니 별 수 없군. 창피하지만 말하겠소. 누님은 과부요. 이 간사님은 어엿한 유부남이란 말입니다. 그런데 두 사람이 가깝게 지낸다는 소문이 나돌고 있습니다. 이 얼마나 창피한 일입니까? 같은 마을에 살면서, 그것도 누님과 이 간사님 부인과 서로 모르는 처지도 아니면서 말입니다. 그래 어젯밤에는 두 사람을 같이 만나 당장 그만두라고 말했어요. 그랬더니 이 간사가 화를 내며 주먹을 휘둘렀고 나도 맞붙었죠. 그런 다음 이 간사는 가버렸고 따라가려는 누님을 붙들고 이야기를 했어요. 제발 정신 차려라……. 이 사실을 순덕이가 알면 어떻게 할 거냐……. 정 못하겠으면 차라리 이곳을 정리하고 떠나 제주나 서울로 가서 사는 게 낫다……. 이런 이야기를 했습니다."

"그래, 그랬다 치고, 정근일 씨 주장은 이 간사가 나가고 30분 뒤에 나갔다는 건데, 순덕 엄마는 얼마 후 곧, 길어야 5분 후라고 했단 말이야…… 어쨌든 정근일 씨가 순덕 엄마보다 먼저 곳간을 나선 건 사실이잖아? 어쨌든 파출소로 가자고! 가서 이야기해! 누구 말이 거짓인지 알아보자고! 그래야 행방불명이 된 이 간사를 찾아낼 수 있을 것 아니야? 어서 따라 나와!"

파출소 소장이 명령조로 말했다.

정근일이 난감한 표정을 지은 다음 식당 안방 쪽을 향해 말했다.

"여보! 내 파출소 좀 다녀올게. 이거야 원 더러워서……."

방문이 열리며 그때까지 기척이 없던 여자가 얼굴을 내밀었다. 어디 몸이라도 아픈 듯 여태껏 누워 있다 방문을 연 모습이다. 성현이 보기에 지난밤과는 딴판으로 여자의 얼굴이 핼쑥했다. 여자는 눈만 깜빡하고 이내 다시 방문을 닫아버렸다.

3.

어촌계 간사 이한조의 행방을 찾기 위해서 파출소 소장 강현수 경사는 우도 전체를 샅샅이 수색하기로 결정했다. 이한조가 타고 다니던 150cc 진청색 오토바이도 마을 입구에 세워져 있고, 우도에서 성산항으로 건너간 도선 신고도 없고, 본 사람도 없다. 어선이나 다른 배가 사라진 사실이 없으므로 이한조가 혼자서 섬을 빠져나갔을 가능성도 없다.

강 소장은 5분이든 30분이든, 정근일이 이한조를 뒤따라 나간 것이 확실하므로 두 남자간의 폭력은 올돌목 곳간 밖까지 계속 이어졌을 것이라고 확신했다. 거기다 순덕 엄마는 정근일에게 결정적으로 불리한 증언을 덧붙였다.

정근일이 이한조에게 시비를 건 것은 누나뻘인 자신의 불륜을 막기 위해서라는 말은 핑계고 애초부터 어촌계 간사 자리를 시기하고 탐을 내왔기 때문에 홧김에 이한조를 없앨 만 한 동기가 충분하다는 것이다. 해녀를 포함한 어부들의 수확물 등급을 조정하고, 경매에 붙이고, 수익금을 분배하는 어촌계 간사의 영향력을 정근일이 평소에 시기해 왔다는 점은 다른 해녀들도 시인했다.

강 소장은 이한조가 살아 있든 죽어 있든 섬 안 어딘가에 있다는 결론을 내리고 수색을 진행하는 한편 정근일을 구금하고 죄를 실토할 것을 종용했다.

그러나 이한조가 사라진 지 이틀이 지났지만 우도 안쪽 무덤가나 밭이랑, 바닷가 어선이나 물가 어디에서도 그의 흔적을 찾아내지 못했다. 어선이나 해녀들을 동원해서 혹시 시체가 떠다니지 않나 수색했으나 허탕이었다.

사흘째 되는 날, 서울서 살고 있다는 이한조의 딸이 우도로 내려왔다. 그녀는 하얀 밍크 반코트에 TV에서 보는 화장품 모델처럼 진한 입술을 실룩거렸는데, 첫눈에 유흥업소에서 일하는 여자란 인상이었다.

성현이 식당에 혼자 앉아 커피를 마시고 있는데 이한조의 딸이 식당 산호초에 나타나 식당 주인 여자와 서로 껴안고 한바탕 눈물을 쏟았다.

"영심아! 아버지가 어떻게 된 거야? 경찰 말로는 근일 씨 짓이라던데 그건 아니지? 나도 그렇게는 믿고 싶지 않다. 그렇지?"

"지금은 네 얼굴을 똑바로 바라볼 수가 없다. 곧 사실이 밝혀지기를 바랄 뿐이야. 너 혼자 내려왔어?"

"가게를 비울 수가 있어야지. 우선 나 혼자 왔어. 오면서 내가 잘 아는 베테랑 형사 한 분을 만나서 이야기했더니 여기까지 동행해주셨어."

"베테랑 형사?"

식당 여자가 눈을 깜빡거렸다.

"응, 우리 가게가 그런 곳이라 사건이 터지면 가끔 들리는 김 경위란 분인데 젊고 인정이 있어 보이지만 날카롭기로 이름난 사람이야. 아버지 일도 그 분이 확실히 해결할 거라 믿어."

식당 여자가 고개를 끄덕이더니 검고 투명한 눈길을 코발트 빛 바다로 돌렸다.

얼마 있어 경찰차 한 대가 식당 산호초 주차장으로 달려왔다. 차에서 파출소 강 소장과 넥타이 없이 싱글 검은 양복을 입은 젊은 남자가 내려 식당 안으로 들어왔다.

강 소장이 식당 주인 여자를 남자에게 소개했다.

"김 경위님, 정근일 씨의 부인 고영심 씨입니다."

"안녕하십니까! 서울 중앙경찰서 형사 김지완 경위입니다."

김지완 형사는 180cm가 넘는 훤칠한 키지만 몸매가 가늘고 유달리 머리가 커 보였다. 보통사람의 뇌가 1,300~1,500cc 정도라지만 김 형사의 뇌는 적어도 100cc 이상은 더 큰지 보통 사람보다는 머리통이 확실히 더 컸다. 젊은 나이에 계급이 경위이고 걸음걸이나 몸 움직임이 절도가 있는 것으로 판단하건데 경찰대학 졸업생이 틀림없다.

김 형사의 두 눈은 검고 단단한 콩을 박아 놓은 듯 또렷했고, 상대방의 말과 얼굴 표정 뒤에 숨어 있는 뇌수의 변화를 예리하게 관찰하는 듯 눈동자가 민첩하게 움직였다.

김 형사가 깍듯이 인사하고는 고영심을 바라봤다. 그의 눈에는 분명히 여자가 빼어난 미모에 감탄하는 빛이 역력했다.

"이 마담 친구 분이 이런 미인인 줄 몰랐습니다. 서울서도 찾아보기 힘든 아름다운 얼굴이십니다. 역시 아름다운 우도의 경치가 이렇게 건강한 미녀를 만드나보죠?"

김 형사의 거침없는 찬사에 여자는 먼 바다로 눈길을 돌렸다. 옆에 있던 강 소장도, 이한조의 딸 이성미도 입을 다물고 있다.

썰렁한 반응이 나타나자 이를 감지한 김 형사가 혼자 앉아 있는 성현에게 싱긋 웃음을 지어 보이며 말했다.

"보아하니 선생은 이곳에서 사시는 분이 아닌 것 같은데. 여행객이시죠?"

"맞습니다. 며칠 쉬러 휴양 차 내려온 주성현이라 합니다. 저도 김 형사님의 찬사에 전적으로 동감입니다."

성현이 빙그레 웃으며 동의를 표했다.

"그렇죠? 역시 여행객끼리 통하는 데가 있군요. 우리 짬이 나면 이곳 우도의 싱싱한 생선회에 소주 한잔 나누며 경치 이야기나 합시다."

김 형사가 진지한 표정으로 돌아와 강 소장에게 물었다.

"강 소장님. 사건 당일 밤 올돌목 곳간에 이한조 씨와 그 순덕 엄마라는 정형자 씨가 들어간 때가 오후 8시 반쯤이었고, 이 장면을 목격한 정근일 씨가 곧바로 뒤따라 들어가 두 남자 사이에 격투가 벌어졌는데, 격투를 끝내고 이한조 씨가 곳간을 나간 때가 9시 이전이란 점은 일치하지만, 정근일 씨가 곳간을 나간 시간에 대한 정근일 싸와 정형자 씨의 증언이 다르다고 하셨죠?"

"예, 그렇습니다. 정형자 씨는 9시 무렵에 정근일 씨가 나갔다고 했고, 정근일 씨는 그보다 훨씬 뒤에 나갔다고 합니다.

"그렇다면…… 정근일 씨 부인되시는 분 성함이 아까 고?"

김 형사가 주인 여자에게 물었다.

"고영심이에요."

여자가 처음으로 수줍은 듯 입을 열었다.

"네, 고영심 씨. 저희가 고영심 씨를 만나러 온 것은 이 점을 정확히 확인하기 위해서입니다. 그날 밤 남편 분이 집에 언제 돌아오셨죠? 잘 기억하셔서 정확히 답변해주셔야 합니다."

고영심은 기억 자체가 성가신 듯 잘생긴 이마에 주름을 지었다.

"모르겠어요. 정확히 기억할 수는 없지만…… 10시는 넘었어요."

"좀 더 정확히 10시 5분? 아니면 10분?"

김 형사의 두 눈이 고영심의 얼굴을 꿰뚫을 듯 쳐다봤다.

"10분이요."

"좋아요. 강 소장님, 올돌목 곳간에서 이곳까지는 걸어서 얼마나 걸릴까요?"

"15분에서 20분 정도 걸리죠."

김 형사가 자신의 큰 머리를 갸웃하더니 말했다.

"자, 여기서 이만하면 됐고. 이제 정형자 씨를 만나러 갑시다."

김 형사와 강 소장, 그리고 이성미는 식당에 고영심만 남기고 경찰차를 타고 마을 쪽으로 가버렸다.

성현은 그 올돌목 곳간이란 곳으로 걸어서 가봤다.

마을을 지나 길을 물으며 보통 걸음으로 걸었더니 20분은 넘게 걸렸다. 구멍이 송글송글한 제주 특유의 검은 바위와 자갈이 올통불통해서 차가 다니기에는 부적합한 바닷가 길목이었다.

올돌목 곳간은 인가에서 멀리 떨어져 황량한 바닷가 바위 위에 슬레이트 지붕을 덮은 작은 헛간이었다. 시골 버스가 다니는 도로 옆 승객 대기소처럼 출입문짝도 없고, 합판과 나무로 짠 와상 하나가 놓여 있었다. 구석에는 노란 플라스틱 광주리와 해녀들이 사용하는 물갈퀴, 옷가지, 물안경, 스티로폼, 부기통 등이 아무렇게나 쌓여 있었다. 해녀들이 옷을 갈아입고, 대기하고, 수확물을 정리하고, 쉬는 장소였다.

곳간 저쪽 바다에 서너 명의 해녀가 물질하는 모습도 보였다.

성현은 그날 밤 그곳 곳간에서 벌어진 일을 상상해봤다.

그날 낮에 날씨가 좋아 바다는 잔잔했지만 해질 무렵부터 하늘에 구름이 모였다. 바람이 일고 파도소리가 높아졌다. 몹시 모질고 사납고 어두운 밤이었다. 그런 밤에 어촌계 간사 이한조는 정형자와 아무도 없는 이 곳간에서 만났다. 왜? 남의 이목을 피해 두 사람만의 밀회를 즐기기 위해서…….

아무리 어두운 밤이라도 바닷가에서는 하얀 파도의 반사광 때문에 서로의 얼굴을 알아볼 수 있어 좋다. 두 사람이 이곳에서 만난다는 사실을 알게 된 정근일이 뒤쫓아 왔다. 왜? 두 사람의 불륜을 방관하고만 있을 수 없다고 판단해서…….

정근일의 시비에 이한조는 화가 났고 곧 욕설과 주먹질과 발길질이 오갔다. 정형자는 누구 편을 들어야 할지 어찌 할 바 모르고……. 한바탕 치고받은 후 이한조가 먼저 이 곳간에서 나가 마을로 향해 갔다는데 그 다음 행방을 모른다.

어디로 사라졌을까?

경찰차가 돌멩이와 자갈로 울퉁불퉁한 길을 터덜터덜 이곳 곳간을 향해 오는 모습이 저 멀리 보였다.

곳간에 도착한 차에서 강 소장과 김 형사가 내렸다. 이어서 아직도 얼굴에 피멍이 생생한 정근일이 내렸고, 흰 밍크코트를 입은 이성미와 시무룩한 표정의 여자가 뒤따라 내렸다. 그 여자가 바로 순덕 엄마라 불리는 정현자로 성현이 며칠 지내면서 오가며 만난 해녀들 중 한 사람임을 알 수 있었다.

"아니 주성현 씨는 여기 무슨 일이십니까?"

김 형사가 성현을 알아보고 말을 걸어 왔다.

"저도 궁금해서 보러 왔습니다."

"그래요? 주성현 씨도 이 사건에 관심이 많으시군요. 뭐 수사에 도움이 될 만한 의견이 퍼뜩 떠오르면 제일 먼저 저에게 귀띔해주시겠죠?"

김 형사가 약간 비꼬는 듯하면서 장난기 어린 웃음을 지었다.

성현도 웃으며 그러겠노라고 답했다.

이성미가 소리치듯 말했다.

"아니, 근일 씨! 우리 아빠와 여기서 치고받고 싸웠단 말이에요? 필요하면 말로 할 것이지 도대체 무슨 억한 감정이 있다고 싸워요? 나랑 영심이랑 둘도 없는 사이인 거 알면서 어떻게 주먹까지 휘두를 수 있어요? 물론 아빠가 바람기가 있다는 사실은 저도 알고 있어요. 아무리 그래도 말로 했어야죠. 아버지가 근일 씨랑 싸운 게 부끄러워서 바닷속으로 가버리신 건 아닌가 몰라요!"

정근일은 쓸쓸한 표정으로 얼굴을 돌려 먼 코발트빛 바다를 바라볼 뿐이었다. 사건의 당사자 중 한 사람인 정형자도 발밑의 구멍 뚫린 돌멩이만 내려다보고 있었다.

정근일과 이성미, 이성미와 정형자, 그리고 정근일과 정형자 사이에도 서로 얼굴을 바로 쳐다보지 못하는, 겨울 바닷바람 같은 차가움이 감돌았다.

"바닷속으로 가버렸다……?"

이성미의 말을 받은 사람은 김 형사였다. 그는 눈을 들어 마을 쪽을 보며 계속했다.

"그날 밤 이한조 씨가 바닷속으로 사라졌다면 이 곳간과 저 마을 사이에 있을 가능성이 높은데……. 거리로는 약 1km 정도군요. 소장님, 여기서 마을까지의 해변도 수색하셨다고 하셨죠?"

"이 해변뿐 아니라 우도 전체의 바닷가를 샅샅이 뒤져봤죠. 갯바위 틈과 백사장을 쑤셔 대며 찾았으나 이한조 씨의 신발짝이나 양말짝 하나 발견하지 못했습니다."

"바닷속도 찾아봤나요?"

"저만치 깊은 곳까지는 아니지만 갯바위 부근은 다 수색했습니다. 우리가 수색한 때가 사건 다음날 오후였으니까 만약 이한조 씨가 바다에 빠졌다면 시체가 물 위로 떠올랐을 겁니다. 하지만 소지품 하나도 발견하지 못했어요."

김 형사가 머리를 끄덕였다. 그러나 곧 이어서 말했다.

"하지만 소장님. 우리 이 시점에서 상식적으로 생각해봅시다. 분명히 저 높은 곳, 우도봉이라 했나요? 그곳부터 밭이랑 묘지 부근, 마을과 해변, 즉 뭍이란 뭍은 샅샅이 뒤졌지만 시체는 물론 흔적도 없다고 했습니다. 배를 타고 이 섬을 벗어난 것도 아니고, 그렇다면 하늘로 날아간 걸까요? 그게 아니라면 이한조 씨의 시체는 당연히 저 바다 어딘가에 잠겨 있다고 볼 수밖에요."

강 소장이 얼굴을 붉히며 목소리를 높였다.

"그래서 답답한 것 아닙니까. 저 넓고 깊은 바다를 다 들여다볼 수도 없는 노릇이고……. 그래서 정근일 씨가 자백하기만 기다리고 있는 것 아닙니까? 저 친구가 입을 열어야 어디다 시체를 유기했는지 알 수가 있죠."

강 소장이 정근일을 노려봤다.

정근일은 한숨을 푹 몰아쉬며 멀건 하늘을 올려다볼 뿐이었다.

한동안 침묵이 흘렀다.

그때 저쪽 바다에서 물질을 하고 있던 해녀들의 자맥질 휘파람 소리가 유난히 길고 선명하게 들려 왔다.

김 형사가 해녀들이 자맥질하는 모습을 한참 동안 관찰하며 자신의 손목시계를 들여다봤다.

"2분 17초…… 3분 3초…… 2분 46초……. 해녀들이 물속에서 숨을 참고 작업할 수 있는 시간이 보통 2분에서 3분 정도로군요. 맞습니까?"

"네, 이삼 분은 보통이고 마음만 먹으면 4분에서 5분까지도 계속 한다고 알고 있습니다. 그렇죠. 정형자 씨?"

강 소장이 해녀인 정형자에게 확인하듯 물었다. 정형자는 시무룩한 표정으로 대꾸하지 않았다. 시인한다는 태도로 보였다.

"그럼 이한조 씨는 물속에서 몇 분 정도 숨을 참을 수 있을까요? 1분에서 2분?"

"택도 없습니다. 제주도에 산다고 남자들도 여자들처럼 물속에 들어가는 줄 아십니까? 천만에요. 물속에 들어가는 일부터 살림살이까지 궂은일은 여자들이 다 하는 곳이 제주도 아닙니까. 이한조 씨가 언제 물속에 들어가봤어야 말이 되죠. 아마 1분이면 숨이 콱콱 차고 2분이면 완전히 숨이 넘어갈 겁니다."

강 소장이 단정적으로 말했다. 김 형사가 큰 머리를 끄덕였다.

"그렇다면……. 뭍에는 없고, 하늘로 사라질 수도 없고, 또 시체가 떠오르지 않은 이한조 씨는 바닷속에 잠겨 있다는 이야기인데……. 바닷속에 잠겨 있다면 시체가 묶여 있다는 이야기고……. 이한조 씨의 시체를 바닷속 바위나 떠오르지 않는 물체에 묶어 매는 작업을 할 수 있는 사람은 잠수 도구를 갖춘 잠수부 아니면 해녀란 말이고……."

"그럼 이한조 씨가 바닷속으로 끌려들어가 숨이 꼴까닥 넘어갔을 가능성도 있다는 말이고……. 그대로 범인이 시체를 바닷속에 묶어두었다, 이 말입니까?"

"그럴 가능성도 있죠. 단, 숨이 넘어간 곳은 육지고 죽은 후에 수장했을 가능성도 있긴 한데, 지금까지의 정황 증거로는 그 가능성이 낮고……."

"왜죠? 여기 정근일 씨가 있지 않습니까?"

파출소 소장은 계속 정근일을 노려보며 대놓고 말했다.

"정근일 씨가 이한조 씨를 다시 만나 처리할 수 있는 시간이 길게는 밤 9시부터 집에 도착한 10시 10분 사이고, 짧게는 9시 30분부터 10시 10분 사이로, 이곳 곳간에서 집까지 가는 데 걸리는 시간 20분을 빼면 50분에서 20분이 빕니다. 길게 50분 동안이라 해도 정근일 씨와 이한조 씨가 서로 상처를 가할 정도로 대등하다면 특별한 살인 도구가 발견되지 않는 한 정근일 씨가 이한조 씨를 살해하고 시체를 저 바닷속까지 끌어가 묶어 놓았다고 보기는 힘듭니다. 그보다는 이곳으로부터 저 마을까지 1km 구간에서 이한조 씨가 누군가에 의해 바닷속으로 유인되어 숨이 넘어간 다음 수장되었을 가능성이 더 높지 않을까요?"

"그럼 이한조 씨를 바닷속으로 끌어들인 사람은?"

김 형사가 자신의 큰 머리를 들고 시리도록 푸르기만 한 먼 바다를 바라봤다. 그런 다음 서서히 눈을 돌려 턱으로 한참 물질에 열중하고 있는 해녀들을 가리켰다.

강 소장의 눈이 휘둥그레졌다.

"네? 저 해녀들이?"

김 형사가 아쉬운 듯한 눈빛을 강 소장에게 보내며 말했다.

"바로 저 해녀들이란 뜻이 아니라 이한조 씨 주변 해녀들 중 한 사람

일 거란 뜻입니다."

김 형사의 말에 모두들 숙연한 표정으로 변했다.

옆에 있던 성현마저 뭔가 뇌 속 깊은 곳 막혀 있던 핏줄이 갑자기 시원하게 뚫린 것 같은 충격을 느꼈다.

"이한조 주변 해녀라……."

강 소장이 김 형사의 말을 되받으며 정형자를 쳐다봤다. 모두의 눈길이, 성현의 눈길마저 정형자에게 집중되었다. 모두의 눈길을 의식한 정형자의 얼굴에 붉은 빛이 감돌았다.

"여기 있는 순덕 엄마는 그날 밤 정근일보다 늦게 이 곳간에서 나왔고, 곧바로 자기 집으로 갔다는데, 이 말이 사실이라면 이한조 씨와 다시 만났다고 볼 수는 없지 않습니까?"

강 소장의 말에 김 형사가 방긋 웃음을 지었다.

"이한조 씨와 정형자 씨는 불륜이긴 하지만 연인 사이입니다. 그것도 세간의 입에 오르내려 동생뻘인 정근일 씨가 나설 정도니 두 사람이 얼마나 긴밀한 관계인지 짐작이 갑니다. 그토록 긴밀하고 은밀한 사이라면 밤중에 이한조 씨가 정형자 씨의 집을 방문하지 않는다고 단정할 수는 없죠. 비록 딸이 있긴 하지만 어엿이 혼자 살고 있는데……."

정형자의 얼굴이 홍당무처럼 변했다. 대꾸는커녕 감히 얼굴을 쳐들지도 못했다. 그런 정형자를 짓궂은 김 형사는 느물느물한 눈빛으로 놀리듯 쳐다봤다.

강 소장이 고개를 갸웃했다.

"설령 두 사람이 그날 밤 다시 만났다 해도 서로 사랑하는 사이인데, 여자가 남자를 죽였다고 생각하기는 힘들지 않습니까?"

"핫핫핫……."

갑자기 김 형사가 너털웃음을 털어놓았다. 어찌나 크게 웃었는지 푸른 바다와 하늘이 찌르릉 울릴 정도였다.

성현은 물론 모든 사람이 놀라 김 형사를 쳐다봤다. 바다에서 물질하고 있는 해녀들도 잠시 이쪽으로 고개를 돌렸다.

눈물을 찔끔거릴 정도로 혼자 웃어 대던 김 형사가 말했다.

"강 소장님, 왜 이리 웃기십니까? 형사 생활 몇 년 안 됐지만 이렇게 웃어보긴 처음입니다. 모름지기 살인이란 사랑과 질투, 애욕과 물욕 등을 충족하지 못한 데 대한 불만과 분노 때문에 저지르는 거 아닙니까? 정형자 씨와 이한조 씨가 사랑하는 사이이기 때문에 아차하면 폭발할 가능성이 다른 어떤 관계보다도 높다고 봐야죠. 그래서 살인이 나면 가장 가까운 사람, 즉 부인이나 남편 그리고 연인부터 의심하는 것이 수사의 ABC 아닌가요? 그렇다고 당장 정형자 씨 한 사람을 의심하기보다는……."

김 형사가 잠시 말을 멈췄다. 모두의 시선이 김 형사에게 집중되었다.

"정형자 씨보다 이한조 씨의 부인을 맨 먼저 용의선상에 올려야 하지 않겠습니까?"

김 형사의 이 말에 이성미의 눈이 휘둥그레졌다.

"아니, 지금 저희 어머니를 의심한단 말이에요?"

"어머니께서도 해녀라 하지 않았나?"

강 소장이 끼어들었다.

"이한조 간사의 부인이야말로 해녀 중에서도 고참이신 베테랑이죠."

"지나친 비약 아닌가요?"

이성미가 김 형사에게 원망스런 눈길을 보냈다.

김 형사가 정색하며 말했다.

"진정해요, 이성미 씨. 결코 상상의 비약이 아닙니다. 이성미 씨의 어머니도 해녀이기 때문에 가능성이 있다는 뜻 그 이상도 그 이하도 아닙니다. 제 말은 이한조 씨를 아는 해녀라면 모두 용의선상에 올려 놓고 조사를 해봐야 한다는 겁니다. 제가 이 사건의 수사 방향을 제시 해도 되겠습니까?"

"말씀하시죠."

김 형사가 눈을 들어 해수욕장 앞 바다의 에메랄드를 깔아 놓은 듯 한 연초록 물빛을 바라보며 천천히 말했다.

"첫째, 당장 잠수부들을 동원해서 저기 보이는 바닷속 산호초로부 터 이곳 올돌목 곳간까지의 바다 밑을 다시 수색합시다. 특히 이 곳간 에서 저기 마을 입구까지 1km 구간은 철저히, 샅샅이 투망하듯 조사 할 필요가 있습니다. 둘째, 사건 당일 밤 9시부터의 마을 해녀들 모두 의 행적을 전부 조사합시다. 이한조 씨의 부인과 정형자 씨는 물론 이 한조 씨와 가까운 해녀가 아니라도 해녀란 해녀는 모두 체크해야 합 니다. 해녀마다 자신의 알리바이를 주장하면 그 주장을 확인해주는 증인도 일일이 만나봐야 합니다. 이상입니다."

"알겠습니다. 경위님!"

나이로서는 한참 연하인 김지완 경위에게 우도 파출소 소장 강현수 경사가 깍듯이 거수경례를 올렸다.

성현은 순간 가슴이 철렁 내려앉는 듯한 긴장감을 느꼈다. 그가 아는, 한 해녀의 사건 당일 밤의 행적을 성현 자신이 증언해야만 하는 시간이 곧 다가올 것 같은 불길한 예감이 퍼뜩 들어서였다.

4.

그날 오후, 제주 해양경찰청 소속 잠수대가 투입되어 해수욕장 인근 해역에 대한 수색 작업이 벌어졌다.

수색 대상 해역의 범위가 너무 넓기 때문에 김지완 경위의 조언에 따라 통상 해녀들의 작업이 가능한 거리인 뭍으로부터 1.5km 이내의 해역으로 한정하여 해저 수색이 전개되었다.

다른 한편으로는 우도파출소 강현수 소장 휘하 경찰력이 모두 동원되어 서패리 해녀들 개개인에 대한 탐문조사가 진행되었다.

성현이 저녁 식사를 위해 식당 산호초에 앉아 있을 때 정복을 입은 순경이 식당 여주인 고영심을 찾아왔다.

"그그제 오후에 고영심 씨도 물질했죠?"

"그럼요. 오후까지는 날도 좋았어 모두 이 앞에 모여 했어요."

고영심이 목까지 잠긴 빨간색 스웨터를 입고 턱으로 창 밖 바다를 가리켰다.

"그럼 오후 늦게 이한조 씨가 오토바이를 타고 이곳에 나타나 물질을 하고 있던 정형자 씨를 불러내 데려간 때가 몇 시쯤인지 생각나요?"

"오후 5시가 지날 무렵 아닌가요?"

고영심이 태연한 태도로 되물었다.

순경이 수첩을 들여다봤다. 먼저 정형자의 증언이 정확한지 제3자인 고영심으로부터 확인하는 절차였다.

"그런 그렇고……. 그날 5시 이후에는 일기가 나빠져서 모두 물에서 나왔는데, 고영심 씨도 마찬가지였을 테고, 뭍으로 나온 후 고영심 씨는 다음날 아침까지 어디서 뭘 하셨습니까?"

"뭘 하긴 뭘 해요. 식당 주인이 식당을 지키며 장사했죠."

고영심이 예쁜 얼굴을 찡그리며 톡 쏘듯 대꾸했다.

"그랬겠죠. 그리고 밤 10시 10분에 남편인 정근일 씨가 집에 돌아와 함께 있었고……."

순경은 귀찮은 질문을 던져 미안해서인지, 아니면 고영심의 답변이 당연하다고 인정한다는 뜻인지 머리를 끄덕였다.

가슴이 철렁 내려앉은 사람은 성현이었다.

그날 밤 고영심은 누군가의 전화를 받고 유일한 손님이었던 성현을 내보내고 식당 문을 닫았다. 그때가 밤 8시 반경이라고 성현은 기억한다. 그녀는 서둘러 문을 닫고서 마을 안쪽으로 급히 들어갔다.

고영심은 왜 그 사실을 숨길까?

설마 그 사실을 성현이 기억하지 못하리라고 생각하지는 않을 것 아닌가?

그러나 순경이 간 후에도 고영심은 너무도 태연하게 몇 사람의 손님을 받으며 식당 일에 열중이었다.

성현은 불가사의한 그녀의 태도를 곱씹으며 식당 한켠에서 혼자 소주잔을 기울였다.

그날 밤 고영심에게 전화를 건 사람은 분명히 여자였다. 그녀는 "알았어요, 언니!" 라고 말했다. 그 언니는 누구이며 왜 고영심을 불러냈을까? 고영심은 그 '언니'를 만나고 언제 집으로 돌아왔을까?

숙소로 돌아와서도 성현은 요리조리 추론해봤지만 도무지 생각과 생각을 연결할 수가 없었다. 그렇다면 그녀는 그날 밤 잠시 외출한 사실을 왜 감춘단 말인가?

별로 대수롭지 않은 일이고 금방 돌아와 다시 식당 문을 열었기 때문인가?

그러나 그 일은 결코 대수롭지 않은 일이 아님이 다음날 판명되었다. 유력한 용의자의 한 사람인 정형자의 행적을 조사하던 경찰은 그날 밤 정형자가 마을 가게에서 8시 반경에 이한조와 정일근 간에 시비가 붙었다는 사실을 고영심에게 전화로 알렸으며, 고영심이 8시 반에서 9시 사이에 그 구멍가게에 들러서 이한조와 정근일 일행의 행방을 물었다는 사실을 가게 주인이 증언했다.

강 소장이 직접 식당 산호초에 나타나 고영심을 불러 세웠다.

"고영심 씨, 그날 밤 가게에 가서 남편과 이한조 씨의 행방을 물어본 다음 어디로 갔죠? 설마 곧바로 집으로 왔다고는 말할 수 없겠죠?"

고영심은 그 예쁘고 시원스런 눈을 들어 창 밖 바다를 바라봤다.

바다에서는 잠수부들의 수색이 계속되고 있었다. 그녀는 잠수부들의 모습을 바라보며 눈을 가늘게 뜰 뿐 강 소장의 물음에는 대답하지 않았다.

"내 말이 안 들립니까? 왜 대답 없이 창 밖 바다만……"

그때, 고영심의 큰 눈에 경련이 이는 듯하더니 아흐, 하고 신음했다. 그러고는 손바닥으로 자신의 얼굴을 가리고 맨바닥에 털썩 주저앉아 버렸다.

영문을 모른 성현과 강 소장이 동시에 의자에서 일어나 그녀가 눈길을 주고 있던 창 밖 바다를 바라봤다.

뭍에서 1km, 식당 산호초에서 1.5km쯤 떨어진 바다에서 수색을 하던 잠수부 한 사람이 육지를 향해 뭐라 소리를 지르며 손을 흔들어 대고 있는 모습이 보였다. 뭔가 찾아냈다는 신호가 분명했다. 곧 인근에 떠돌던 보트 한 대가 그쪽으로 달려가는 모습도 보였다. 강 소장과 성현도 식당을 나와 마을을 지나 바닷가에 사람들이 모여 있는 곳으로 달려갔다.

시체가 인양되었다.

갈색 점퍼와 회색 양복바지를 입은 이한조가 분명했다.

수심 약 십여 미터 깊이에 침몰되어 바닷속 토사에 매몰된 소형 어선의 꼬리 부근에 밧줄로 칭칭 감겨 있었다 한다. 그 밧줄은 그 침몰선에 달려 있던 것으로 몇 년 동안 바다에 잠겨 있었지만 아직 튼튼한 상태였다.

약 4일간 바닷속에 잠겨 있던 이한조의 시체는 이미 탱탱 불어 죽은 물고기의 시체처럼 여기저기가 헤어져 허옇게 떨어져 나간 상태였다.

이한조의 시체는 허옇게 뼈가 보이는 오른손에 뭔가에 주먹으로 거머쥐고 있었다. 작은 단추가 달린 천 조각이었는데 여자의 흰색 블라우스의 앞가슴 부분에서 찢겨져 나간 것이었다.

한나절 해가 기울어 한라산 끝자락에 붉은 빛이 감도는 석양 무렵, 하루 종일 비교적 잔잔하던 우도의 바다도 바야흐로 어두음을 맞이하려는 듯 서서히 파도가 일기 시작했다. 식당 산호초에 웅성웅성 사람들이 모여들었다.

김지완 형사, 강현수 소장과 순경들, 이한조의 딸 이성미, 이한조의 부인과 정형자, 마을 해녀들……. 물론 성현도 그 자리에 끼었다. 이한조의 시체 인양 후 주먹에 쥔 천 조각의 출처를 추적한 결과 그것이 고영심의 블라우스라는 사실이 판명되었다.

목까지 잠기는 붉은색 스웨터로 앞가슴과 목 부분에 난 상처를 가린 고영심은 사람들에게 둘러싸여 있었다. 이미 모든 것을 체념한 듯 담담한 표정이었고 그녀의 남편 정근일이 한숨을 꺼질 듯 내쉬며 안타까운 표정으로 그녀를 옆에서 지켜봤다.

모두의 시선을 받으며 고영심이 입을 열었다.

"남편과 이 간사가 싸운다는 전화를 받고 가게로 달려갔는데 없었어요. 언니 집으로 갔으려니 생각하고 가봤는데 불도 꺼진 채 조용했어요. 그렇다면 올돌목 곳간이란 생각이 들었어요. 밤이면 이 간사가 그곳으로 해녀를 몰래 불러내서 수작을 거는 걸 아는 사람은 알고 있었죠."

"이한조 간사가 해녀들에게 수작이라니?"

강 소장이 끼어들었다.

고영심이 눈을 들어 동료 해녀들을 둘러봤다. 해녀들 대부분 눈을 내리깔았다.

"추잡스런 일이니 짐작이나 하세요. 올돌목을 향해 가고 있는데 어두운 밤길에 누가 오고 있었어요. 가까이 가보니 이 간사였어요. 내 남편은 어디 있냐고 물었죠. 그는 다짜고짜 내 손목을 잡고 갯바위로 끌고 갔어요. 사정없이 나를 넘어뜨리고 식식거리며 덮치더군요. 나는 있는 힘을 다해 저항했죠. 그랬더니 뭐란 줄 아세요? 말을 안 들으면 지난번 일을 내 남편은 물론 모두에게 말해 풍비박산을 만들고 말겠다는 거예요. 이 판에 숨길 것도 없어 말하자면 지난번 일이란, 내가 건진 홍삼을 어촌계를 거치지 않고 몇 번 식당 손님들에게 빼돌린 거예요. 그 사람은 계속 꼬투리를 잡고는 집적대면서 내 몸을 요구했어요. 딱 한 번으로 끝났지만 그런 자예요. 다른 사람도 아닌 딸의 친한 친구인 나한테까지 손을 대는 사람이라고요."

정근일이 주먹으로 탁자를 내리쳤다. 이성미는 머리를 흔들며 손으로 얼굴을 감쌌다.

"분노가 치밀었어요. 있는 힘을 다해 바다로 밀어넣었죠. 물속에 처넣고 붙잡고 있었더니 의외로 빨리 가더군요. 일을 끝내고 나니 바닷속에 잠겨 있는 그 난파선과 밧줄이 생각났어요. 그곳으로 끌어가서 묶어 두고 정신을 차리고 나서 이곳 집이 보이기에 나왔죠."

이성미가 고영심을 와락 껴안았다.

"그래 내가 뭐랬니? 섬구석에 있어봤자 평생 해녀질이나 하고 남정네들 종노릇이나 할 게 뻔하다고 몇 번을 말했니…… 근일 씨가 싫다해도 너만이라도 서울로 데려갈걸……. 나도 아버지 바람피우고 엄마 일만 하는 꼴 보기 싫어 섬 구석을 떠난 거 잘 알잖니? 그렇지만 아무리 그래도 아버지가 너한테까지 그럴 줄이야……. 잘했다 영심아! 잘했어!"

이성미는 친구를 부둥켜안고서 몸부림치며 소리 높이 울부짖었다.

밖에 나와 저녁노을이 물든 바다를 바라보며 김지완 형사가 말했다.

"이래서 제주도에서 해녀들 수가 계속 줄어드는가보죠?"

성현은 꺼질 듯 한숨을 내리 쉬며 말없이 저물어 가는 우도의 저녁 바다를 하염없이 바라만 보고 있었다.

핑크 스카프

어느 이른 봄날 오후, 호텔 2층의 넓은 연회장에서는 여기저기서 갖가지 모임이 벌어지고 있었다. 대학생들간의 미팅도 있었고, 부인네들의 계모임도 있었다. 한 쌍의 남녀를 마주앉게 하고서 서로 상대방을 힐끗힐끗 훔쳐보는 모습은 선을 보는 장면이었다.

연회장 한쪽에 넓은 자리를 차지하고, 한복과 양복 차림이 뒤섞인 남녀노소 30여 명의 모임도 있었다. 그 모임의 중앙에는 검정색 양복을 입은 청년과 화사한 한복으로 곱게 단장한 아가씨가 자리했다. 오후 2시쯤, 모임의 분위기가 무르익자, 그 중 한 젊은이가 일어서서 목청을 가다듬고 말했다.

"에…… 지금부터 양가의 친척, 친지와 하객을 모시고 서광열 군과 장선희 양의 약혼식을 시작하겠습니다."

자리가 조용해지면서 사람들의 이목이 사회자에게 집중되었다.

"여러분들도 잘 아시다시피 서광열 군은 대학에서 화학을 전공한,

장래가 촉망되는 과학도입니다. 대학 졸업 후 다년간 직장에 몸담고 있지만 언제나 향학열에 불타고 있어, 곧 학업을 계속하기 위해 미국으로 유학을 떠나게 되어 있으며, 오늘의 여주인공인 장선희 양도 영문학을 전공한 재원으로서 서광열 군과 함께 미국으로 유학을 떠나게 될 양가집 규수입니다. 이제 양가의 친척, 친지 여러분들이 보는 앞에서 두 사람은 약혼을 서약하고, 같이 유학을 떠난 후 적당한 기회에 결혼식을 올릴 것을 여러분 앞에 굳게 맹세……."

바로 그때, 연회장 입구 쪽에서 한 여인의 목소리가 앙칼지게 울려 퍼졌다.

"안 돼요! 이 약혼은 무효예요! 두 사람은 절대 결혼할 수 없어요!"

키가 크고 가냘픈 몸매의 여인은 검은 옷을 입고 있었다. 얼굴은 창백했고 두 눈은 쑥 들어갔다. 부들부들 떠는 그녀의 손에는 커다란 숄더백이 들려 있었다.

"안 돼요! 절대로 안 돼요. 내 목숨이 붙어 있는 한 절대로 안 됩니다!"

여인은 절규하듯 외쳐 댔다.

사회자는 할 말을 잃었고, 약혼식 손님들뿐 아니라 연회장 안의 모든 이목이 이 여인에게 집중되었다. 연회장 안이 갑자기 조용해지면서 잠깐 동안 긴장이 감돌았다.

여인이 엉엉 울음을 터뜨렸다.

마침내 여기저기서 웅성웅성 소요가 일기 시작했다.

그때, 여인 앞으로 나선 사람은 검정색 양복을 입은 남자 주인공, 서

광열이었다. 그는 급히 자리에서 일어나 앞으로 나가 여인 앞을 가로
막았다.

여인은 눈물을 뿌리며 남자의 가슴에 얼굴을 파묻었다. 남자는 이마
에 땀을 흘리며 여자를 부축하고 황급히 연회장을 빠져나갔다.

약혼식장은 곧 아수라장으로 변했다.

남자는 여자를 데리고 호텔을 빠져나가려 했다. 그러나 대낮의 햇빛
에 눈이 부셨는지 밖으로 나가지 않고 호텔 지하로 발길을 돌렸고 곧
지하의 한 레스토랑으로 들어섰다. 레스토랑은 군데군데 조명등이 낮
게 드리워져 있어서 비교적 어둑하고 아늑했다.

남자는 여인과 식탁을 사이에 두고 마주 앉았다. 곧바로 나타난 웨
이터가 메뉴판을 남자에게 내밀었다. 그는 손을 저으며 아무 음료든
시원한 것으로 달라고 말했다.

여인은 아직도 어깨를 들먹이고 있었다. 그녀의 움푹 들어간 두 눈
과 갸름하고 창백한 얼굴이 눈물에 번진 화장으로 얼룩져 있었다. 남
자는 이마에 계속 흐르는 땀을 손등으로 닦았다. 그제야 그는 자신이
흰 장갑을 끼고 가슴에 붉은 장미꽃을 꽂고 있다는 사실을 깨달았다.
남자는 꽃을 빼고 장갑을 벗었다. 그는 두 손바닥을 벌려 얼굴을 감
쌌다.

두 사람은 오랫동안 서로 고개를 떨구고 앉아 있었다. 한참만에야
조금 마음이 진정된 듯 대화가 시작되었다. 남자는 여자를 어르는 듯,
달래는 듯 손을 내저으며 열심히 지껄였다. 여자는 머리를 흔들기도

하고 남자를 쏘아보기도 했다. 남자는 여자가 뜻대로 말을 들으려 하지 않자 계속 땀을 흘렸고, 웃옷을 벗기도 하고 일어서서 가슴을 치기도 했다.

얼마 만이었을까? 갑자기 여자가 자리에서 일어섰다. 그녀는 허공을 잡으려는 듯 팔을 흔들며 소리쳤다.

"이 사람이…… 이 사람이…… 나에게 약을 먹였어요……."

여자는 목청껏 소리를 질렀으나 힘이 없었다. 하지만 레스토랑 안의 사람들은 이 말을 모두 알아들을 수 있었다.

여자는 곧 식탁 위로 엎어지듯 쓰러졌다.

남자가 벌떡 일어나 한 걸음 뒤로 물러섰다. 손님들이 웅성거리며 다가왔다. 사람들이 몰려오자 남자의 얼굴이 하얗게 변했다. 그는 곧 쓰러진 여자를 등에 업고 황급히 밖으로 뛰어나갔다.

서울 중앙경찰서의 김지완 형사가 신고를 받고 그 호텔의 지하 레스토랑에 나타났을 때는 오후 3시쯤이었다.

식탁 위에는 오렌지주스 잔 두 개, 흰 장갑 한 켤레, 장미꽃 한 송이가 놓여 있었다. 김 형사는 레스토랑 종업원들로부터 사건의 자초지종을 듣고서 만일의 경우에 대비해 그 물건들을 수거했다.

김지완 형사는 여자가 옮겨진 병원으로 향했다. 종합병원은 다행히도 호텔로부터 걸어서 10분쯤 되는 거리에 있었다. 남자가 여자를 등에 업고 뛰어갔다고 했다.

김 형사가 병원의 중환자실로 들어선 것은 3시 30분쯤이었다.

병실에는 몸집이 크고 뚱뚱한 의사와 간호사, 그리고 병상에 누워 있는 그 여자가 있었다. 여자에게는 인공호흡기가 씌워져 있었다. 남자는 보이지 않았다.

"어떻습니까? 가망이 있습니까?"

김 형사가 의사에게 물었다.

"아직은 판단하기 곤란합니다. 오십 대 오십이라고나 할까요?"

"무슨 약이죠?"

"수면제입니다. 체질에 따라 치사량일 수도 있고 아닐 수도 있는 양입니다. 어쩌면 깨어날 것 같기도 합니다. 빨리 데려와서 다행입니다."

"그 남자는 어디 갔죠?"

"조금 전에 어딜 다녀오겠다고 나갔는데요."

이번에는 간호사가 대답했다.

"네? 나갔다고요?"

김 형사의 가는 눈에 긴장의 빛이 어렸다.

"안 되는데…… 그 사람 붙잡아 둬야 하는데."

의사와 간호사는 고개를 갸웃했다.

"남자가 여자에게 약을 먹였습니다. 살아난다 해도 살인 미수입니다."

"그럴 사람이 아니던데……. 도망갈 사람 같지는 않던데요."

의사가 못 믿겠다는 듯 머리를 저었다.

"분명 돌아올 겁니다."

김 형사는 병상 옆에 놓여 있는 여자의 가방을 발견했다. 제법 물건이 많이 들어가는 청색 숄더백이었다. 그 상황에서도 남자가 어떻게 이것만은 들고 왔을까 생각하며 김 형사는 습관대로 가방을 열고 내용물을 살펴봤다.

가방 안에는 속옷 등 옷가지와 화장품, 화장지, 귀고리, 팔지, 세면도구, 타월, 그리고 가방 옆주머니에는 핸드폰과 함께 핑크색 스카프가 반쯤 쑤셔넣어져 있었다. 반쯤 남은 담뱃갑도 하나 들어 있었다.

여자의 직업이 무엇일까 어림짐작하면서 김 형사는 가방을 본래의 상태 그대로 닫아 놓았다.

"깨어나거나 무슨 일이 있으면 곧바로 연락주세요."

김 형사는 의사에게 부탁하고 병원을 나왔다.

김지완 형사가 병원으로부터 연락을 받은 것은 그날 오후 7시 30분. 그 여자가 죽었다는 통보였다.

김 형사는 8시쯤 병원에 도착했다.

그 뚱뚱한 의사는 여자의 시체를 병상에 그대로 두고 김 형사의 확인을 기다리고 있었다. 의사의 예견대로 그 남자는 돌아와 있었다. 그는 시체 옆에서 두 팔로 자신의 목을 감싸고 침통한 표정으로 앉아 있었다.

"6시 반쯤에는 회복될 가능성이 높아지더니 그만 가버렸군요."

의사가 말했다.

"숨이 넘어간 것이 확인된 건 정확히 언제입니까?"

"정확히 7시 22분이었어요."

이번에는 간호사가 대답했다. 간호사는 교대한 듯 낮에 본 그 간호사가 아니었다.

"확인이 끝나셨으면 시체를 옮겨도 될까요?"

"네. 일단 사건이 해결될 때까지 시체실에 보관해주십시오."

김 형사는 여자의 유품이 든 가방을 들고, 침통한 표정을 짓고 있는 남자의 손목을 붙잡아 일으켜 세웠다.

"경찰서로 갑시다."

남자는 이 세상 모든 것을 못 믿겠다는 듯 머리를 설레설레 저었다. 그는 순순히 김 형사를 따라나섰다.

죽은 여인의 신원이 확인되었다.

김원숙, 28세, 서울 출생, 고졸. 약 4개월 전부터 서울서 멀리 떨어진 곳의 모 카페 마담으로 일하고 있었다.

살인 용의자로 연행된 남자의 신원도 확인되었다.

서광열, 28세, 서울 출생, 대졸. 서울의 모 화학회사 사원.

서광열의 소지품도 조사했는데, 특히 양복 왼쪽 윗주머니에서 가루약을 쌌던 구겨진 약종이가 나왔다.

김지완 형사의 심문이 시작되었다.

"여자와는 언제부터 알았죠?"

"고등학생 때부터……."

"어떤 관계? 애인?"

서광열은 머리를 끄덕였다.

"결혼까지 약속한 사이?"

"……."

"최근에 만난 것은 언제 어디서였죠?"

서광열은 여자를 오랫동안 만나지 않다가 열흘 전에 카페로 찾아가 만났다고 대답했다.

"왜 찾아갔죠?"

"아무래도 말은 하고 떠나야 할 것 같아서……."

"약혼에 관한 말도?"

서광열이 머리를 끄덕였다.

"미국으로는 언제 떠날 예정입니까?"

"일주일 후……."

그는 손바닥에 얼굴을 파묻었다. 괴로운 듯 어깨를 들먹거렸다.

김 형사가 단도직입적으로 말했다.

"왜 죽였죠?"

서광열이 고개를 번뜩 들고 김 형사를 쳐다봤다. 그는 머리를 저었다.

"귀찮게 따라붙어서?"

서광열은 계속 부인할 뿐이었다.

김원숙의 어머니가 나타나 가슴을 치며 통곡하다 딸을 죽인 용의자가 서광열이라는 것을 알자 눈을 부릅뜨고 덤벼들었다.

"너 이놈! 내 딸이 너에게 할 짓 못할 짓 다 해 가며 그토록 잘해줬는데 보답으로 약을 먹여 죽여?"

김원숙의 어머니는 서광열을 노려보며 절규했다. 그녀의 말에 의하면, 김원숙은 서광열이 대학을 졸업하고 취직하기까지 온갖 뒷바라지를 다했다고 했다.

김 형사는 김원숙의 어머니를 달래 돌려보냈다. 유품인 가방은 사건이 종료될 때까지 김 형사가 보관하기로 했다.

김 형사는 조서 작성을 마치고 그 내용을 서광열에게 설명했다.

"서광열 씨. 서광열 씨는 고등학교 때부터 사귀어 온 김원숙 씨와 장래를 약속한 사이였습니다. 꼭 결혼이라고 말은 안 했어도 김원숙 씨가 직업전선에 뛰어들어 경제적으로 서광열 씨를 도와준 것은 장차 결혼을 의식한 행동이었습니다. 그 도움을 받아들인 서광열 씨도 그런 뜻을 수락한 것이나 다름없습니다. 그런데 서광열 씨는 대학을 졸업하고 사회에 진출한 후 마음이 변했죠. 카페 마담인 김원숙 씨와 장래를 약속할 수는 없다고 판단한 겁니다. 못해도 대학은 나온 여자, 앞날을 위해 외국 유학을 같이 꿈꾸는 여자와 사귀게 되었죠. 더구나 미국으로의 유학은 귀찮은 김원숙 씨로부터의 도피라는 점에서 아주 더할 나위 없는 좋은 선택이었습니다. 그러나 양심 상 김원숙 씨에게 말도 안 하고 떠날 수는 없었죠. 그래서 시골에서 일하고 있는 김원숙 씨에게 찾아가 유학과 약혼에 관하여 고백했습니다. 모든 것을 잊어달라고 부탁했죠. 그러나 김원숙 씨가 그대로 물러설 것 같지는 않았습니다. 즉, 양심이 있다보니 걱정이 되고, 걱정이 있다보니 어떤 가능성에 대한 준비로 발전했습니다. 만일의 경우를 대비해 약을 준비한 겁니다. 화학을 전공한 화학자로서 약을 준비하는 것은 그리 어렵지 않았을 겁니다. 아니나 다를까, 그 우려는 사실로 나타나고 말았습니다. 약혼식장에 김원숙 씨가 나타난 겁니다. 그때 맨 먼저 김원숙 씨에게 나선 사람은 서광열 씨, 바로 당신이었습니다. 서광열 씨는 여자를 데리고 조명이 어둑한 지하 레스토랑으로 가서 김원숙 씨의 잔에 약을 넣었습니다. 서광열 씨는 잠재되어 있던 어떤 염려가 현실로 나타나자 갑자기 앞뒤를 못 가릴 정도로 당황했습니다. 또, 김원숙 씨가 조용히 쓰러지지 않고 약을 먹였다고 소리치는 통에 더욱 당황했죠. 그래서 김원숙 씨를 등에 들쳐 업고 병원으로 뛰었습니다. 그러고 나서 당신은 병원에서 일단 빠져나갔습니다. 도주할 마음으로…… . 그러나 양심 때문에 근처에서 방황하다 병원으로 돌아왔지만 김원숙 씨는 죽은 뒤였습니다."

김 형사는 잠시 말을 멈췄다.

"김원숙 씨가 마셨던 주스 잔의 찌꺼기와 서광열 씨가 꼈던 흰 장갑의 손가락 부분, 그리고 약을 잔에 털어 넣고 나서 종이를 다급히 쑤셔 넣었던 윗호주머니 언저리에서 같은 성분의 약이 검출되었습니다."

김 형사가 언성을 높였다.

"자, 이거면 충분합니다. 이제 그만 자백하시죠!"

김 형사는 말을 마치고 가는 눈으로 서광열을 노려봤다. 서광열은 또다시 두 손바닥을 벌리고 얼굴을 묻었다. 그는 여전히 머리를 가로 젓고 있었다.

사건 다음날, 서광열을 꼭 만나야 한다는 면회 요청자가 있었다. 서광열의 약혼자 장선희였다. 하얀 얼굴에 조그마한 입을 야무지게 다물고 있는 용모가 매우 이지적이었다.

장선희는 서광열과의 단독 면담을 요청했다. 김 형사는 허락했다.

서광열을 만난 후 장선희는 김지완 형사와의 면담도 요청했다.

그녀의 두 눈은 갑자기 당한 불행으로 인해 약간 충혈된 상태였다.

"광열 씨가 범인이라고 판단하십니까?"

장선희가 조용한 목소리로 말을 꺼냈다.

"불행하게도 그렇습니다. 살인의 동기와 그때의 상황, 그리고 물적 증거가 범행을 증명합니다. 다만 서광열 씨가 자백하지 않고 있을 뿐입니다. 그러나 곧 하게 될 겁니다."

김 형사가 자신 있게 대답했다.

"김 형사님은 살인의 동기를 몹시 중요시 하시는데, 그렇다면 광열 씨가 계획적으로 그 여자를 살해했다는 말인가요?"

"결과적으로 그렇게 되었죠. 서광열 씨는 만일을 대비해 약을 준비해 뒀고, 만일의 사태가 실제로 발생하자 실천에 옮긴 셈이죠. 살인의 동기란 매우 중요합니다. 저는 수사할 때 동기를 조사하는 것부터 시작합니다. 그 동기가 확실한 것으로 확인되고 물적 증거와 합치될 때 그 사건은 99% 해결된 거나 다름없습니다."

"하지만 김 형사님! 형사님은 광열 씨의 동기를 지나치게 과장해서 판단하고 계십니다."

장선희도 물러서지 않았다. 그녀는 조용히, 그러나 단호하게 말했다.

"과장이 지나칩니다. 광열 씨는 살인자가 아닙니다."

"어떤 점에서 그렇게 보시죠?"

"죽은 그 여자는 광열 씨가 약을 먹였다고 소리쳤습니다. 의식을 잃어 가는 사람이 약을 먹었다는 사실을 쉽게 판단할 수 있을까요?"

"정신력이 강한 사람은 가능하죠. 김원숙 씨는 당시 애인이 다른 여자와 약혼한다는 위기의식이 있었기 때문에 정신력이 집중된 상태였을 겁니다."

"저는 그렇게 생각하지 않습니다. 먼저 광열 씨가 살인을 저지를 만한 위인이 아니기도 하지만…… 그 여자가 약에 대해 소리쳐 외쳐 댄 동기에 대해서는 왜 더 깊이 조사하지 않으시죠? 저는 죽은 여자의 행동에 대해서도 조사할 것을 요청합니다. 그 여자가 약혼식 시간에 맞춰 시골에서 올라온 동기 같은 것도 말입니다."

장선희는 차분하게 말을 마치고 조그마한 입을 다물었다.

김 형사는 장선희의 말하는 모습을 가느다란 눈으로 지켜봤다. 그녀의 말은 조리가 있었고 얼굴 표정과 자태는 지극히 침착했다.

그렇다. 이 여자도 사건의 피해자다. 일주일 후면 같이 유학을 떠나기로 한 약혼자가 살인자로 몰린 상황이다. 유학을 포기하든지 아니면 모든 것을 잊기 위해서라도 혼자서 떠나야 할 운명이다.

"좋습니다. 조사해보겠습니다."

마침내 김 형사가 말했다. 장선희의 입장도 입장이지만 사건의 완결을 위해서는 필요한 조치라고 판단했다.

"저도 같이 가겠어요."

장선희가 말했다.

"어딜요? 김원숙 씨 가게에요?"

"네."

그녀가 굳게 결심한 표정을 지었다.

김 형사는 말리지 않았다.

1시간쯤 뒤, 김지완 형사와 장선희는 김원숙의 가게로 향하는 열차에 올랐다.

도시를 벗어나자 산과 들에는 한겨울의 무겁고 눅눅했던 한적함이 사라진 듯, 무엇인가 꿈틀거리는 봄기운이 싱그럽게 차창을 스치며 지나갔다. 김 형사는 가슴이 탁 트이는 신선함을 느꼈다.

그러나 장선희의 시선에는 창밖의 봄빛과 달리 어두운 겨울 그림자가 짙게 깔려 있는 듯 했다. 약혼자가 갑자기 살인자로 몰리게 된 처지가 애처로웠다.

"서광열 씨와 사귄 지 얼마나 되었습니까?"

김 형사가 말을 꺼냈다. 첫 마디에서조차 형사 티를 벗어나지 못했음을 곧 후회하면서.

"1년쯤 됐어요."

그녀는 짧게 답했다.

"유학은 같은 곳으로 갈 예정이었습니까?"

"네, 같은 학교로."

만일의 경우 혼자서라도 떠나겠느냐고 묻고 싶었지만 김 형사는 더 이상 묻지 않았다. 그녀의 대답에는 들리지는 않았지만 어떤 가느다란 한숨이 어려 있었다.

그때부터 김 형사의 가느다란 눈도 차창 밖에 줄줄이 나타나는 전신주와 그 위를 잇는 전선이 끝없이 그어 가는 곡선만을 주시했다.

열차가 목적지에 도착한 것은 약 4시간이 지난 오후 3시경이었다. 김 형사는 현지 경찰에 들러 협조를 요청했다.

읍 단위의 소도시에도 카페가 여럿 있었다. 김 형사는 현지 경찰의 안내로 김원숙이 일했던 카페를 찾아갔다.

카페에는 대여섯 명의 손님이 여기저기 드문드문 앉아 있었다.

김 형사 일행이 자리에 앉자 아가씨가 물잔을 들고 왔다.

"미스 리! 이 분은 서울에서 오신 김 형사님이셔. 김 마담 사건 때문에 조사차 오셨어. 잠깐 자리에 앉아."

안내를 맡은 박 순경이 아가씨에게 말했다.

"어머, 그러세요? 언니 참 안됐어요. 신문을 보고 깜짝 놀랐어요. 약을 먹여 죽이다니, 어쩌면 그렇게 뻔뻔하고 잔인한 배반자가 있어요?"

아가씨는 금세 흥분을 감추지 못했다.

"남자가 그렇게 잔인한 줄이야…… 언니만 불쌍하지. 내가 못 가게, 더 강하게 말렸어야 하는 건데……."

김 형사는 먼저 차를 한 잔씩 부탁했다. 아가씨에게도 같이 마시도록 권했다.

"김원숙 씨가 서울로 갈 때의 상황을 자세히 말씀해주십시오."

아가씨는 김 형사와 장선희의 얼굴을 번갈아 쳐다봤다. 장선희의 신분을 밝힐 필요는 없었다. 장선희는 태연한 표정으로 묵묵히 앉아 있었다.

"그제 밤, 그러니까 마담 언니가 서울로 올라가기 하루 전날 밤, 갑자기 언니가 가방을 챙기는 거예요. 도저히 바보처럼 앉아서 당하고만 있을 수는 없다고요. 그 말을 듣고 약혼식이 그 다음 날인 걸 알았죠. 나는 말렸어요. 이미 때는 늦었고, 여자는 변덕이라도 있어 마음이 돌려지지만 남자란 변덕도 힘들어 이미 물 건너간 것이니 분하지만 참으라고…… 언니는 못 참겠다고 했어요. 만인이 보는 앞에서 자신의 존재를 분명히 밝히겠다는 거예요. 그렇게라도 하지 않으면 분하고 원통해서 미칠 것만 같다고 했어요. 언니는 그날 밤을 뜬눈으로 지새웠어요. 다른 날에는 술이라도 마시더니 그날은 술은 찾지도 않고 담배만 연신 피우며 잠 한 숨 못 이루는 듯했어요. 그리고 아침 첫차로 서울로 올라갔어요."

아가씨가 말을 멈추고 물을 한 모금 마셨다.

박 순경이 담배를 꺼내 김 형사에게 권했으나 김 형사는 손을 저었다. 잠시 후 김 형사가 물었다.

"열흘 쯤 전에 서광열 씨가 이곳에 찾아온 것이 사실입니까?"

"여자로서 비참한 이야기예요. 저도 여자지만 언니가 그때 당한 꼴을 생각하면 정말 분해요. 처음에는 조용조용 이야기하더니 언니가 드디어 눈물을 흘리더군요. 저는 직감했죠. 이제 모든 것을 끝내기 위해 남자가 내려왔구나 하고요. 그래도 언니는 인정이 많은 사람이었어요. 나 같으면 그 자리에서 이판사판 멱살을 잡았겠지만 언니는 그래도 애원하는 눈치였어요."

"애원이라뇨?"

김 형사가 물었다.

"뻔한 거죠. 여기 여자 분도 계시지만…… 애인이 다른 여자와 결혼하는데 바랄 게 뭐가 있겠어요. 돈이요? 언니는 그런 여자는 아니에요. 그놈의 정이 뭔지…… 학생 때부터 사귀어 온 남자에게 바라는 것은 비록 결혼까지는 못하지만 앞으로도 가끔이라도 좋으니 잊지 말고 만나달라는 애원이죠. 그러나 그 남자는 무자비한 자, 아니면 바보였어요. 단호하게 거절했어요. 언니는 참을성 있게 매달렸죠. 여관에도 데리고 갔어요. 그러나 10년이 넘도록 지내 온 애인이 옷까지 홀홀 벗고 애원했는데도 무자비하게 뿌리치고 그 밤중에 서울로 가버렸다는 거예요. 뭐 주고 뺨 맞는다고 하지만 언니는 뭐 주고 싶어 애원했어도 거들떠도 안 봤으니…… 같은 여자의 입장에서 얼마나 비참한 꼴에요? 언니 가슴에 못을 박아 놓고 가버렸죠."

아가씨가 말을 멈추고 장선희를 쳐다봤다. 동의를 구하는 눈빛이었다. 장선희의 얼굴에 약간의 동요가 이는 듯했다.

잠시 침묵이 흘렀다. 모두가 아가씨의 마지막 말이 내포하고 있는 여운을 감지하고 있는 듯 입을 다물고 있었다.

"남자가 가버리자 언니는 여관에서 돌아왔어요."

아가씨가 계속했다.

"그리고 그날 밤 수면제를 먹었어요. 자살하려고……."

"자살이요?"

그때까지 잠잠히 듣고만 있던 장선희가 눈을 크게 떴다.

"네, 자살이요. 정말 죽을 마음이었나봐요."

"수면제를 얼마나 먹었죠?"

이번에는 김 형사가 물었다. 그도 가는 눈을 치뜨고 있었다.

"모르겠어요. 죽을 만큼 먹었대요. 다음 날 아침에 발견하고 병원으로 옮겨 그 다음 날에야 눈을 떴어요. 의사 말이 몇 시간만 더 늦게 왔어도 영영 깨어날 수 없었을 거랬어요."

새로운 사실을 알게 된 김 형사 일행은 김원숙이 입원했던 병원을 찾아가 의사를 만났다. 김원숙이 먹었다는 수면제의 성분도 알아냈다. 김원숙이 숨진 서울의 담당 의사에게 확인한 결과 시체에서 검출된 것과 똑같은 아프로바르비탈이라는 수면진정제였다.

김 형사는 카페 아가씨의 진술에 따라 김원숙이 그 약을 시골의 약방을 통해 한두 알씩 구입했음도 알아냈다. 특히, 자살이 미수로 끝난 이후에도 여전히 그 약을 구입했다는 중요한 사실도 확인되었다. 약국에서 또 죽고 싶어서 그러느냐고 거절하면, 모질게도 살아난 목숨인데 왜 죽냐며, 밤에 잠이 오지 않는다며 사갔다 했다.

김 형사와 장선희는 여기저기를 바삐 오갔다.

저녁 무렵, 김 형사 일행은 그곳 시골 카페의 한쪽 자리에 앉아, 마지막으로 더 조사해야 할 사항이 없나 점검했다.

"상황이 자명해졌습니다, 형사님."

마침내 장선희가 말문을 열었다.

"그 여자가 왜 약혼식장에 나타났으며, 광열 씨가 약을 먹였다고 외쳐 댄 동기가 자명해졌어요."

"자살극을 벌였다는 말이죠?"

장선희는 대답 대신 머리를 끄덕였다.

"하지만 호주머니에서 발견된 그 약종이와 흰 장갑 끝에 묻어 있던 약 성분은요? 그 약종이가 어떻게 서광열 씨의 호주머니로 들어갔죠?"

김 형사가 그녀의 두 눈을 빤히 쳐다보며 물었다. 그때 장선희의 조그마한 고집스런 입술이 약간 비틀리며 보일 듯 말 듯한 미소를 흘렸다.

"그 여자는 거의 열흘 동안 벼르고 있었어요. 카페 아가씨의 말처럼 광열 씨에 대한 원한은 컸고, 따라서 기왕 죽을 바에야 광열 씨를 살인자로 몰아세우고 죽자는 계획이었어요. 나름대로 치밀한 계획이었죠. 그런 여자가 약종이 하나쯤 못 넣었겠어요?"

"어떤 상황에서 말이죠?"

"당시 광열 씨는 지쳐 있었어요. 땀도 많이 났고요. 웃옷을 벗기도 했고 장갑도 벗어 식탁 위에 놓아두기도 했어요. 옷을 벗고 땀을 닦으러 화장실에 다녀오기도 했고요. 그 순간 여자는 약을 자기 주스 잔에 털어 넣고 약을 쌌던 종이를 장갑 끝에 살짝 문지른 다음, 광열 씨의 양복 윗호주머니에 쑤셔넣은 거죠. 뻔하지 않나요?"

김 형사는 가느다란 눈으로 그녀의 입을 계속 주시했다. 말이 더 계속되기를 기다리는 표정으로…… 그러나 장선희는 그 조그마한 입을 굳게 다물었다. 손으로 앞에 놓인 찻잔을 만지작거리며 눈에 뜨일 듯 말 듯한 엷은 미소를 짓고 있었다.

김 형사의 뇌리에 장선희의 마지막 말이 그녀의 그 차분한 음성으로 맴돌았다.

뻔하지 않나요……?

"어떻게 그걸 확신하죠?"

"그 증거는 다음 두 가지 점으로 분명해요."

장선희가 다시 입을 열었다.

"첫째, 여기서 확인한 바와 같이 그 여자가 서울에서 먹은 약과 이곳에서 먹은 약이 동일하다는 사실. 따라서 약을 준비한 사람은 광열 씨 아니면 그 여자인데, 여자가 여기서 계획적으로 약을 준비한 사실이 확인되었어요. 둘째, 잔에 약을 넣은 사람도 두 사람 중 한 사람인데, 만약 광열 씨가 넣었다면 병원에서 빠져나와 방황하다 다시 병원으로 돌아올 때까지 약을 싼 종이를 그대로 간직하고 있었을까 하는 점이에요. 김 형사님은 그가 당황해서 그랬을 수도 있을 거라 말씀하시겠지만, 그 당황이란 몇 시간 동안 그렇게 오래도록 지속되는 것은 아닐 거예요."

김 형사도 장선희의 추리에 대해 내심 동의하고 있었다. 김원숙은 여러 사람 앞에서 자살을 살인으로 연출하려 했다. 그것도 치밀한 계획 하에. 서광열을 살인 미수범으로 몰아 다른 여자와 결혼하는 것을 방해하고, 유학을 떠나는 것도 막으려 했다. 카페 아가씨의 증언대로라면 서광열에 대한 원한은 그러고도 남을 만큼 충분하다.

하지만 김 형사의 마음에는 아직 미심쩍은 점이 적어도 두 가지는 남아 있었다. 하나는 김원숙 자신이 약을 먹었다는 가정은 어디까지나 추론에 불과하다는 점이다. 그에 관한 증거는 서울에서 검출된 약 성분과 이곳에서 구입했다는 약 성분이 같다는 물증 외에는 모두 정황에 근거하고 있다. 우연히 같을 가능성도 있다. 그렇다고 이미 죽어 버린 김원숙의 입으로 자백을 받을 수도 없다. 다만 서광열이 자신의 범행을 강력히 부인하고 있다는 사실과, 그의 성품이 그럴 만 한 범죄형이 아니라는 인상이 그 미심쩍은 점을 덮어 두었다. 어쩌면 서광열에 대한 인상은 바로 앞에 있는 약혼자 장선희의 인격과 연루된 선입관일 가능성도 있다.

다른 하나는, 자살극을 타살극으로 연출하려던 김원숙이 정말 죽어 버렸다는 것이다. 자살하려는 사람은 죽음 자체는 은밀히 거행하려는 경향이 있다. 만약 김원숙이 죽음을 원하지 않았다면 아직 살아 있어야 한다. 만약 죽음을 원했다면 조용히 혼자 죽든가 아니면 서광열과의 동반자살을 기도했을 것이다. 김원숙이 처음부터 서광열을 죽이려 했다고 가정할 만 한 근거나 물증도 없다.

결국 김원숙은 극을 연출하려다 극으로 끝내지 못하고 정말 죽어버렸다는 점이 김 형사의 마음을 떠나지 않았다.

그러나 현재로서는 다른 결론이 없다. 김원숙은 목숨을 부지할 만큼만 약을 먹었는데 그로 인해 불행히도 죽어버렸다는 결론이다.

"좋습니다. 내가 졌습니다."

김 형사가 마침내 장선희에게 말했다.

"이 사건은 타살이 아니라 자살로 결론짓겠습니다. 두 분께서 무사히 유학을 떠날 수 있도록 조치하겠습니다."

장선희는 김 형사의 말에 대응하지는 않았다. 다만 답례로 머리를 약간 숙였을 뿐이다.

김지완 형사와 장선희는 그날 저녁 열차를 타고 서울로 올 수 있었다. 올라올 때는 내려갈 때와 달리 분위기가 한결 부드러웠다. 장선희는 굳었던 표정을 누그러뜨리는 여유를 보였고 김 형사는 사건을 결론지어 홀가분함을 느꼈다.

열차에서 김 형사가 물었다.

"장선희 씨는 영문학을 전공하시는데 추리소설을 좋아하십니까?"

"네, 저는 사건이 복잡하게 뒤얽히는 것보다는 원인과 결과가 분명한 추리소설을 아주 좋아해요."

그녀는 여유 있게 말했다.

"저하고 직업을 바꿨으면 좋겠군요."

"어떻게요? 제가 김 형사님처럼 형사가 된단 말씀인가요?"

"바로 그겁니다. 형사로서 그 멋있는 추리력과 상상력을 발휘하신다면…… 대학에 추리학이나 형사학 같은 과목은 없을까요? 저도 한번 시도를…… 허허!"

두 사람은 함께 웃었다.

"김 형사님은 사건의 동기가 아주 중요하다고 말씀하셨죠? 그런 점에서 제가 이 사건의 해결에 관여하게 된 동기에 대해서는 어떻게 생각하세요?"

"그야 가장 유력한 피의자와 직접 관련이 있는 약혼자시기 때문이죠."

김 형사는 쉽게 대답했다. 칭찬까지 곁들였다.

"아무튼 사건의 해결에 직접 뛰어든 그 용기에 찬사를 보내고 싶습니다."

장선희는 잠시 머뭇거렸다.

"실은 제가 직접 그 현장을 목격했기 때문이었어요."

"목격이라뇨? 여자가 약을 타 넣는 것을 직접 봤단 말씀인가요?"

"네, 맞아요. 제가 말한 내용은 추리가 아니라 사실이었어요."

그녀는 진지한 표정으로 말했다.

"그때 약혼식장에서 제가 취할 수 있는 행동이 뭐였겠어요? 저도 당사자로서 화가 치밀었죠. 너무도 분해서 두 사람을 바로 뒤쫓아 갔어요. 지하 레스토랑의 조명이 어둑해서, 제가 한쪽 구석에 앉아 그들의 행동을 주시하고 있다는 사실을 눈치 채지 못했어요."

열차의 진동이 잠시 장선희의 말을 끊었다.

"처음에는 저도 나서서 함께 따지려다 일이 꼬일 것 같아 꾹 참고 일단 한쪽으로 물러섰어요. 광열 씨가 웃옷을 벗는 모습이며, 화장실에 다녀온 사실, 그 사이 그 여자가 자기 주스 잔에 약을 타 넣고 종이를 광열 씨 옷주머니에 넣는 모습 등…… 그러나 당시에는 그게 약인 줄은 몰랐어요."

"그럼 왜 목격했다는 사실을 미리 저에게 말하지 않으셨죠?"

"제가 미리 이야기했다고 김 형사님께서 처음부터 저를 믿으셨겠어요? 광열 씨와 약혼자 관계인 저를?"

김 형사는 대꾸하지 못했다.

긴 침묵이 흘렀다. 달리는 열차의 진동이 일정한 간격으로 반복되었다. 야간열차의 진동소리는 유난히도 크게 들렸다.

김 형사는 열차에서 스르르 잠이 들었다. 그러나 장선희는 잠을 청하는 것 같지는 않았다.

목욕탕의 한증막에서 어지간히 땀을 뺀 김지완 형사는 이발소에 들러 면도하고 머리도 손질했다. 4월 초순의 따사로운 오전 햇살이 모처럼 여유를 부린 김 형사의 마음을 더욱 느긋하게 만들었다.

어찌 보면 완연한 봄 같기도 하지만 빌딩 그림자에 가린 길거리의 음지에는 아직도 겨울의 을씨년스런 바람결이 차갑게 소슬했다. 양지는 봄이요 음지는 아직 겨울의 여운이 남아 있는 그런 날씨였다.

몸을 치장하고 나니 마음까지 가뿐해진 김 형사가 느릿한 걸음걸이로 자신의 자리로 돌아왔을 때, 책상 위에 잘 포장된 케이크 상자 하나가 놓여 있었다.

밝은 은빛 장미꽃 무늬가 크게 그려진 흰색 포장지로 싸고, 그 위에 핑크색 꽃 리본을 곱게 매단 상자였다. 꽃 리본 밑에는 조그마한 봉투가 테이프로 붙여져 있었다.

김 형사는 봉투 안의 카드를 꺼내 펼쳐봤다.

김지완 형사님.
뵙지 못하고 떠나지만,
감사드리고 싶습니다.
-장선희

사무실 벽의 달력을 보니 바로 그날이 서광열과 장선희가 미국으로 유학을 떠난다는 날이었다.

서광열이 풀려난 지도 벌써 며칠이 지났다. 비록 약혼식 자체는 엉망이 되었지만 장선희의 주장과 설득으로 약혼은 유효하다고 양가가 합의했다고 했다.

김 형사는 케이크 상자에 쉽게 손을 대지 못했다. 사무실 동료들은 거의 출타 중이어서 혼자 포장을 뜯어보기도 그랬지만, 그보다는 은은한 흰색과 핑크색의 조화가 장선희의 이지(利智)와 품위를 말해주듯 아름다워 함부로 포장을 풀어 헤치기가 아까워서라고 해야 옳을 것이다.

김 형사는 케이크 상자를 책상 위에 그대로 두고 창밖 길가를 내려다봤다.

여인들의 옷차림은 역시 계절에 민감했다. 대부분 외투는 입지 않았고 입었다 해도 앞을 풀어 젖히고 다녔다.

바로 그때, 김 형사는 흰색 봄 코트를 입은 한 여인이 핑크 스카프를 목에 두르고 지나가는 모습을 봤다. 그 핑크색은 케이크 상자에 달려 있는 꽃 리본과 빛깔이 똑같았다.

달리아 꽃 같기도 하고 장미꽃 같기도 하고…… 아니 무슨 꽃이라고 이름 붙이기 어려운 모양으로, 둥실둥실 매듭을 엮어 놓은 듯한 꽃 리본의 그 핑크색…….

갑자기 김 형사는 머리끝이 쭈뼛해졌다.

그 순간부터 김지완 형사의 마음과 몸은 또다시 바삐 움직였다.

김 형사는 먼저 서류를 뒤져 김원숙의 유품 목록을 찾았다. 역시 예상한 대로 그 목록에는 핑크 스카프가 빠져 있었다. 자신이 작성했던 목록이었지만 왜 그때는 그 사실을 인식하지 못했던가? 스스로 반문하면서 시계를 계속 들여다봤다.

서둘러야 했다.

사건은 이미 자살로 종결되었고, 서광열은 풀려났으며, 유품은 김원숙의 어머니에게 넘겨준 지 오래다. 김원숙의 시체는 그녀의 어머니가 병원의 처분에 맡겼다고 했으며, 서광열과 장선희는 오늘 오후 8시 20분 발 비행기로 떠난다고 했다.

김 형사는 김원숙의 어머니에게 달려갔다.

다행히도 그 청색 숄더백은 내용물 그대로 보관되어 있었다. 김 형사가 가방을 열고 뒤져봤지만 김원숙이 입원해 있던 그 병실에서 김 형사가 본 그 핑크 스카프는 없었다.

"바보 같은 년! 혼자 죽으려면 왜 그딴 짓을 해. 불쌍한 년! 그딴 물건은 손에 대기도 싫어요. 불 속에 던져버릴까봐요."

체념처럼 한탄하고 있는 김원숙의 어머니를 뒤로 하고 나선 것이 벌써 오후 2시 40분.

김 형사는 김원숙이 입원했던 병원으로 달려가 뚱뚱한 의사를 만났다. 의사는 김원숙의 카드를 찾아 앞에 놓고 말했다.

"약은 수면진정제 아프로바르비탈, 복용량은 약 800밀리그램 정도입니다. 이 정도의 양은 그때도 말씀드렸지만 체질에 따라서 치사량이 될 수도 있고 아닐 수도 있습니다."

"선생님, 잠깐만⋯⋯."

김 형사는 수첩을 뒤졌다.

"확실을 기하기 위해 다시 확인하겠습니다."

김 형사가 김원숙이 자살 소동을 벌렸던 시골 병원에 전화로 확인한 결과 당시 사용된 약은 똑같이 아프로바르비탈 800밀리그램 정도였다.

"이 약은 향정신성 의약품으로 중독성이 있습니다."

뚱뚱한 의사가 고개를 갸웃했다.

"양을 더 추가하지 않으면 면역되어서 죽을 가능성이 희박해지는데⋯⋯."

"그렇습니까?"

김 형사는 가는 눈을 치떴다.

"선생님, 시체를 다시 검사해주십시오. 주로 질식 여부를 말입니다."

김 형사의 눈빛은 빛나기까지 했다.

다행히도 김원숙의 시체는 아직 보관되어 있었다.

시체를 다시 점검한 후 의사가 말했다.

"맞습니다. 기도에 질식된 흔적이 있습니다. 목을 조인 흔적은 없습니다만⋯⋯ 그때는 호흡이 거의 회복되어 인공호흡기를 떼어 놓았었는데⋯⋯ 이게 어떻게 된 거죠?"

"곧 밝혀지겠죠."

김 형사는 김원숙의 사망 시간이 그날 오후 7시부터 7시 20분 사이였음을 재차 확인했다.

"그날 병실에 근무했던 간호사를 불러주시겠습니까? 몇 가지 확인할 일이 있습니다."

사건 당일 낮에 봤던 간호사와 저녁 무렵 김원숙의 사망 사실을 발견했던 간호사가 김 형사 앞으로 호출되어 왔다.

"정확한 교대 시간이 언제였습니까?"

"교대 시간은 오후 7시에요."

낮 담당 간호사가 대답했다.

"그날은 환자가 회복되었다고 의사 선생님이 말씀하셔서 옆을 꼭 지키고 있을 필요는 없었어요. 그래서 저는 6시 50분 쯤 병실을 나왔죠."

"저는 그날 저녁 식사를 하고 7시 20분쯤 그 병실로 들어갔어요."

밤 담당 간호사가 말했다.

"보통 7시부터 7시 30분 사이는 식사 시간이고 교대 시간이기 때문에 병실을 비울 때가 많아요. 복도는 혼잡한 편이고요."

"그 남자는 언제 돌아왔다고 했죠?"

"제가 사망을 확인하고 나서 30분 쯤 지난 7시 50분경이에요."

"6시 50분부터 7시 20분 사이라……."

김 형사가 중얼거렸다.

"병실의 출입은 통제됩니까? 아무나 출입할 수 있습니까?"

"아무나 출입할 수 있는 건 아니지만 꼭 통제하고 있다고도 볼 수 없어요. 특히 저녁 무렵에는 사람들의 출입이 빈번해 가족이나 문병객으로 알고 별 주의를 기울이지 않는 편이죠."

"알겠습니다. 고맙습니다."

김지완 형사가 계속 손목시계를 보며 인천공항으로 출발한 것은 오후 6시 10분이었다. 서광열과 장선희가 타고 떠날 비행기는 8시 20분 출발. 늦어도 7시까지는 그들을 만나야 한다.

김 형사가 북적거리는 사람들 틈에서 환송 나온 가족들 사이에 있는 두 사람을 발견한 것은 7시 10분 쯤, 탑승객 출구 앞에서였다.

김 형사가 사람들 틈을 헤치고 서광열과 장선희 앞으로 나섰다.

그 순간, 두 사람의 얼굴에는 동시에 긴장과 당황의 빛이 감돌았다.

"갑시다."

김 형사는 무거운 어조로 말했다.

"두 분 중 한 분은 저와 함께 핑크 스카프를 찾으러 가주셔야겠습니다."

고개를 떨군 사람은 장선희였다.

얼굴이 종잇장처럼 하얗게 변한 장선희는 김 형사의 요구대로 순순히 연행에 협조했다. 그녀를 태운 차는 사람들의 아우성을 뒤로 하고 공항을 빠져나왔다.

"모든 행위에 있어서는 역시 그 동기가 중요합니다. 그때는 왜 제가 장선희 씨의 행위에 대해서 무관심했는지……."

차 속에서 김 형사는 말을 꺼냈다. 그녀에게 연행에 따른 합당한 이유를 설명하기 위해서였다.

"사건 당일, 장선희 씨는 피해자의 입장에서 레스토랑까지 뒤쫓아가 사건의 전말을 확인했다고 했습니다. 눈으로 직접 목격했기 때문에 시골까지 내려가 서광열의 결백을 입증했습니다. 그런데 오늘 아침 제게 보내준 그 케이크 상자에 붙어 있는 핑크색 꽃 리본이 불행하게도 사건의 결말을 뒤집고 말았습니다."

장선희의 흰 얼굴은 움직이지 않았다. 그녀의 조그마한 입도 꿈쩍 안 했다.

김 형사는 계속했다.

"그 핑크색은 그날 낮, 병원에서 죽은 김원숙 씨의 가방 옆에 끼워져 있던 핑크 스카프와 색상이 같습니다. 그 핑크색 꽃 리본을 보자 장선희 씨와 병실의 그 스카프가 동시에 떠올랐고, 불현듯 그날 장선희 씨가 그 병실을 다녀갔을 거라는 생각이 번개처럼 스쳤습니다. 장선희 씨의 행적이 레스토랑에서 멈추지 않고 병원까지 이어졌을 거라는 직감이었죠. 다시 말해, 장선희 씨는 약을 먹은 그 여자가 죽었는지 살았는지 확인이 필요했습니다. 그래서 병원까지 뒤쫓아 갔고, 병실을 알아내고, 의사와 간호사가 자리를 비운 틈을 노렸죠. 그런데 막상 병실에 들어가서 그 여자가 살아나고 있음을 알고서는…… 그 순간 눈에 들어온 것이 그 핑크 스카프. 그것으로 여자의 코와 입을 막았던 겁니다. 불과 3,4분 안에 끝나는 일이었죠."

김 형사는 잠시 숨을 돌렸다.

"핑크색은 누구에게나 눈에 잘 뜨입니다. 저도 감사하다는 뜻으로 케이크에 핑크색 꽃 리본을 달아 보내준 것으로 알고 있습니다. 하지만 안타깝게도 그게 장선희 씨가 범행 후 행한 처음이자 마지막 실수가 되어버렸습니다."

움직이지 않던 장선희의 입에서 가느다란 신음이 새어 나왔다.

마침내 김 형사가 물었다.

"그 핑크 스카프 어디 있죠?"

"……."

잠시 후 그녀가 머뭇머뭇 입을 열었다.

"그 케이크 상자에 붙인 꽃 리본…… 제가 스카프로 만든 거예요."

마스카라

영미는 포크로 반쯤 남은 스테이크를 건드리다 말고 접시를 밀어
놓았다. 많이 먹지는 않았지만 느긋한 포만감에 만족했다.

"우리 커피 마실래?"

영미가 아직도 열심히 먹고 있는 친구를 바라보며 말했다.

"커피?"

음식을 먹다 말고 경주가 말했다.

"저녁 커피는 밤잠이 잘 안 오잖아. 난 아이스크림으로 할래."

"하긴 그래. 그래도 오늘은 커피를 한 잔 하고 싶은데."

영미가 손을 저어 웨이터에게 커피와 아이스크림을 하나씩 주문했다.

"너, 그 사람 오늘은 안 만나?"

"프랑스로 출장 갔어. 한 일주일 지나면 돌아올 거야."

영미는 왼쪽 약지에 끼고 있는 약혼반지를 오른쪽 손가락으로 만지
작거렸다. 약간 어둑한 레스토랑의 조명등에 검푸른 사파이어가 더욱

검고 크게 보였다. 사파이어는 손가락 끝의 진홍색 매니큐어와 한 세트를 이뤘다.

"그래서 네가 요즘 한가하구나?"

경주가 영미에게 눈을 흘겼다.

영미는 입가에 미소를 흘렸다. 사실 요즘처럼 한가하고 느긋한 해방감을 느낀 적도 드물다.

영미는 커피를 한 모금 한 모금 음미하듯 천천히 마신 후 자리에서 일어났다. 날은 이미 어두워졌고 10월 초의 선선한 초가을 바람이 불어 왔다.

"오늘은 차 없어?"

"응, 그냥 버스로 갈래."

영미는 두세 권의 책 꾸러미를 가슴에 안듯 팔로 감싸고 버스 정류장 쪽으로 앞장서 걸었다.

"저녁 잘 먹었다, 영미야! 나 먼저 갈게."

"그래 잘 가. 내일 또 보자."

영미가 팔을 들어 버스에 오르는 경주에게 흔들었다. 그녀가 팔을 내리며 몸을 비켜설쯤 옆에 서 있던 남자와 옆구리를 부딪치고 말았다. 영미가 미안하다는 표시로 목례하자 작달막한 남자는 이를 내보이며 씩 웃었다.

영미는 동네 앞 정류장에서 버스를 내렸다. 정류장으로부터 영미네 집까지는 한참을 걸어 올라가야 한다. 그녀는 상점가를 지나 주택

가로 접어들었다. 주택가 골목에는 행인도 뜸했고 간간이 구멍가게의 불빛이 환할 뿐 전반적으로 어둑하고 으슥했다. 영미는 어둑한 골목에서부터는 걸음을 빨리 했다. 누군가가 그녀의 뒤를 따라올지도 모른다는 예감이 들었다. 그녀는 책 뭉치를 가슴에 꼭 끌어안으며 걸음을 재촉했다.

그녀가 중간쯤의 골목길에 접어들고 있을 때 10여 미터 앞에 주차해 있던 승용차가 시동을 거는 소리가 들렸다. 그녀가 그 승용차 옆을 지나치려는 순간 갑자기 승용차의 뒷문이 열리며 힘센 남자의 팔이 그녀의 허리를 낚아챘다. 그녀는 놀라움에 소리 지를 틈도 없었다. 눈 깜짝할 사이에 그녀는 승용차의 뒷좌석에 갇혔다. 그녀가 반항하기 위해 몸을 움직이는 순간 이미 그녀의 입에는 수건으로 재갈이 물렸다.

"조용! 소리 지르지 마."

남자의 나지막하고 힘 있는 목소리가 들렸다.

"말을 잘 들어야지, 영미 씨."

남자가 어두운 차 속에서 이를 드러내고 씩 웃으며 그녀의 두 팔을 뒤로 묶었다. 차는 골목길을 빠져나가고 있었다. 그가 버스 정류장에서 본 작달막한 남자임을 알아차릴 무렵에는 그녀의 두 눈도 이미 천으로 가려져 있었다.

"잠시 미안. 불편하지만 좀 참아줘야겠어. 말을 잘 들어야 약혼자도 다시 만날 수 있지."

사내가 영미를 모로 넘어뜨려 자리 밑으로 처박았다.

차는 도심을 빠져나가는 것 같았다.

영미는 어느 건물 안으로 끌려갔다. 문을 열고 계단을 내려가자 재갈과 눈가리개가 풀렸다. 순간 강렬한 백열등의 불빛에 눈이 부셨다. 그녀는 눈을 끔벅이며 재갈로 굳어진 턱을 움직였다.

"자, 여기 앉아."

사내가 이를 드러내며 씩 웃었다.

신축 중인 건물인 듯 시멘트 바닥과 벽, 천장 그리고 계단뿐이었다. 두 개의 배낭이 바닥에 놓여 있고 영미가 앉은 곳은 야외용 간이침대였다. 저만치에 침대가 또 하나가 있었다. 바닥 한쪽에는 버너, 코펠, 각종 박스가 널려 있고 간이 수도꼭지도 보였다.

"손도 풀어줘요!"

영미가 사내를 쏘아봤다.

"아직 안 돼. 말을 잘 들어야지."

웃는 이가 어린애 어르듯 대꾸했다. 키가 작달막하고 얼굴이 검은 편이었다.

"도대체 왜 이래요?"

"차차 알게 돼."

사내가 한쪽 구석에 있던 간이침대를 영미 앞으로 옮기고 그 위에 마주앉았다.

다른 사내가 출입문을 열고 계단을 내려왔다.

"야, 경수야! 이 여자가 왜 이러는지 알고 싶대."

"그래? 그럼 알려드려야지."

경수란 사내가 가져온 물건을 내려놓았다.

"공주님 책이야."

그는 몸이 깡마르고 키가 컸으며 성미가 급해 보였다.

경수가 소주병을 들고 동료가 앉아 있는 침대 위에 나란히 앉았다.

그는 병째로 소주를 한 모금 마시고서 영미를 쳐다보며 히죽 웃었다.

영미를 위아래로 훑어보는 그의 눈빛에는 음흉한 데가 있었다.

"제발 이러지들 말아요. 가진 거 다 줄 테니까 이러지 말아요."

영미가 사내의 눈길을 피하며 간청했다.

"가진 거 다 준다고? 가진 게 뭔데?"

"저 지갑에 돈이 좀 있어요. 그리고 이 시계도."

"시계도, 그 약혼반지도, 그리고 몸도 줄 거야?"

경수는 소주를 연신 들이키며 시시덕거렸다. 영미는 파랗게 질려서
할 말이 없었다. 그녀는 고개를 떨궜다.

"야, 그만해. 너 취하면 안 돼. 침착하자고!"

다른 사내가 경수로부터 소주병을 빼앗았다.

"알았어 명호 형, 알았다니까!"

경수가 소리는 질렀지만 이내 수그러들었다.

"도대체 어쩌자는 거예요? 나에게서 뭘 원해요?"

"지금부터 내가 하는 말을 잘 들어, 아가씨."

명호가 엄숙한 표정을 지었다.

"먼저 명심해야 할 것은 우리를 우습게보면 안 된다는 거야. 다음, 염려 말고 우리가 하라는 대로 협조만 하면 돼. 시키는 대로만 하면 아가씨 몸에 손 하나 까딱하지 않고 돌려보내줄 거야. 일이 빨리 끝나면 빨리 끝나는 대로 말이야."

명호가 널려 있는 배낭 쪽으로 가서 포켓용 소형 녹음기를 들고 왔다. 그는 손바닥만 한 크기의 녹음기를 시험해본 다음 호주머니에서 종이쪽지를 꺼냈다.

"자, 이걸 읽어. 그리고 그대로 녹음하면 돼."

그는 쪽지를 영미에게 내밀었다.

엄마, 아빠. 저는 무사해요. 이 사람의 말을 잘 들어주셔야 합니다. 절대로 경찰에 신고하거나 남들에게 말하지 마세요. 이 사람의 지시대로만 협조해주세요. 그렇지 않으면 저를 영원히 못 보게 될 거예요. 협조하세요. 부탁이에요.

쪽지를 읽고 난 영미는 눈을 감고 말았다. 걸려들어도 정말 된통 잘못 걸려들었다. 그녀는 현기증마저 느꼈다.

"이 일이 성공할 것 같아요? 언젠가는 경찰이 알게 되고 곧 전국에 수배령을 내릴 텐데……."

"그건 염려 마, 아가씨. 이 일을 계획하는 데 한 달이 걸렸어. 아버지가 큰 회사 회장이라는 것, 집이 어디라는 것, 아가씨 약혼자가 T 그룹 아들이라는 것, 그리고 무엇보다도 지금 우리가 요구하려는 4억은 아가씨 아버지에게는 불우이웃 돕기 성금 정도에 불과하다는 것도 알고 있어. 그깟 푼돈이 아까워 딸이 납치되었다는 사실을 세상에 알릴 바보는 없어. 일단 알려졌다 하면 아가씨 약혼자 측에서 우리가 아가씨를 건드리지 않고 돌려보냈다고 어떻게 믿지?"

명호의 손이 영미의 젖가슴을 만졌다.

"잘빠진 여자를 그냥 돌려보냈다고 믿을 사람은 아무도 없을걸."

명호의 손을 본 경수의 눈길이 빛났다. 그의 입술은 해죽 웃고 있었다.

영미는 등 뒤로 손이 묶인 채 눈을 감고 몸을 부르르 떨었다.

명호는 더 이상 그녀의 몸을 건드리지 않았다.

"걱정하지 말라고. 시키는 대로만 하면 몸만은 절대 손대지 않고 고스란히 풀어줄 테니까. 그것만은 약속할게. 자, 어서 녹음을 시작하자고."

하지만 영미는 눈을 뜰 수가 없었다.

얼마가 지났을까?

"안 되겠네, 이 아가씨!"

갑자기 명호의 손이 그녀의 턱을 치켜들었다.

"말로는 안 되겠어!"

화가 난 목소리였다.

영미는 고개를 위로 치켜든 채 코밑까지 다가온 차가운 물체를 느꼈다. 놀라서 눈을 뜨니 불빛에 검게 빛나는 권총이었다.

"맛을 봐야 하나!"

경수도 소리를 질렀다. 그의 손에는 날이 길고 뾰쪽한 칼이 들려 있었다. 영미는 겁에 질려 전율했다.

"할 거야, 말 거야!"

명호가 영미의 코 밑으로 권총을 더욱 밀어붙이며 버럭 고함을 질렀다. 놀란 영미가 머리를 끄덕거렸다. 그 순간 두 사내가 모두 빙그레 웃었다.

"그럼 그래야지."

경수가 손에 들고 있던 칼을 휙 던졌다. 칼이 계단 위 출입문 한가운데에 정통으로 꽂혀 손잡이가 가늘게 떨렸다.

"말을 안 들으면 저렇게 된다는 뜻이야."

영미는 하는 수 없이 녹음에 응했다. 두어 번, 목소리가 너무 작다고, 또 너무 딱딱하다고 명호로부터 수정도 받으면서 그 손바닥만 한 녹음기에 종이쪽지의 글을 읽어 갔다.

녹음을 마치고 영미가 용기를 내서 말했다.

"내 요구도 들어줘요."

"뭔데?"

두 사내가 동시에 쳐다봤다.

"첫째, 묶여 있는 내 손을 풀어줘요."

"좋아, 풀어주고말고. 협조적으로 나오니 우리도 협조해야지. 대신……."

명호가 엄숙한 표정을 지었다.

"수상한 짓 하면 그때는 가차 없어."

명호가 그녀의 손목을 풀어줬다.

"또 뭐야?"

영미가 풀린 손목을 거머쥐며 말했다.

"절대 내 몸에 손대지 않겠다고 약속해요."

두 사내가 서로를 쳐다보며 빙그레 웃었다. 명호가 정색하며 말했다.

"좋아, 약속할게. 우리의 목적은 아가씨 몸이 아니거든. 경수 너도 약속해."

그가 경수를 쳐다봤다. 경수도 고개를 끄덕였다.

"사나이로서 절대 아가씨의 귀한 몸에는 손대지 않겠다고 약속했으니 안심하라고."

명호가 영미의 등을 토닥거리며 일어섰다.

"잘 모셔. 다녀올 테니까."

"염려 마, 공주님처럼 모실 테니. 협상이나 잘 해!"

명호는 녹음기를 호주머니에 챙겨 넣고 밖으로 나갔다. 전화 협상을 하러 간 것이리라.

영미가 시계를 보니 11시 반이 넘은 시각이었다. 이때쯤이면 아무리 바쁜 아빠도 집에 들어와 계신다. 전화번호뿐 아니라 가족 개개인의 활동 상황도 훤히 알고 있는 것이리라. 그녀는 온몸이 떨렸다.

영미는 앉아 있던 자리에서 몸을 움츠리며 눈을 감았다. 그때, 그녀의 스커트 자락을 들치고 몸을 더듬는 사내의 손길이 느껴졌다. 그녀가 퍼뜩 눈을 떴다. 경수가 입을 헤벌린 표정으로 그녀의 하얀 허벅지를 어루만지고 있었다.

심장이 뛰는 소리가 들리는 듯 영미의 가슴은 방망이질했다. 사내의 다른 한 손이 그녀의 젖가슴을 만졌다. 사내의 눈빛이 동물과 같은 이상한 빛을 발했다. 사내가 헤벌린 입 사이로 거친 숨소리를 내뿜으며 그녀에게 몸을 밀착해 왔다. 사내의 손에 힘이 가해지며 손가락이 그녀의 사타구니를 파고들었다.

그 순간 그녀가 악 소리를 지르며 벌떡 자리에서 일어섰다. 그녀는 온 힘을 다해서 사내의 뺨을 후려쳤다.

뺨을 맞은 경수가 주춤 뒤로 물러서다 말고 주먹을 들었다. 영미가 입을 악물고 그를 노려봤다. 그녀의 표정을 보자 그때야 정신이 든 듯 경수는 주먹 쥔 팔을 내렸다.

"미안, 아가씨 살결이 너무 고와서 그만."

경수가 입을 헤벌리고 겸연쩍은 듯 씩 웃었다.

영미는 간이침대 위로 다시 풀썩 주저앉았다.

경수는 계단 밑의 어두운 곳으로 잠시 사라지더니 이내 나왔다.

"저쪽에 화장실이 있으니까 볼 일은 저쪽에서 봐."

영미는 또다시 고개를 푹 숙였다.

나간 지 반시간쯤 지나서 명호가 돌아왔다.

"됐어, 계획대로야."

명호가 굵직한 목소리로 협상 결과를 설명했다.

"예상대로 김 회장 센스가 빠르더군. 절대로 경찰에 알리지 않고 돈은 내일 오후 2시까지 준비하기로 했어. 오히려 우리가 납치 사실을 소문낼까 걱정이더군. 하하하."

"돈은 어떻게 받기로 했어?"

"내일 오후 3시 정각 다시 통화하기로 했어. 반드시 오만 원 권 현찰로 준비해서 라면 박스에 넣도록 했어. 라면 박스를 우리가 내일 지시하는 지점에 두면 슬쩍 들고 오면 돼. 그 뒤 돈을 확인해보고 우리가 안전하게 피할 수 있을 때 따님을 석방하겠다고 했지. 아마 허튼 수작은 못할 거야."

"귀한 공주님을 잘 골랐지, 히히히."

경수의 입이 또 헤벌어졌다.

"딸과 통화를 시켜달라고 하더군. 그래, 따님의 말씀을 또 녹음해서 내일 3시에 들려주겠다고 했지. 대신 그때까지 돈을 준비하지 못하거나 허튼수작이라도 하면 그 이후에는 따님의 몸에 대해서는 더 이상 책임질 수 없다고 했지. 나 혼자가 아니기 때문에 어쩔 수 없다고 엄포도 놓았어. 어때? 이 정도면 완벽하지?"

명호가 씩 웃으며 영미를 노려봤다.

"자, 이제 한잠 주무셔야지?"

명호가 배낭 속에서 군용 담요 하나를 꺼내 영미에게 던졌다.

"마음 놓고 주무셔야 내일 예정대로 집에 갈 수 있죠, 공주님!"

경수도 실실 웃으며 지껄였다.

영미는 치미는 역겨움을 누르고 앉아 있던 간이침대 위로 담요를 둘러쓰고 누워버렸다.

야간을 질주하는 차량의 소음이 가깝게 들려왔다. 육중하고 땅이 울리는 듯한 굉음은 분명 화물 트럭일 것이다.

도대체 여기가 어디쯤일까?

밤 몇 시쯤일까? 영미는 명호와 경수의 소곤거리는 소리에 신경을 곤두세웠다.

"안 돼! 이번만은 안 돼!"

명호였다.

"왜 안 된다는 거야? 어차피 마찬가지 아니야? 자국이 남는 것도 아니고."

"그래도 안 돼! 약속은 지켜야 해!"

"약속은 무슨 약속이냐? 우리 같은 놈들에게 무슨 우라질 놈의 약속이야. 아 미치겠다. 부잣집 따님 맛도 좀 보자!"

"이번만은 참아. 생각해봐! 만약 저 애가 당한 사실을 김 회장이 알게 되면 더 참지 못하고 신고할 거고, 그러면 우리는 숨어 살아야 해. 잡히면 최소한 징역이고. 그러니 적당한 선에서 약속을 지키는 게 현명하다고!"

"혹시 형 혼자 꿍꿍이속 있는 건 아니지?"

"미쳤냐? 싸나이 의리가 있지."

"좋아, 싸나이 의리다."

"그래, 잘 생각했어. 우리가 2억씩 거머쥐면 저딴 애보다 더 미끈하고 잘빠진 애 얼마든지 거느릴 수 있어. 당장 내일 밤부터라도 말이야. 안 그래?"

"히히."

드디어 경수가 수그러드는 듯했다.

"지난번에는 울산에서였지?"

경수의 목소리가 다시 들려왔다.

"그 식당 말이야."

"과부가 하던 식당?"

"맞아."

"그때는 몇 푼 되지도 않았잖아. 기껏 몇 만 원이었지, 아마?"

"얼마 되지는 않았지. 하지만 그 집 딸이 있었잖아, 히히."

"………."

"몇 푼 쥐고 나오다 형이 그랬잖아. 그냥 가면 안 되겠다고. 그냥 가면 신고할 거라고. 그래 그 딸을…… 히히히."

"그 과부의 입을 막았지. 만약 안 그랬다면 경찰에 알리고 말았을 거야. 딸이 시집도 못 가게 신고까지 할 바보는 아니었어."

"그때는 형이 먼저였지?"

"……?"

"형이 먼저 그 딸을 옆방으로 끌고 갔잖아. 그땐 형이 먼저고 다음번에는 꼭 내게 양보한다고 말이야."

"그랬지. 하지만 그 뒤로 그런 기회가 없었잖아."

"없었지. 하지만 또 기회가 생기면 내가 먼저라고 약속한 사실을 분명히 기억하란 말이야, 알았어? 히히히."

"염려 마! 싸나이 의리가 있지."

잠시 잠잠해졌다.

"그때는 형 다음이어서였는지 기분이 좀 이상하더라고. 그 여자 몸은 좋았지만 말이야."

아직 못내 아쉬워하는 경수의 말이 이어졌다.

"몸은 좋았지."

명호가 말했다.

"오늘밤만 좀 참아. 당장 내일부터는 우리가 마음만 먹으면 얼마든지 더 미끈한 여자를 골라잡을 수 있어. 우리에게 4억이 굴러들어온단 말이야, 4억이……."

명호가 경수를 달랬다.

"요즘 세상에 4억이 뭐 큰돈인가?"

"하긴 그래, 어떤 놈들에겐 4억 정도야 거저지. 하지만 결코 적은 돈은 아니야. 너와 내가 2억씩 챙기면 하루에 2만 원씩만 꺼낸다 해도 27년 5개월을 매일 꺼낼 수 있는 액수야. 그만 한 돈이 우리에게 있다는 사실을 여자들이 알면 침을 흘릴걸, 안 그래?"

"히히히……."

영미는 비록 담요를 뒤덮고 있었지만 눈까지 꼭 감고 있었다. 숨소리마저 새어나가지 못하도록 죽은 듯 꼼짝도 못하고 가슴을 조이고 있었다.

지금 그녀가 당하고 있는 꼴을 그가 알면 어떤 표정을 지을까?

어느 여름 저녁 무렵, 서로 만난 지 몇 차례 지난 후 두 사람은 해변의 바위 위에 앉아 노을을 바라보고 있었다. 말이 없던 그가 갑자기 그녀를 힘으로 덮쳐 하의를 벗긴 다음 순식간에 정복하고 말았다. 너무도 갑자기 입이 막히고 육중한 남자의 힘에 짓눌리는 바람에 반항할 틈도 없었다. 어떤 느낌도 없이 힘없이 정복당하고 만 것이다.

마침내 거칠게 몰아쉬던 숨소리를 진정시킨 그가 말했다.

"이제야 내 것이 되었군."

허무와 아픔을 동시에 맛본 그녀가 원망스런 눈빛을 지으며 말했다.

"왜 이랬어요? 꼭 이래야만……."

"그래야 내 것이 되니까……, 순순히 요구하면 자기가 들어줬을 것 같아?"

그녀는 진심을 털어놓으며 그를 원망했다. 이미 마음먹고 있었다고, 언제고 요구하면 응할 마음이었다고…….

"천만에."

그가 말했다.

"말은 그렇게 하지만 어림도 없어. 강제로 하지 않았다면 자기를 내 것으로 만들기 어려웠을 걸……."

영미는 안타까웠다. 적어도 그에게만은 몸과 마음을 다 줄 생각이었는데 믿어주지 않다니……. 그녀는 눈물이 글썽이는 원망스런 눈빛으로 그를 가득히 쳐다보았다.

그녀의 눈빛을 대한 그가 자리를 툭툭 털며 일어섰다.

"결과는 마찬가지야. 당신은 이제 내 여자야."

지하실이어서 날이 밝은지 아닌지 표가 나지 않았다. 외곽도로를 달리는 차량의 굉음만이 더 자주 들려올 뿐이었다.

명호와 경수는 버너와 코펠 등을 달가닥거리면서 밥을 짓고 찬을 마련했다. 영미의 몫까지 한자리에 마련한 다음 명호가 불렀다.

"이리 와 좀 드시지? 배고플 텐데."

그녀는 머리를 저었다.

"좀 먹어야 기운 내서 집에 가실 수 있을 텐데."

경수도 피식 웃었다.

영미는 경수의 얼굴을 대하기가 두려웠다. 깡마른 몰골에 음흉한 눈초리. 그 눈이 그녀의 얼굴만 아니라 몸의 위아래를 흘겨본다.

"싫어요! 실컷 드세요."

그녀가 내뱉었다.

영미는 여지껏 참았던 소변을 보기 위해 계단 밑으로 들어갔다. 화장실은 아직 설비가 제대로 갖춰져 있지 않았다. 소변을 본 후 간이 수도꼭지를 돌려 손을 닦고 그들이 가져다 놓은 듯한 손바닥만 한 손거울을 들여다봤다. 화장실까지 미치는 백열전등의 불빛이 희미해서인지 자신의 모습이 무척 초라하고 수척해 보였다. 하지만 마스카라와 아이섀도, 립스틱 같은 화장기는 일그러지거나 지워지지 않고 그대로였다. 그녀는 물로 세수라도 할까 생각하다 그만뒀다.

오후 1시가 조금 지나서 영미는 명호가 적어준 쪽지를 보며 또 녹음을 했다. 지난번과 달리 그녀는 거부하지도 않았고 거의 기계적으로 응했다.

지금 시각이 오후 1시 15분이에요. 약속대로 저는 지금까지 무사히 잘 있어요. 아빠도 약속대로 이행해주시기 바랍니다. 만약 조금이라도 잘못되면 저는 끝장이래요. 제발 부탁이니 약속은 지켜주세요. 제발 부탁해요.

3시 전에 명호가 김 회장과의 두 번째 통화를 위해 나갔다. 그는 검게 탄 얼굴에 웃음을 잔뜩 띠고 돌아왔다.

"됐어! 계획대로 되어 가고 있어. 시간과 장소 약속까지 다 됐어."

"몇 시야?"

"어두워지기 직전인 7시."

"그럼 라면이나 끓여 먹고 기다려야겠네."

"그러자. 벌써 배도 고픈걸."

명호가 동의했다.

"7시면 금방이야. 마지막으로 근사한 식사를 하고 짐을 챙겨 떠날 준비나 하자고."

그들은 그곳에서의 마지막 식사를 준비했다.

명호가 막 끓인 라면을 가득 담은 코펠 그릇과 김치를 따로 마련하여 영미에게 가져왔다.

"자, 이제는 좀 드시지? 고집 피우지 말고."

그때는 영미도 정말 허기를 느끼고 있었다. 지금까지 물 한 모금 마신 것이 없었다. 그녀는 라면을 받으며 명호에게 눈인사를 보냈다.

그 눈인사를 경수가 날카로운 눈으로 쳐다봤다. 영미는 그 눈빛에서 어떤 뜨끔함을 느꼈다. 그녀는 라면을 맛있게 먹었다. 그녀가 먹는 모습을 경수는 이따금 훔쳐보는 듯했다. 영미는 일부러 그의 눈길을 무시했다.

식사를 마친 그들은 짐을 꾸렸다. 그들의 배낭 안에 릴낚시 기어와 로드, 낚싯줄과 바늘 꾸러미가 있는 것으로 짐작건대 일단 바다로 도피할 계획인 듯했다.

"자, 이제 짐을 싣고 떠나자."

경수가 배낭을 들며 말했다.

"잠깐! 서두를 것 없어."

명호가 손을 저었다.

"그리고 함께 가면 안 돼."

"그럼 헤어졌다 다시 만나자고?"

"바보 같긴! 만약 같이 가서 현장에서 덜컥 포위라도 당하면 어떡할 거야? 위험하잖아. 돈을 받은 다음에 다른 장소에서 만나는 것도 위험 해. 뒤를 쫓아올 가능성이 있어. 진짜 돈인가 아닌가 확인해볼 마땅한 장소도 없고 말이야."

"그럼?"

명호가 씩 웃었다.

"바로 여기야. 여기가 안전해. 머리를 써! 돈은 한 사람만 가서 가져 오면 돼. 여기서 확인한 후 짐을 싣고 떠나도 늦지 않아."

"아니에요. 그럴 필요까지는 없어요."

영미가 참견했다.

"아빠는 확실한 분이에요. 확인할 필요도 없어요. 경찰에 알리지도 않았을 거고요. 만약 경찰이 와 있어도 내가 가서 말릴 테니 안심하고 가세요."

"으흥, 고맙군."

명호가 코웃음을 쳤다.

"그래도 그렇게 호락호락 넘어갈 수는 없지. 아가씨 말은 믿고 싶지만 그 반대일 가능성이 더 높거든, 안 그래?"

영미는 더 이상 끼어들 수가 없었다.

"그럼 누가 가지?"

경수가 물었다.

"네가 가."

"내가? 위험하지 않을까?"

"너는 위험하고 나는 안 위험하냐?"

명호가 핀잔을 주자 경수가 움찔했다. 그의 얼굴이 금방 붉어졌다. 영미 앞에서 창피를 당해서인지 자존심이 몹시 상한 눈치였다.

"안심해."

낌새를 눈치 챈 명호가 경수를 달랬다.

"영동대교를 건너서 남쪽으로 내려오자마자 우회전해서 100미터쯤 가면 공터 입구가 있어. 앞쪽에는 아파트 단지가 있고. 아파트 단지 입구에서 그 공터 입구를 보고 있으면 7시 무렵 차가 와서 라면 박스를 내려놓고 헤드라이트를 세 번 깜빡인 다음 가기로 되어 있어. 그럼 넌 그 박스를 싣고 오면 돼. 만약 누가 잠복하고 있거나 허튼수작을 부리는 게 보이면 이 따님의 신상에 즉시 변화가 생긴다고 해 놓았으니 안심해도 돼. 만약, 그럴 리야 없겠지만, 만약 낌새가 이상하면 그냥 돌아와, 알았어?"

어쨌든 명호가 두목 격이었다. 경수는 언짢은 표정을 지으며 나갔다.

경수가 떠난 후부터 영미는 차츰 불안해졌다. 언제 그녀를 풀어주겠다는 구체적인 언질이 없다. 돈을 건네받은 즉시가 아니면 도대체 언제 풀려날 수 있단 말인가?

"난 언제 집에 가요?"

"우리가 안전하다고 판단한 후에."

명호가 짧게 대꾸했다. 그 거무튀튀한 얼굴에 표정 하나 변하지 않는 간단한 대답. 그는 무엇인가를 궁리하는 듯 시멘트 바닥 위를 오갔다.

시간은 7시가 훨씬 지났다. 조금 있으면 경수가 돈을 들고 나타날 것이다. 영미가 절규하듯 울부짖었다.

"도대체 언제, 언제 풀어준다는 거예요!"

명호가 놀란 듯 멍하게 그녀를 쳐다보다가 이를 내보이며 씩 웃었다.

"진정하라고 아가씨. 우리와 같이 바다낚시나 가자고. 라면 맛도 좋잖아? 안 그래?"

등골이 오싹해진 영미는 얼굴을 두 손으로 감쌌다. 이제는 윤간이 문제가 아니다. 이들의 얼굴을 아는 사람은 영미 자신밖에 없다. 보다 철저한 완전 범죄를 위해서 그녀를 바다로……

그러고는…….

영미는 계단 밑 화장실로 들어갔다.

마침내 경수가 돌아왔다. 돈이 가득 담긴 라면 박스를 들고 돌아온 것이다. 명호가 계단을 내려오는 그를 맞아 두 팔로 힘껏 껴안았다.

"됐어?"

"됐어."

"뒤따라오는 놈 없었겠지?"

"없었어."

명호가 입을 크게 벌리고 함박웃음을 지었다. 경수도 따라서 웃었다. 이마와 얼굴에는 땀이 밴 듯 긴장감으로 몹시 지쳐 보였다.

두 사내가 전등불 밑으로 가 라면 박스의 끈을 풀고 열었다. 오만 원권 지폐 뭉치가 차곡차곡 쌓여 있었다. 지폐 뭉치 하나가 500만 원. 명호가 돈 뭉치의 숫자를 하나, 둘, 셋 하면서 일일이 헤아리고 있었다. 돈을 만지는 두 사내의 눈빛에는 이 세상 사람이 아닌 듯 어떤 광기가 어려 있었다.

영미는 간이침대 위에 두 다리를 쭉 뻗고 앉아 있었다. 경수가 그녀의 자태를 보고 다가왔다. 영미는 얼굴을 똑바로 쳐들고 가까이 온 경수의 얼굴을 마주봤다. 그녀의 머리는 헝클어져 있었고 마스카라며 아이섀도, 립스틱 같은 화장이 몹시 일그러져 있었다. 그녀의 상태를 내려다본 경수의 표정이 갑자기 차갑게 굳어졌다.

그가 재빨리 그녀의 스커트를 들췄다. 그녀는 고개를 푹 숙이며 일부러 양다리를 벌렸다. 스커트 밑에는 아무 것도 입지 않았다. 팬티마저 보이지 않았다. 스커트의 주름도 구겨졌고 지퍼도 풀린 채였다.

영미가 지친 표정으로 경수에게 원망스러운 눈길을 보냈다.

그 순간, 경수의 눈에서 번쩍 불길이 일었다.

"이 개새끼! 뭐? 싸나이 의리?"

경수가 고함을 질렀다. 그의 손에는 어느새 날이 긴 칼이 들려 있었다.

돈을 헤아리던 명호가 고함에 놀라 휙 돌아봤다. 그때 경수의 칼이 허공을 가르며 명호의 가슴에 꽂혔다. 명호가 망연한 표정으로 입을 벌린 채 털썩 주저앉았다. 성난 경수가 명호에게 돌진해 갔다.

영미는 재빨리 계단 밑 화장실로 몸을 피했다. 그녀는 벗어 놓았던 팬티를 주워 입고 헝클어뜨렸던 머리와 옷맵시를 고쳤다.

그때 총소리가 두 방 연속 들려왔다. 지하실이라 권총 소리가 쩌렁쩌렁 크게 울렸다.

화장실 속에서 영미는 가슴을 조이며 서 있었다. 몸은 열병이라도 걸린 듯 부들부들 떨고 있었다. 한참 만에 그녀는 화장실에서 나왔다.

가슴에 칼을 맞은 명호가 시멘트 바닥 위에 누워 있고, 그 위로 경수의 몸뚱이가 엎어져 있었다. 명호의 손에는 권총이 쥐어져 있었다. 두 사내는 꼼짝도 하지 않았다.

영미는 조심조심 그녀의 물건을 챙겼다. 그녀는 살금살금 계단을 올라갔다.

그때, 끄윽 하는 신음이 들려왔다. 계단 위에서 몸이 얼어붙은 영미는 뒤를 돌아봤다. 명호의 권총이 손짓을 하고 있었다.

아찔한 현기증을 느낀 영미가 총구의 지시에 따라 다시 계단을 내려갔다. 두 사내의 몸에서 흐르는 피가 시멘트 바닥 위로 검게 고이고 있었다. 아직 숨이 붙어 있는 명호가 가늘게 눈을 뜨고 힘없이 말했다.

죽이겠다는 말인지도 몰랐다. 오금이 얼어붙은 영미는 귀를 기울여야
했다.

"……돈, 돈을 가져가야지……."

더 이상의 말은 들려오지 않았다.

영미는 라면 박스를 다시 묶어 들었다. 지하실을 빠져나오자 밖은
몹시 어두웠다. 그러나 그렇게 멀지 않은 곳에 가로등 불빛이 보였다.
영미가 갇혀 있던 곳은 변두리 주택가 신축지였다.

다음 날, 핼쑥해진 영미는 학교에서 경주를 만났다.

"어디 아파?"

"음, 몸살이 좀 났었나봐."

영미는 가냘프게 웃었다.

물론, 그 일에 관해 영미는 약혼자에게는 물론 그 어느 누구에게도
입도 뻥긋할 생각이 없었다.

올가미

1.

모든 것이 엉망이다.

왜 이 지경까지 이르렀단 말인가.

깡그리 망가진 인생…….

어떻게 저런 인간을 남편이라고 만나 이 고생, 이 신세인가.

은영은 거울에 비친 자신의 터진 입술과 검게 부풀어 오른 눈두덩을 보며 눈물을 흘렸다. 간밤에 술 취한 남편 형일이 이 꼴을 만들었다.

이젠 툭하면 주먹질이라니…….

직장에서 건들거리다 쫓겨난 형일은 허구한 날 술만 퍼마시고 들어온다. 어디에 처박혀 있다 오는지 밤늦게 들어와서는 돈타령이다. 품위 유지에 필요한 용돈을 내놓으라는 것이다. 참다못한 은영이 한 마디 쏘아붙였다.

"어떤 년인지 그년한테나 알아봐!"

"뭐? 그년? 이년이 남편을 알기를……."

게슴츠레한 눈동자가 도끼눈으로 변하면서 주먹이 날아들었다. 여지없이 발길도 이어졌다.

주먹과 발길을 피해 이불을 뒤집어쓴 은영을 놔두고 남편은 또 나갔다. 그것도 그냥 가는 게 아니라 화장대 서랍을 뒤져 있는 돈 깡그리 훑어서.

여기서 끝나지 않는다는 데 문제가 있다.

지긋지긋한 형일이 새벽에 다시 기어 들어오는 것이다. 언제 그랬냐는 듯 미안한 표정을 지으며 은영의 부어오른 얼굴을 어루만지고 옆구리를 쓰다듬는다. 나아가 정열적으로 품에 안기까지 한다.

20여 일 전 처음 이런 사태가 벌어졌을 때 은영은 남편의 정열적 몸짓에 진지하게 응했다. 다시는 그러지 않으리라 믿고서 남편의 품속에서 감격하기까지 했다. 약 열흘 전에는 어쩔 수 없이 또 품에 안겼을 때는 고분고분해야겠다 다짐했다. 입조심하고 다소곳이 굴어 폭력의 원인을 없애면 될 것이라고 믿었다.

그러나 세 번째인 이번에는 달랐다. 덫에 걸린 닭처럼 남편의 품에 몸뚱이를 맡겼지만 공포가 밀려왔다.

은영은 거울 속 자신의 망가진 얼굴을 보며 긴 한숨을 지었다.

열흘에 한 번 꼴이다. 더 이상 참아서는 안 된다.

은영은 선글라스로 눈두덩을 가리고 직장인 신용금고로 출근했다. 그러나 창구에서마저 선글라스를 끼고 일할 수는 없는 노릇이다. 은영은 되도록 고개를 숙이고 손님들을 맞이했다.

돈을 세고, 입금하고, 출금하고…….

돈은 언제나 정직했다. 100만 원 한 묶음에 또 한 묶음을 더하면 정확히 200만 원이다. 그러나 인간이랍시고 부부로 만난 형일과 자신의 꼬락서니는 지저분하고 한심스럽기만 하다.

은영은 생각에 생각을 거듭할수록 분하기까지 했다.

퇴근 후에는 집으로 가지 않고 진숙의 가게인 카페 오로라로 향했다.

진숙은 은영이 결혼하기 전 헬스클럽에서 만난 선배로 나이는 대여섯 살 위다. 이해심이 많고 차분한 성품이면서도 언제나 화사한 차림으로 멋을 낸다. 특히 은영에게 다정다감해 은영이 먼저 언니라며 따르는 사이다.

진숙은 평소에 하는 말로 '지지리도 생활력이 없는' 남편 덕에 카페를 경영한단다.

2년여 전 은영이 남편 형일을 처음 만난 곳도 그 카페였다. 모처럼 카페에 들렀는데 키가 미끈하고 얼굴에 건강미가 넘치는 형일이 손님으로 와 있었다. 당시 진숙의 은근한 권유 반, 호감 반, 우연히 합석해 맥주 한 잔을 받아 마신 것이 인연으로 이어졌다. 반 년 후 두 사람은 결혼했다.

그리고 은영은 결혼 후 2년도 채 안 되어 지금과 같은 참담한 꼴이 되고 말았다.

"아니 얼굴이 이게 뭐야? 당해도 크게 당했구나?"

"언니, 나 어떻게 해? 이대로는 더 이상 못 살겠어."

은영이 선글라스를 벗고서 눈물을 흘렸다. 진숙은 안쓰러운 표정으로 혀를 찼다.

"두 사람 어쩌다 이렇게 변했지? 손찌검까지 하고……. 네 잘못도 있는 거 아냐? 좀 잘 대해주지……."

"말도 마, 언니! 그러잖아도 그 괴팍한 성미가 나타난 이후로 내가 얼마나 가슴을 조이며 조심스럽게 대한 줄 알아?"

"뭐? 그럼 이게 처음이 아니란 말이야?"

은영이 눈물을 훔치며 고개를 끄덕였다.

"하긴……. 그래도 너한테는 힘을 과시할 만 한 남편이라도 있구나. 나는 이게 뭐니? 저 위인 좀 봐라."

진숙이 말을 돌리며 카페 구석 한자리에 앉아 있는 남편을 눈으로 가리켰다. 그는 언제 봐도 그 자리에 지정석처럼 앉아 책을 읽고 있었다.

정호는 이마가 넓고 얼굴이 훤해서 누가 봐도 귀공자 타입이다. 은영이 진숙을 만나러 맨 처음 이 카페에 들렀을 때도 저 자리 저 모습이었다. 처음에는 손님인 줄 알았으나 후에 진숙의 남편인 줄 알고 진숙이 '멋'있고 '고상한' 남자와 살고 있다며 내심 부러워했다. 진숙과 정호 부부는 누가 봐도 모델처럼 어울렸다.

그러나 곧 은영은 정호를 대하는 진숙의 태도가 은근히 쌀쌀하다는 사실을 눈치 챌 수 있었다. 진숙의 말에 따르면 연애 시절의 그는 학식도 풍부하고 활동적이었는데 학생 운동에 뛰어들어 몇 차례 경찰서에 드나든 이후로는 철저히 소극적인 인간으로 변했다고 한다. 몇 번 옮긴 직장 생활에도 적응하지 못하고 저렇게 부인의 카페에서 책이나 읽으면서 잔심부름이나 맡고 있으니…….

어떤 점에서 은영도 진숙이 그를 '저 위인'이라 부를 만 하다고 이해했다.

"하지만 언니, 형부는 차원이 다르시잖아?"

은영이 진심으로 말했다. 그는 자신의 남편 형일과는 분명 질이 다르다.

"차원이 높아 허구한 날 내가 이 고생이니? 그건 그렇고…… 형일 씨 그렇게 안 봤는데 상습적이라니 정말 큰일이네."

진숙이 심각한 표정을 지었다.

"내 친구 하나도 남편한테 맞고 살았어. 불과 몇 년 전 일이라니깐. 그 친구도 너처럼 결혼할 당시에는 남자를 잘 만났다고 좋아했고 다들 그렇게 봤지. 그런데 그게 아니었어. 겉으로 보기에는 멀쩡하던 남편이 뭐가 못마땅했던지 부인에게 손찌검을 시작한 거야. 처음에는 우연이려니 여겼는데 한 달에 한 번에서 차츰 열흘에 한 번으로 발전하더니 나중에는 거의 매일 습관이 되고 말더라고. 걔는 지금 너처럼 항상 선글라스로 얼굴을 가리며 살았고 몸뚱이에서 시퍼런 멍이 떠나는 날이 없었어."

은영이 옆구리의 통증을 느끼며 선글라스를 고쳐 썼다.

"피하거나 이혼도 못하고?"

"별 짓을 다 했지. 여기 숨기도 하고, 나중에는 부산으로 피신도 하고, 경찰에 신고까지 했지만 소용없었어. 어떻게든 다시 찾아내서 비는 거야. 눈물을 흘리면서 다시는 때리지 않겠다고 맹세하는 거지. 그럼 여자는 어쩔 수 없이 또 믿어주고, 또 하루가 멀다 하고 주먹질을 하고……. 여자를 상습적으로 폭행하는 남자는 어떤 패턴이 있는 것 같아. 제일 중요한 점은 여자가 자기 꺼라는 인식이 강하다는 점이야. 자신의 소유물이기 때문에 관심을 갖고 자신의 뜻에 맞도록 손보는 게 당연하다는 거지. 그렇기 때문에 여자에게 사과할 때도 때렸다는 것만 사과할 뿐이지 여자에 대한 애정과 사랑은 변함없다는 점을 늘 강조하고."

은영은 간밤에 난폭하던 형일이 새벽에 기어들어와 자신의 몸을 정열적으로 껴안았다는 사실에 또 소름이 끼쳤다.

"남자는 여자를 끝까지 놓아줄 수 없고, 여자는 폭력이 반복되는 애정의 굴레에서 벗어날 수 없는 꼴이 되더라고."

"그 친구는 어떻게 됐어?"

"어떻게 되었냐고?"

진숙이 은영의 눈을 들여다봤다.

"결국 자살했어. 아파트 베란다 천정 빨래 걸이에 목을 매고……."

은영은 흠칫 몸이 움츠러드는 것을 느꼈다. 입도 다물어졌다.

한참 침묵이 흘렀다.

"네가 먼저 수를 쓰지 않으면 안 돼. 그렇지 않으면 영원히 벗어날 수 없어. 내 친구처럼……."

"수를 쓰다니?"

"수를 쓰지 않으면? 너도 견디다 못해 자살할 거니? 바보처럼? 그러지 않으려면 네가 먼저 형일 씨를 제거하는 수밖에 없어!"

"제거!?"

"형일이 그 자식 그렇게 안 봤는데 질이 나쁘잖아. 약을 타 먹이든지 해서 없애버려! 내가 도와줄게."

2.

아파트 현관문을 열고 들어서자 뜻밖에 형일이 집에 있었다.

"오늘은 늦었네?"

거실에 앉아 담배를 피우던 형일이 일어서며 은영을 반겼다. 여느 때처럼 술 냄새를 풍기지도 않았고 짜증난 표정도 아니었다.

은영은 말없이 선글라스를 벗고 옷을 갈아입었다. 그녀는 마음속으로 짐짓 떨고 있었다. 예기치 못한 남편의 모습을 대하자 진숙과 그런 대화를 나눈 사실을 들키기라도 한 듯 섬뜩했던 것이다. 은영은 조용히 부엌으로 갔다. 솥을 열고 보니 밥은 이미 지어져 있었다.

"당신 늦는 것 같아 밥은 내가 미리 해 뒀어. 당신도 배고프지?"

형일이 뒤따라오며 말했다. 능글맞게 웃음까지 머금었다.

신혼 초에 형일은 은영을 위한다며 곧잘 스스로 밥을 짓고 찌개도

끓이고는 했다. 그때는 정말 꿈같은 시절이었다. 그러나 형일은 변하면서 손가락 하나 까닥하지 않았다. 그런 형일이 밥을 지었다? 왜 밥만? 잘하던 김치찌개는 왜 빼고?

지난밤의 행동을 정말 뉘우치기 시작했다는 뜻인가, 뉘우치긴 하되 네가 지금 어떤 생각을 하고 있는지 꿰뚫어보고 있다는 뜻인가?

은영은 형일이 원하는 대로 식탁에 밥 한 공기와 김치와 남은 반찬만 차려줬다.

"왜? 같이 안 먹어?"

"난 먹었어."

은영은 식욕이 싹 가심을 느끼며 방으로 들어가 이불을 쓰고 누워버렸다.

그러나 확실히 이상하다. 다른 날 같으면 형일이 곧바로 따라 들어와 이불을 젖히고 남편을 대하는 태도가 왜 그 모양이냐고 따졌을 것이다. 그뿐인가. 집에 들어설 때부터 왜 늦었는지, 누구를 만나고 왔는지 꼬치꼬치 캐물었을 것이다.

형일은 혼자 식사를 한 다음 방으로 들어와 은영에게 말을 걸었다.

"피곤해 자는 모양이지?"

은영이 이불 속에서 대꾸가 없자 형일이 방을 나갔다. 거실로 나가 텔레비전을 보는 모양이다. 다른 때라면 당장 밖으로 뛰쳐나가 술을 퍼마실 사람이다.

'그래, 저렇게 변덕을 떤다고 했어. 언제 또 돌변할지 모를 일이

야…….'

은영은 잠을 이룰 수가 없었다.

다음날 일을 마친 은영은 곧바로 집으로 가기가 싫었다. 형일이 집에 있을 시간도 아니지만 정시에 귀가한다는 것 자체가 꺼려졌다. 그렇다고 누구와 어울릴 기분도 아니었다. 은영은 호프집에 혼자 앉아 평소에 잘 마시지도 않던 생맥주를 연거푸 두 잔이나 마셨다. 이상했다. 평소에는 반잔만 마셔도 취기가 돌았는데 오늘은 오히려 정신만 또렷해졌다.

두렵다고 피할 일이 아니다. 일단 맞닥뜨려볼 수밖에 없다.

은영은 집으로 갔다.

아파트 현관 키를 돌리다 말고 은영은 문 앞에서 까무러쳐 주저앉고 말았다.

뜻하지도 않게 누군가 현관 불도 켜지 않은 채 문을 불쑥 열었던 것이다.

너무나 소스라치게 놀라 털썩 주저앉는 바람에 콧등에 걸려 있던 선글라스가 바닥에 떨어졌다.

"왜 이렇게 놀라?"

형일이었다.

은영은 가슴이 콩닥콩닥 뛰어 입을 열지 못하고 멍한 표정으로 앉아 있었다. 형일이 선글라스를 줍고 그녀를 부축해 안으로 옮겼다.

"어라, 맥주도 한잔 하셨구먼?"

형일이 그녀를 거실 소파에 앉히고 씩 웃었다. 씩 웃을 때의 흰 이빨이 악마의 이빨처럼 보였다. 은영은 아직 멍한 표정이다.

"어제오늘 이상한데? 다시는 과음하지 않고 손찌검도 않겠다고 빌었는데도 나를 살살 피하는 눈치고…… 예고도 없이 늦지를 않나…… 못 마시는 술까지 마시고…… 남편을 보고 놀라 자빠지질 않나. 설마 나를 따돌리고 무슨 짓을 꾸미고 있는 건 아니겠지?"

형일이 또 씩 웃었다.

은영은 멍한 중에도 그의 마지막 말에 흠칫 소름이 끼쳤다. 진숙과 나눈 대화를 눈치라도 챈 것 같은 투다.

"자, 자, 다 농담이야. 당신이 그럴 사람이 아니라는 거 내가 잘 알지. 당신 늦을 줄 알고 오늘은 밥에다 김치찌개까지 끓였어. 우리 옛날처럼 같이 먹자고!"

형일이 은영을 잡아끌며 식탁에 앉혔다.

그러나 은영은 밥알이고 찌개고 전혀 목구멍으로 넘어가지 않았다.

다음 날도 식욕이 없었다. 다음날도 또 그 다음날도…….

형일의 금주 약속은 사흘 만에 깨졌다. 자숙하는 눈치도 이삼일뿐 귀가 시간이 들쭉날쭉하더니 차츰 늦어지기 시작했다.

그러던 어느 날, 은영은 예감이 이상했다. 형일의 귀가 시간이 자정을 넘기자 차츰 불안해졌다. 새벽 1시가 가까워지자 은영은 불안감을 떨칠 수가 없어 집 밖으로 나왔다.

아니나 다를까, 아파트 단지 입구로 형일이 잰걸음으로 들어오는 모습이 보였다.

은영은 어두운 곳으로 몸을 숨겼다. 지난번 폭력 이후 꼭 일주일째다. 폭력의 주기가 열흘에서 일주일로 차츰 줄어든다고 하지 않았던가…….

은영은 택시를 잡아타고 카페 오로라로 향했다. 새벽 2시가 가까웠지만 카페에는 손님이 남아 있었다.

눈에 띄도록 핼쑥해진 은영의 얼굴을 보고 진숙이 깜짝 놀랐다.

"너 왜 그러니? 몰골이 그게 뭐야? 속병이라도 났어?"

"언니! 나 어떻게 하지? 집에 못 들어가겠어."

"왜? 또 그 인간이 손찌검을 해?"

"아직은 아닌데……. 무서워서 더는 못살겠어."

진숙이 안쓰러운 표정을 지으며 혀를 찼다.

"내 이럴 줄 알았지. 잠시만 기다려, 저 손님 보내 놓고 오늘밤에는 이야기 좀 하자. 알았지?"

진숙이 은영과 같이 자겠다고 하자 정호는 뒷걸음치듯 다른 방으로 갔다.

"미안해요 형부! 저 때문에 딴 방 쓰시고."

"괜찮아요. 잘 자요."

웃으며 말하는 정호는 은영에게 지극히 선하고 착해 보였다.

"언니와 형부는 천생연분이야. 형부가 저리도 순하시니 생전 부부 싸움이란 없을 거야."

"그래 보여? 너라도 그렇게 봐주니 다행이네."

"그런데 나는 이게 뭐야? 술 처먹고 들어오는 남편이 무서워서 집을 나오는 처지니……."

은영은 절로 한숨이 나왔고 억울했다.

"그래서? 앞으로 어떻게 할 작정이야?"

은영은 이불에 얼굴을 묻고 한참 후에 대답했다.

"결심했어……."

"어떻게?"

"언니가 지난번 말한 대로…… 할 거야."

한동안 침묵이 흘렀다.

"어떻게 할지는 생각해봤어?"

"그 방법이 떠오르질 않아. 아무리 궁리해봐도 뾰쪽한 수가 생각나지 않아……. 건장하던 사람이 갑자기 죽으면 의심받을 게 뻔하고, 독약을 쓰되 자연사나 사고사처럼 보여야 할 텐데……."

진숙이 은영을 물끄러미 바라봤다. 그녀의 결심이 진심인지 아닌지 확인하는 눈치였다.

"그럼 약은 구했어?"

"그것도 막막해. 어디서 뭘 어떻게 사야 할지……."

진숙이 답답하단 듯 고개를 저었다.

"그래가지고 무슨 일을 치르겠니? 청계천이나 동대문 쪽 농약 상회나 화학약품 가게에 가서 살충제나 제초제, 아니면 쥐약을 달래도 될 텐데 무슨 고민이야?"

은영은 귀가 번쩍 뜨였다.

"그러면 되겠네. 난 왜 그 생각을 못했지……. 근데, 일단 약은 구했다 치고, 그 다음엔 어떻게 하지?"

"답답하긴. 일단 약만 구해와. 내가 도와줄게. 너 혼자서는 역부족이야. 자칫 위험하기도 하고. 만일 독약을 타 먹인 사실이 발각된다 해도 내가 나서서 증언하면 아무 문제 없어. 네 남편이 음료인 줄 알고 스스로 마시는 것을 내 눈으로 확실히 봤다고 말이야."

이번에는 은영이 진숙의 눈 속을 들여다봤다.

"정말 도와줄 거지?"

진숙이 은영의 어깨를 토닥거렸다.

"그럼, 도와주고말고. 지난번에 말한 내 친구처럼 네가 목매달아 죽게 할 수는 없잖니? 더구나 네가 형일이 그 나쁜 놈 만나 결혼까지 하게 된 것도 책임이 있는데 내가 나 몰라라 할 수는 없지."

"언니, 고마워!"

은영이 감격해서 진숙의 두 손을 가슴에 꼭 쥐었다.

3.

다음날 아침 은영이 출근하기 전 집에 들렀을 때 아파트 내부는 엉망진창이었다.

난 화분이 거실 바닥에 박살이 나 흙과 모래가 사방에 흩어져 있었다. 주방에서 던진 물병과 물잔이 깨져 바닥이 흥건했다.

누가 봐도 분풀이 짓거리임이 확연했다.

안방도 엉망이었다.

은영의 옷장 문이 활짝 열려 있고 그녀의 옷이 전부 침대 위에 내팽개쳐져 있었다. 화장대 위의 크고 작은 화장품 병들이 널브려졌고 서랍은 내용물과 함께 모두 방바닥에 내던져졌다. 서랍 속에 넣어둔 오만 원 권 지폐 몇 장도 보이지 않았다.

화장대 거울에 립스틱으로 흘려 쓴 글자가 눈에 띄었다.

'박은영! 네가 감히 날 피해! 지구 끝까지 쫓아갈 거다!'

하루 종일 몽롱한 시선으로 직장 일과를 마친 후 은영은 종로5가와 청계천 일대를 배회했다.

눈여겨 둔 농약 가게 앞을 몇 번 왔다갔다하며 안쪽을 기웃거렸다. 마지막으로 동대문 일대까지 멀리 한 바퀴를 더 돌고 나서야 은영은 그 농약 가게의 문을 밀치고 들어섰다.

"어서 오세요. 뭘 도와드릴까요?"

아까부터 혼자 앉아 한가롭게 TV를 보고 있던 남자가 자리에서 일어섰다.

"저, 있잖아요. 저, 쥐약 같은 거 있나요?"

"쥐약이면 쥐약이지 쥐약 같은 거라뇨?"

은영은 침을 꿀꺽 삼켰다.

"네. 쥐약, 쥐를 잡아 죽일 약 말이에요."

남자가 즉각 가게 구석진 곳에서 작은 병 하나를 꺼내 왔다. 흔한 드링크제처럼 생긴 반투명의 물병으로 손바닥에 꼭 쥐어질 정도로 작았다. 병 겉면에는 붉은색 해골과 그 아래 쥐가 그려진 라벨이 붙어 있었다.

"이걸 어떻게 쓰죠?"

"방구석이나 천장, 지하실 어디건 쥐가 다니는 길목에 밥이나 고구마, 감자 같은 거에 짓이겨 놓으면 즉각입니다. 무색무취라 쥐새끼들이 기피하지 않아 효과가 아주 좋아요. 단, 애들 손에 닿지 않도록 잘 간수해야 합니다."

약값을 지불하고 밖으로 나온 은영은 길거리에서 약병을 꺼내봤다. 약하게 붙어 있던 해골과 쥐 그림 라벨은 손가락으로 떼니 금방 떨어졌다. 그 라벨을 꾸깃꾸깃 구겨 길거리 구석진 곳으로 던져버렸다.

은영은 이제 아무런 표시가 없는 작은 병을 손바닥에 놓고 몇 번이고 어루만졌다. 그녀는 검고 칙칙한 도심의 밤하늘을 향해 긴 숨을 내뿜고서 핸드폰을 들었다.

"언니! 구하긴 했는데 이젠 어떻게 하지?"

"어떻게 하긴? 일단 자리를 마련해야지. 형일 씨 데리고 이리로 와! 언제 올 거니? 오늘 밤? 아니면 내일?"

"오늘은 안 돼, 어쩌면 내일도, 모래도 어려울지 몰라. 오늘 아침에 집에 가보니 난장판을 만들어 놓고 사라졌어. 보통 화가 난 정도가 아니야. 그런 사람에게 내가 언니네 가자면 따라나서겠어?"

"뭘 그리 복잡하게 생각해? 살살 꼬드기면 될 거 아니야? 일단 지는 척 하면서 꼬드기란 말이야. 내가 초대했다고 해. 이 언니가 할 말도 있고, 오랜만에 술 한잔 사겠다며 초대했다고 해. 그럼 분명 따라나설 거야. 알았지? 그리고 너 이거 명심해야 한다. 이런 일은 길게 끌면 절대 안 돼! 길게 끌면 끌수록 일만 복잡해지고 꼬여. 일단 마음을 먹었으면 후다닥 해치워버리잔 말이야. 알았지?"

전화를 끊고 은영은 또 한 번 칙칙한 밤하늘을 올려다봤다.

'길게 끌면 안 되고 후다닥 해치워야 한다고……'

은영은 대형 슈퍼마켓에 들렀다. 형일이 좋아하는 생선회 한 접시와 포도주도 한 병 샀다.

의미 있는 날이다.

은영은 서둘러 집으로 갔다. 아침에 대강 치우고 말았던 거실과 안방을 정돈하고 깨끗이 청소도 했다. 식탁 위에 장미꽃을 한 송이 꽂아 두고 촛불도 켜 놓았다. 형일이 직접 골라 사준 비취빛 네글리제로 갈아입고 연하게 화장도 했다.

건사한 마지막 밤이 될 것이다.

11시가 넘어 집에 들어온 형일은 현관에서부터 눈을 끔뻑거렸다. 색다른 거실 분위기에 고개를 몇 번 흔들더니 식탁 의자에 털썩 주저앉았다.

어지간히 취기가 돈 얼굴이다. 하지만 화난 표정은 아니다. 은영은 냉장고에서 생선회를 꺼내 식탁 위에 올렸다.

"흐음……."

형일이 코웃음 소리를 냈다. 은영은 그 소리를 무시하고 형일의 잔에 포도주를 따랐다.

"웬일이야? 이 실업자, 주정뱅이 남편을 이렇게 환영하다니?"

"우리 한잔 해. 오랜만이야. 자 건배."

은영이 잔을 들어 형일의 잔에 부딪쳤다. 형일이 어이가 없다는 듯, 아니면 계면쩍은 듯, 씩 웃음을 머금었다.

두 사람은 포도주를 한 모금씩 마셨다.

일단 웃었으니 고비는 넘겼다. 언제 저 인간이 포악하게 돌변하지 모를 일이지만…….

"진숙 언니가 당신과 한번 오라던데? 오랜만에 당신 얼굴 보고 싶대."

"그래? 언제 오래?"

"아무 때나. 오늘도 좋고 내일도 좋다던데…… 당신에게 한잔 사겠대."

"거 좋지. 당장 핸드폰 때려!"

"오늘? 이 밤에 가자고?"

"가든 안 가든 당장 전화하라니까!"

형일의 목소리가 높아졌다. 은영은 숨을 죽이고 시키는 대로 카페 오로라로 전화를 걸었다.

"언니! 저예요. 형일 씨가 언니와 통화하고 싶다는데……."

형일이 핸드폰을 뺏어갔다.

"오랜만이에요. 누님…… 누님 카페는 잘 되죠? ……형님도 안녕하시고요? 형님도 보고 싶네요…… 네, 네, 내일이요. ……저녁때 친구 놈을 하나 만나기로 해서…… 누님, 실업자라도 만나자는 사람은 많답니다. ……좋아요 11시쯤 좋아요. ……네, 같이 가죠. ……그럼요. 누님 덕분에 이렇게 잘 지내고말고요. 오늘밤에는 마누라가 얼굴에 화장까지 하고 생선회에 포도주까지 내놓았으니……. 그럼요. 핫핫. 이게 다 누님 덕분이고말고요. 그럼 내일 밤 11시에 뵙겠습니다."

전화를 마친 형일은 포도주를 쭉 들이켜고 기분이 좋은 듯 연신 웃음을 머금었다.

"내일 밤 11시가 넘어서 당신과 같이 오라는데? 손님도 내보내고 한가한 분위기에서 한잔 하자는군."

은영은 머리만 끄덕였다.

역시 일을 치르려면 손님들을 내보낸 후가 안전할 것이다. 진숙 나름대로의 배려다.

"내일 필요한데 돈 좀 있어?"

"뭐?"

"내일 몇 사람 만날 일이 있는데 돈 갖고 있는 거 있냐고!"

형일의 목소리가 갑자기 높아졌다. 게슴츠레 하던 눈도 도끼눈처럼 추켜올라 있다.

"어, 이, 있어."

은영은 다급히 대답했다. 아차하면 주먹이 날아들기 일보직전이다. 그녀는 미리 준비해 둔 만 원 권 다발을 형일에게 내밀었다. 이런 순간에 대비해 미리 20만 원을 마련해 두었다.

돈다발을 손에 쥐고 손가락으로 두께를 가늠해본 형일이 씩 웃었다.

"역시 내 여자, 내 마누라야! 오늘따라 당신 왜 이리 예뻐 보이지? 자 우리 다정하게 한 잔 하자고!"

형일이 은영의 옆자리에 옮겨 앉으며 팔로 은영의 허리를 휘감았다. 은영은 좋은지 싫은지 자신도 알 수 없는 기분이었다. 단, 그 밤만은 자신의 기분은 무시해야 한다는 점은 잊지 않았다.

다음날 밤 10시 반쯤, 집에서 기다리고 있는 은영에게 형일로부터 전화가 왔다. 지금 카페 오로라로 가고 있는 중이니 혼자서 택시를 타고 그곳으로 오라고…….

카페 오로라의 조명등은 여느 때와 마찬가지로 아늑했다. 그러나 한 가로울 정도로 자리는 텅텅 비어 있었다. 진숙이 미리미리 손님들을 내보냈거나 받지 않은 것이리라.

형일과 진숙, 그리고 모처럼 정호도 한자리에 어우러져 이미 양주잔을 돌리고 있었다.

"어서 와요, 처제! 오늘은 어인 일로 부부가 나란히 행차했네요?"

막 자리에 앉는 은영에게 정호가 잔을 권하며 말했다. 평소에는 눈인사만 건네는 등 마는 둥 하는 사이였지만 오늘 따라 처제라는 호칭까지 부르며 빙그레 웃는다. 이미 몇 잔 받아 마셨는지 안경 낀 하얀얼굴에 취기가 붉게 감돈 상태였다.

"진숙 언니와 형부께서 형일 씨뿐 아니라 저까지 이렇게 불러주셔서 대단히 감사합니다."

은영이 잔을 받으며 대답했다. 자신의 대답이 지나치게 판에 박힌것임을 스스로 느끼며……. 은영은 진숙과 눈길을 주고받았다.

형일이 웃음을 터뜨렸다.

"핫핫. 형님 형님! 그러고 보니 형님 내외분과 우리 부부가 이런 자리 갖기도 처음이네요. 그죠? 누님! 우리 좀 자주 불러주세요. 은영이하고 둘이서 할 일 없어 심심해 죽겠다고요."

형일도 어지간히 취해 있다. 그는 옆에 앉은 은영의 어깨에 팔을 올려놓고 몸을 뒤뚱거렸다. 즉각 진숙이 형일에게 힐난의 말을 던졌다.

"결혼한 지 2년밖에 안 된 신혼부부가 심심하긴 뭐가 심심해? 남자가 리드를 잘해야지. 허구한 날 술만 마시고 술주정까지 한다면서? 이거 내가 두 사람 잘못 맺어준 거 아니야?"

가시 돋친 말을 던지며 은영에게 넌지시 동정의 눈길을 보내왔다. 진숙의 눈길에 은영은 눈을 내리깔았다. 속으로 긴장해 있어서인지 양주를 몇 잔 마신 후에도 은영의 표정은 풀어지지 않았다.

진숙의 주도로 잔이 몇 차례 돌았다. 밤도 깊어 갔다.

얼마 후, 진숙이 테이블 위에 널려 있는 얼음잔, 우유잔, 얼음통 등을 챙기며 은영에게 눈짓을 보냈다.

은영은 진숙을 따라 주방으로 나왔다. 진숙은 은영에게 손바닥을 벌렸다. 은영이 바지 주머니에서 작은 병을 꺼내 건넸다. 진숙이 새로 유리컵 네 개를 준비하며 말했다.

"이 잔들을 얼음잔으로 내갈 거야. 이 중 이거 하나만 다른 세 개에 비해 크지? 이 잔을 형일이 앞에 놓을 거니까 넌 절대로 손도 대지 마! 옆에 나란히 앉은 네가 행여 손댈까 걱정된다. 명심해! 어서 먼저 나가봐. 나는 안주도 준비해서 나갈 테니까."

은영은 진숙의 지시대로 주방을 나와 화장실에 잠시 들린 다음 자리로 돌아왔다.

한참 후, 진숙이 새로운 안주 몇 가지와 얼음잔 등을 들고 나왔다.

진숙이 얼음을 미리 담아 온 잔을 각자 앞에 놓았다. 그 큰 얼음잔은 분명 은영의 남편 형일 앞에 놓았음을 물론이다.

잔이 몇 차례 더 돌았고, 밤은 깊어 갔다.

4

"김형일 씨, 박은영 씨, 이진숙 씨 그리고 최정호 씨, 이렇게 두 집 부부 넷이서 함께 밤늦도록 술을 마셨단 말이죠?"

키가 작달막하고 뿔테 안경을 낀 곽 경감이 서류를 내려다보며 물었다.

은영과 진숙, 그리고 형일이 머리만 끄덕였다. 세 사람은 모두 경찰서로 불려 나온 신세였고 조사실 의자에 나란히 앉아 있었다.

"오늘 새벽에 최정호 씨가 숨진 사실을 맨 처음 발견한 사람이 김형일 씨고, 그 사실을 경찰에 전화로 신고한 시각이 5시 18분 맞죠?"

형일은 이번에도 대답 대신 머리만 끄덕였다.

"김형일 씨, 변사체를 발견했을 때의 상황과 신고할 때까지의 과정을 다시 한 번 자세히 설명해주시겠습니까?"

형일이 곽 경감의 시선을 피하며 말했다.

"자세히 말할 것도 없이 간단합니다. 우리 넷이서 밤늦도록 양주 두 병을 마셨어요. 물론 여자들이야 좀 덜 마셨죠. 저는 그 전에 마신 술도 있고 해서 술에 취해 카페 의자에 앉은 채로 잠이 들었습니다. 새벽에 깨어 보니 형님도 앞자리 의자에 모로 누워 있더라고요. 여자들은 안 보였고 저는 갈증을 느끼고 근처 해장국집이나 갈 생각으로 형님을 깨웠습니다. 그런데 형님의 표정이 이상했어요. 몸은 딱딱하게 굳어 있고. 저는 기겁했죠. 정신을 차리고 나서 누님께 전화했죠. 걸어서 5분 거리라 누님과 아내가 금방 달려오더군요. 그러고 나서 제가 파출소로 신고했죠. 10분도 안 되어 순경이 카페에 도착했고…… 그게 전부입니다."

곽 경감이 머리를 끄덕였다. 이번에는 뿔테 안경을 들어 진숙을 쳐다봤다.

"이진숙 씨, 이진숙 씨는 남편 최정호 씨가 숨진 사실을 정확히 언제 처음 알았죠?"

진숙이 눈을 들어 뿔테 안경을 바라본 다음 차근차근 말했다.

"두 남자가 술에 취해 잠든 것을 보고 새벽 2시경에 은영이와 함께 집으로 들어갔어요. 잠자고 있는데 카페로부터 다급하다고 전화가 왔어요. 그래서 은영이를 깨워 함께 나와 보니…… 너무 급작스런 일이라 일단 신고하라고 시켰죠."

"누가 남편을 죽였다고 생각하십니까?"

뿔테 안경 속의 눈알이 번뜩였다.

"그럼, 그이가…… 살해당했다는 뜻인가요?"

진숙이 얼굴을 들고 되물었다.

그녀가 얼굴을 드는 과정에서 은영과 눈길이 마주쳤다. 순간 마치 같은 쪽의 전극이 맞부딪치기라도 하듯 서로 눈길을 황망히 피했다.

사실 은영은 새벽에 죽은 자가 남편 형일이 아니고 진숙의 남편인 정호임을 확인한 순간부터 진숙과 같은 자리에 있다는 것 자체도 어색하고 거북했다. 두 사람은 무언의 약속이라도 하듯 말 한 마디 주고받지 않았다.

곽 경감이 서류를 뒤척이며 말했다.

"시체 확인 당시 얼굴, 목, 가슴 부위에 붉은색 시반이 퍼져 있었습니다. 독극물에 의한 변사 가능성이 높다는 증거죠. 혹시 최정호 씨와 원한 관계가 있는 사람은 없습니까?"

"없어요. 누구와 원한을 살 만 한 위인도 못 되고 그저 조용히 지내는 사람이었어요."

진숙이 침착하게 대답했다.

옆에서 무엇인가 골똘히 생각하던 형일이 갑자기 끼어들었다.

"경감님, 형님께서 독극물 때문에 돌아가셨다고 했는데, 그보다는 평소에 어떤 지병이 있었는데 갑자기 과음에다 음식을 잘못 먹어 그런 거 아닐까요?"

"최정호 씨는 아직 사십대입니다. 한창 때인데 무슨 지병이 있단 말입니까? 설령 음식을 잘못 먹었다 해도 그리 쉽게 죽는 사람은 없어요. 정확한 사인은 부검이 끝나면 밝혀질 겁니다."

곽 경감이 면박을 주듯 형일에게 날카로운 시선을 던졌다. 마치 부검 결과만 나오면 범인은 곧바로 색출할 수 있다는 표정이었다. 머쓱해진 형일은 입을 다물었다.

계획대로라면 변사체로 변해 있어야 할 사람은 정호가 아니라 형일이다. 중간에 뭐가 잘못되었는지 애꿎은 사람이 대신 죽었다.

"박은영 씨."

"네!?"

곽 경감의 갑작스런 부름에 은영이 눈을 크게 떴다.

"왜 그리 놀라시죠?"

은영은 정호의 죽음이 독극물에 의한 것이고 그 독극물이 바로 쥐약이라고 밝혀지면…… 만약 경찰이 쥐약의 출처를 집요하게 찾으려 한다면…… 하는 생각에 몰두해 있던 중이었다.

"박은영 씨의 지난밤 행적을 보면……. 이진숙 씨와 안집으로 돌아가 같이 잠을 자다 전화를 받고 새벽에 역시 이진숙 씨와 함께 나와서 시체를 처음 본 것 맞습니까?"

은영이 머리만 끄덕였다.

"박은영 씨는 평소에 죽은 최정호 씨와 잘 알고 지내는 사이였습니까? 제 말은, 지난밤처럼 평소에도 최정호 씨와 술자리에서 합석한 적이 자주 있었냐는 뜻입니다."

"아뇨, 가끔 언니를 만나러 카페에 들리면 형부에게 인사만 드리는 정도였고 술자리에서 합석한 것은 어제가 처음이었어요."

은영은 또렷이 말했다. 밝혀 둘 것은 확실히 밝혀야 한다.

"그럼 어제는 김형일 씨를 따라 우연히 합석했다는 말인데……. 그렇다면 여기 세 분 중 박은영 씨가 죽은 최정호 씨와 가장 소원한 사이겠군요. 혹시 박은영 씨가 보기에 어젯밤 최정호 씨가 이상하거나 색다른 행동을 한 적은 없었습니까?"

"이상한 행동이라뇨?"

"술자리에서 자주 자리를 떴다거나 아니면 같이 합석해 있던 이진숙 씨, 김형일 씨와 다퉜다거나."

곽 경감이 자신들의 이름을 거론하자 두 사람이 고개를 쳐들었다.

그때 곽 경감의 눈이 두 사람의 표정을 살폈다.

순간 긴장감이 감돌았다.

은영이 잘라 말했다.

"아뇨, 없었어요."

곽 경감의 눈이 다 잡은 먹이를 살피듯 안경알 속에서 세 사람을 번 갈아 쳐다봤다.

"하기야 독극물로 살해했다면 술자리에서의 순간적인 원한에 의한 발상은 아니겠고…… 앞서 치밀한 사전 계획이 있었겠지……."

은영은 곽 경감의 '사전 계획'이란 말에 하마터면 진숙과 또 눈을 마주칠 뻔 했다. 두 사람은 약속이라도 한 듯 눈길을 돌렸다.

이윽고 형사 두 사람이 서류봉투와 마분지 상자를 들고 조사실로 들어왔다. 곽 경감이 서류를 꺼내 내용을 살폈다.

"부검 결과 위 속에서 10cc 정도의 탄산바륨이 검출되었다고?"

"예, 탄산바륨은 무색무취의 극약으로 쥐약이나 윤활제의 원료랍니다. 10cc 정도라면 적당한 치사량으로 발작과 구토가 수반되었을 텐데, 그런 증상이 없었던 것은 상당한 알코올을 섭취한 뒤였기 때문이랍니다. 시체의 굳은 상태로 판단하건데 피살자가 음독한 시간은 새벽 1시에서 1시 30분 사이로 추정됩니다."

서류를 건네준 형사가 대답했다.

"그 마분지 상자는 뭐야?"

다른 형사가 장갑 낀 손으로 상자의 내용물을 하나씩 꺼내 탁자 위에 늘어놓았다.

모두 지난 밤 술자리 식탁에 올랐던 물건들이었다. 임페리얼 양주병 두 개, 과일과 은행, 오징어 등 먹다 남은 안주 접시 네 개, 양주잔, 얼음통, 집게, 우유팩, 주스병, 포크, 등등, 그리고 유리잔들……. 물건 하나하나가 별도의 비닐봉지에 담겨 있었다.

"이것들 조사 결과는 어때?"

"술잔과 물잔, 안주 등의 잔유물을 조사했지만 탄산바륨의 흔적은 검출되지 않았습니다. 또 모든 물건들에 남아 있는 지문을 감식한 결과 피살자 최정호 씨를 포함한 네 사람의 지문만 확인되었습니다. 따라서 장갑을 낀 채 술을 마신 사람이 없는 한 어젯밤 술자리에 이 네 사람 이외의 타인은 없었다고 추정됩니다."

"그렇다면 최정호 씨가 탄산바륨을 음독한 장소가 술자리가 아니란 말이야?"

"누군가 증거를 없애지 않았다면 그렇게 봐야겠죠."

순간 은영의 눈에 번뜩 띄는 것이 있었다. 탁자 위에 있는 유리잔의 수였다. 지난밤 분명히 진숙이 술자리에 내놓은 얼음물 잔은 네 개였다. 그 하나는 비교적 큰 것으로 형일이 쓸 잔이니 절대로 손대면 안 된다고 주의까지 받았다. 그 잔에 진숙이 쥐약을 타지 않았음은 경찰의 검사 결과로 분명해졌다. 그러나 문제는 얼음물 잔의 개수다. 분명히 네 개가 있어야 하는데 현재 탁자 위에는 그 큰 잔을 포함해 세 개밖에 없다.

잔 하나는 언제, 어떻게 사라진 것일까?

"형사님, 아까 그 탄산바륨인가 하는 독극물이 쥐약의 원료라고 하셨죠? 그럼 제 남편이 쥐약을 마셨다는 말인데…… 그렇다면 이 양반

이 바보 같이……."

갑자기 진숙이 고개를 들고 큰 소리로 말하더니 이내 손바닥으로 얼굴을 가리며 흐느꼈다. 놀란 곽 경감이 뿔테 안경을 고쳐 쓰며 물었다.

"이진숙 씨! 자, 진정하시고……. 최정호 씨가 왜 쥐약을 마셨는지 아는 바가 있는 것 같은데, 말씀해보시죠."

진숙이 어깨를 들먹거리다 얼굴에서 손을 뗐다. 눈에는 정말 눈물이 고여 있었다. 그녀가 손수건으로 눈물을 훔치며 침을 꿀꺽 삼켰다.

"다 제가 남편을 가혹하게 대한 탓이에요. 제 남편은 학창 시절에 정의감에 불타고 꿈과 이상이 높았답니다. 흔히 말한 운동권 학생으로 무척 활동적이었죠. 그러나 사회에 나와서는 운동권이라 취직도 어려웠고 간신히 일자리를 구해도 적응하지 못하고 금방 그만두고는 했어요. 사회적으로 실패작이고 무능한 사람이죠. 그러나 어떻게 합니까? 아무리 무능해도 제 남편인데. 제가 카페 잔심부름이나 시키며 살아왔죠. 물론 저도 사람인지라 지지리도 못난 남편을 구박할 수밖에 없었어요. 그 점이 남편을 비관하게 했나봅니다. 생각해보세요. 한때 이상주의자가 비관한 결과 무슨 생각을 했을까……. 열흘 전쯤, 남편이 카페 주방에 쥐가 있다며 쥐약을 사서 주방 구석 몇 군데에 놓은 적이 있어요. 그 쥐약병을 한동안 주방 선반 구석에서 봤는데 요즘은 남편이 어디로 치웠는지 안 보이는 것 같기도 하고……. 아무튼 이 모든 일은 제가 남편을 구박한 탓이에요."

진숙이 다시 어깨를 들먹이며 흐느꼈다. 곽 경감의 뿔테 안경 속 두 눈이 빛났다.

"카페 안을 구석구석 샅샅이 뒤져 그 쥐약병을 찾아봐! 그 쥐약병에 남은 지문을 감식해보면 단서가 잡히겠지……."

5.

수사반은 쥐약병을 찾지 못했다. 은영이 입을 다물고 있는 한 사건의 실체에는 접근할 수 없을 것이다. 곽 경감의 기세등등하던 수사 의지도 한풀 꺾였는지 아무런 단서도 잡지 못한 채 진숙의 말대로 비관 음독 쪽으로 기울었다.

최정호의 장례가 치러졌다.

은영은 진숙과 만나지도, 말하지도 않았다. 카페 오로라 근처에 가는 것도 싫었고, 그 쪽을 바라보는 것도 싫었다.

형일은 달랐다. 형님의 장래를 치르는데 도와야 한다며 3일이 지난 밤 늦게야 집으로 돌아왔다.

술이 거나하게 취해 들어온 형일이 은영에게 또 술을 요구했다. 은영은 말없이 맥주병과 잔을 식탁에 놓아줬다. 형일이 맥주를 따라 한 잔을 쭉 들이켰다.

"당신 여기 앉아봐."

은영은 시키는 대로 식탁에 마주 앉았다.

"지금부터 내가 하는 말 잘 들어. 내가 지금 무슨 말을 하려는지 짐작은 하고 있겠지?"

게슴츠레한 눈을 치뜨며 형일이 은영을 노려봤다.

은영은 긴장했다. 그 긴장은 폭행당하기 직전에 느끼는 위협과는 사뭇 달랐다. 어떤 차가운 쇠붙이로 만든, 짐승 잡는 덫이 바야흐로 은영의 몸을 휘감기 직전 같은 긴장감이었다. 몸이 굳은 은영은 가만히 있었다.

형일이 맥주를 또 한 모금 들이켰다. 치뜬 눈이 능글능글해졌다.

"쥐약을 구입한 사람은 따로 있더라고? 어디에 사용하려 했는지 분명하지는 않지만."

형일이 주머니에서 작은 병을 꺼냈다. 라벨이 없는 바로 그 쥐약병이다.

"이 병에는 누님의 지문도 남아 있지만 동시에 이걸 사서 건넨 당신의 지문도 남아 있다는 사실은 잘 알고 있겠지?"

또 맥주를 들이키며 형일이 계속했다.

"그럼 내 지문은 없냐고? 이렇게 맨손으로 만지고 있는데 말이야. 핫핫! 궁금하겠지? 자, 잘 봐! 이 병은 투명한 셀로판테이프로 잘 감싸졌어. 이 테이프만 벗기면 당신의 지문이 생생하게 남아 있다는 사실, 핫핫! 그러나 걱정은 하지 마. 설마 내가 법적으로 엄연한 내 마누라를 경찰에 넘기기야 하겠어? 안 그래?"

형일이 능글능글 웃으며 쥐약병을 다시 호주머니에 넣었다.

올가미.

그래. 그가 노렸던 것이 바로 이것이었다. 은영은 등골이 오싹했다.

"자, 자, 당신 겁낼 것 없어! 지금 당신 통장과 도장, 그리고 신용카드도 내놔. 지금 당장 가봐야 한다고. 어서! 내 말 안 들려?"

굳어지려는 형일의 얼굴에 은영은 자리에서 벌떡 일어나 요구한 대로 모두 꺼내줬다.

"며칠 후에 다시 보자고."

형일이 애원하는 듯한 은영의 눈길도 무시하고 밖으로 나갔다.

은영도 웃옷만 걸치고 뒤쫓아 나갔다. 형일이 술 취한 몸을 뒤뚱거리며 택시를 타는 모습이 저만치 보였다.

은영도 바로 택시를 잡아 뒤쫓았다.

예견한 대로 형일이 택시를 내린 곳은 카페 오로라 앞에서였다.

은영도 저만치 택시에서 내려 다가갔다.

카페 입구에 '상중 휴무'라는 안내문이 붙어 있었지만 안쪽 불빛이 창밖으로 비쳤다. 은영은 출입문 문고리를 잡고 심호흡을 한 차례 길게 내뿜었다. 마음을 진정시킨 다음 문을 활짝 열어 젖혔다.

카페의 핑크빛 조명등 아래 남녀가 서로의 몸을 더듬으며 감격의 키스를 교환 중이었다. 방금 들어간 형일과 검은 상복을 입은 진숙이었다.

택시를 타고 다시 집으로 돌아온 은영은 식탁 의자에 우두커니 혼자 앉아 있었다. 그녀의 뇌리에는 바로 조금 전에 확인한 형일과 진숙의 포옹 장면이 환영처럼 맴돌았다.

은영은 그 환영을 뿌리치듯 벌떡 일어나 집안 어딘가 있는 셀로판

테이프를 찾았다. 그녀는 장갑을 낀 손으로 아까 형일이 마셨던 맥주잔을 투명 테이프로 감쌌다.

다음날 은영은 그 전에 들렀던 청계천의 농약 가게에서 똑같은 쥐약을 한 병 더 사왔다. 테이프로 감싼 맥주잔에 물을 부은 다음 쥐약을 반쯤 붓고 한참 후에 맥주잔의 내용물을 변기에 버렸다. 남은 쥐약도 쏟아버리고 병은 아파트 창문을 열고 멀리 던져버렸다.

은영은 글라스를 소포로 부치면서 간단한 편지를 동봉했다.

'곽 경감님. 이 잔의 테이프를 벗기고 누구의 지문이 묻어 있는지 확인해주세요. 술에 취한 최정호 씨에게 쥐약을 탄 물을 억지로 먹인 사람의 지문입니다. 물론 이 잔을 빼돌리려다 생긴 제 지문도 약간은 남아 있음을 감안해주세요. 그날 밤 제 남편이 몰래 테이프로 감싸서 쥐약병을 감추는 것을 제 눈으로 똑똑히 봤습니다. 그 쥐약병도 회수해 지문을 확인하면 쥐약 제공자가 누구인지도 밝혀질 것입니다.'

은영은 푸른 하늘을 올려다보며 고개를 흔들었다. 그러나 두 남녀가 포옹하고 있는 악몽 같은 환영은 좀처럼 지워지지 않았다. 사실 남편이 다른 여자와 서로 껴안고 있는 악몽은 진숙에게서 처음 형일을 소개받을 무렵부터 어렴풋이 있었지만, 최근 형일의 행동이 포악해지고 외박이 잦아지면서 자주 꿈속에 나타났다.

은영은 그 혹시나 하는 악몽 때문에 그날 밤 쥐약병에서 자신의 지문을 미리 깨끗이 지워서 가져갔고, 진숙에게 쥐약 병을 건넬 때도 잠시 장갑을 꼈었다.

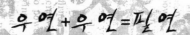

우연+우연=필연

인연이란 참 묘한 것이다. 한 사람이 태어나 길다면 길고 짧다면 짧은 생을 살면서 예전에 만났던 사람 또 만나는 경우는 무수히 많다. 하지만 내가 선애를 다시 만났다는 것은 인연 중에 인연이 아닐 수 없다. 이 넓은 세상, 이 많은 사람 중에, 또 하필 그런 자리, 그런 식으로....

선애는 내 사춘기 시절 짝사랑의 대상이었다. 어린 시절 영동군 상촌면 하대도리에서 태어나 자란 나는 상대도리에 사는 선애를 빼놓고는 추억 많은 어린 시절, 특히 이성에 눈을 뜨는 사춘기 시절을 이야기할 수가 없다.

산세 좋고 계곡이 깊은 물한계곡 골짜기에서 위쪽 마을이 상대도리고 아래쪽 마을이 하대도리다. 상대도리 애들은 하대도리를 지나 상촌면 소재지에 있는 초등학교와 중학교를 다녔다. 선애가 내 눈에 들어오기 시작한 것은 초등학교 5학년 때였다. 길가 집 앞 평상에 누워 탐스럽게 익은 감이 주렁주렁 달린 감나무와 그 가지 사이 맑은 가을 하늘을 올려다보고 있는데 누군가 담벼락 넘어 감 송이를 툭 끊는 소리가 들렸다. 후다닥 일어나 길가로 나와보니 상대도리 애들이었다. 여자애 하나와 남자애 둘이서 위쪽으로 뛰었다. 나는 냅다 달리며 그들을 뒤쫓았다. 거리가 좁혀지자 여자애가 갑자기 뛰는 것을 멈추고 뒤돌아 섰다. 감 송이를 든 여자애가 크고 동그란 눈으로 나를 노려봤다.

"씨. 이까짓 감, 내가 그랬다 왜?"

여자애가 감 송이를 불쑥 내밀었다. 둥근 얼굴이 보얗게 상기되어 있었고 뛰느라 숨이 차서 솟아오른 듯한 앞가슴이 크게 오르락내리락 거렸다. 여자애의 그 당돌한 모습을 대면한 나는 아찔한 느낌이 들며 가슴이 방망이 치듯 두근거렸다.

"아, 아니야. 난 누군가 해서. 너 가져."

"그래도 되지?"

여자애는 턱을 내밀고 금방 함박 웃음을 흘리며 뒤돌아 서서 저 만치 서 있는 남자애들에게 천천히 걸어갔다.

그 이후부터 그 여자애의 큰 눈에 동그란 얼굴, 보얀 볼, 그리고 튀어나온 듯한 앞가슴이 자꾸만 눈에 아른거렸다. 여자애 이름은 이선애이고 4학년 2반이란 것도 알았다. 나는 학교를 오가면서, 집 앞에서, 4학년 2반 교실을 기웃거리면서 선애를 눈여겨 관찰했다. 가까이 다가가고 싶었고 말을 걸 기회를 노렸다. 하지만 쉬운 일이 아니었다. 선애만 보면 먼저 가슴이 두근거렸고 얼굴이 붉어지며 입이 열리지 않왔다. 그것도 그렇지만 선애의 주위에는 언제나 남자애들이 모여 있다는 것은 더 속이 상한 일이었다. 반반한 얼굴에 튀는 듯한 몸매와 행동은 단연 같은 또래 중에 돋보였고 남자애들, 특히 상급 학년, 어느 때는 중학생들을 몰고 다녔다.

샌님 같은 나는 새 가슴을 조이며 그녀를 바라보고 흠모할 수밖에 없었다. 그렇게 초등학교를 마치고 중학교로 올라갔다. 일년 뒤에 중학교로 올라온 선애의 젖가슴은 몽톡해 보였고 키는 남자애들보다 더 커 보였다. 그녀를 볼 때마다 까닭 없이 내 양 다리 사이의 그것이 부풀어올랐는데 당시만 해도 왜 그런 것인지, 어떻게 해야 하는 것인지, 아직 모르는 시절이었다.

왜 그러고, 어떻게 해야 하는지를 내게 배워준 애는 박광남이었다. 박광남은 중학교 2학년 때 나와 같은 반이었는데 면 소재지에 살아서 그런지 누구보다도 야무지고, 싸움도 잘하고, 다른 애들을 꼼짝 못하게 만드는, 소위 어깨였다.

어느 날 오후, 학교를 마치고 집에 와 있는데 광남이 집 앞에서 나를 불렀다. 물한계곡에 놀러 올라가는 참인데 같이 가자는 거였다. 혼자 가기 심심하고, 마침 가는 길에 우리 집이 있어서 나를 부른 것이라 생각하고 따라 나섰다. 광남이 나를 데리고 올라간 곳은 윗마을인 상대도리가 내려다보이는 산 속의 커다란 바위 위였다. 그 바위에서 아래를 보니 가까이에 나도 아는 집이 훤하게 보였다. 선애네 집 마당이었다. 교복을 벗은 선애가 헐렁한 치마에 티셔츠를 입고 마당 앞 채소밭에 털썩 주저앉아 엄마와 무엇인가 따고 있는 모습이 바로 보였다.

그 모습에 내 가슴이 뛰면서 또 그것이 솟아올랐다. 낌새가 이상해서 옆을 보니 바위에 누워 있는 광남의 얼굴 표정이 야릇하게 일그러져 있었다. 광남의 바지와 팬티는 아래로 벗겨져 있었고 그것은 빳빳하게 위로 솟아 있었다. 광남은 그것을 오른손 손가락에 쥐고 위아래로 마구 문질러댔다. 나는 숨을 죽이며 광남이 하는 짓을 구경했다. 이윽고 광남이 끄윽- 하는 소리를 내며 그곳에서 우유 같은 것이 솟구쳐 나왔다. 그 모습에 내 기분은 참으로 야릇했다.

"경민이 넌 안 해?"

광남이 나를 빤히 쳐다보며 물었다.

"뭘? ...... 어떻게 하는데?"

"아직 한 번도 안 해봤단 말이야?"

나는 얼떨한 표정으로 머리를 저었다.

광남이 삐죽 웃었다.

"병신! 샌님은 샌님이구나? 이리 누워! 내가 해줄게."

광남이 내 어깨를 밀치며 나를 바위 위에 뉘었다. 내 바지와 팬티를 밑으로 끌어 내렸다.

"오오라, 제법 큰데!"

광남이 나의 그것을 손가락으로 부여잡고 마구 문질러댔다. 그곳에 뻐근한 통증이 느껴졌다. 가슴이 답답해지고 숨이 넘어갔다. 눈을 감아도, 떠도 선애의 몽톡한 젖가슴과 헐렁한 치마 속의 엉덩이가 아른거렸다. 온몸이 부르르 떨렸고 나의 그것이 찢겨지는 듯 아팠다. 나는 악- 소리를 냈고 곧 그곳에서 뭔가가 분출되는 것을 느꼈다.

한참만에 눈을 뜨니 파란 하늘이 노랗게 보였다. 나의 그것은 작게 오그라들었다. 나는 옷에 묻은 흰 액체를 손바닥으로 닦으려 했다.

광남이 말했다.

"닦지 말고 그대로 입어! 몸에서 나온 것이라 깨끗한 거야. 가만히 두면 흔적 없이 증발해. 손대면 오히려 얼룩이 남는다."

나는 광남이 시키는 대로 내 몸에서 나온 우유가 묻어 있는 팬티와 바지를 그대로 입었다.

바위를 내려오면서 광남이 말했다.

"나 선애 그것 만져봤다."

"그게 뭔데?"

"병신! 그것도 몰라? 너 고추 달린 곳에 달린 여자 것 말이야."

"……"

"좋아. 이 다음에 경민이 너도 선애 것 한 번 만지게 해주지."

나는 광남의 그 말에 가슴이 방망이질했다.

그러나 광남은 그 약속을 지키지 않았다. 그 이후 서너 차례 나를 불러내 그 바위 위로 올라갔을 뿐이다. 대신 나는 남학생들 사이에 유행하던 독서클럽에 가입했다. 그 클럽에 가입하고 천 원 또는 오 백원만 내면 여자의 그것과 남녀간의 행위를 자세히 묘사한 만화와 소설은 물론, 선명한 천연색 사진첩까지 얼마든지 빌려봤다. 당시 면소재지에서 집이 문방구 겸 만화가게를 하던, 같은 반 애가 있었는데, 그 애로부터 나오는 만화, 잡지, 소설, 사진 등은 무궁무진했다. 중학생이 여학생을 건드는 장면을 연필로 묘사한 공책도 빌려봤는데, 너무도 생생하고 실감나서 나는 몰래 문방구에서 그것을 복사하여 두고두고 읽기도 했다. 비록 선애의 그것을 감히 직접 보거나 만져보지 못했지만 나는 다 알게 된 셈이었다.

물론 나는 틈만 나면 - 선애가 집에 있을 거라고 짐작만 되면 - 혼자서 그 바위 위를 뻔질나게 드나들었다. 며칠 동안 바위를 다녀오지 못하면 어김없이 꿈속에 선애의 동그란 얼굴과 몸뚱이가 나타났고 내 팬티는 찝찝하게 젖어 있었다.

이토록 흠모하던 선애에 대한 나의 짝사랑은 중학교 2학년이 끝나는 그해 모두 끝나고 말았다. 그해 겨울에 원래 고향에서 목수이신 아버지가 고향의 집과 땅을 모두 처분하고 건축 붐이 한참인 서울로 올라 와버린 것이다.

그로부터 20여 년의 세월이 지났다. 고향의 일은 어릴 적 추억으로 아련히 남아 있을 뿐이었다. 서울로 올라온 후 학생시절, 군대시절, 그리고 사회생활을 하면서 어쩌다 영동의 황간 지역을 지나간 적이 몇 번 있어도 상촌면 하대도리를 방문한 기억은 없다. 나는 결혼도 했고 초등학교 삼 학년과 일 학년에 다니는 딸과 아들이 있다. 아버지의 건축업을 돕다보니 짭짤한 건축자재 가게를 경영하게 되었다.

그러나 인연이란 게 분명히 있긴 있나보다. 얼마 전, 고등학교 때부터 친한 몇 명이 부부 모임을 가졌다. 친구 중에는 서른 다섯이 되도록 결혼을 안 한 노총각 상철이 있는데 - 바람둥이라 여자가 너무 많아서라고 우리는 생각한다 - 이 친구가 여자를 데리고 나온다고 했다. 결혼을 못해 안달인 척 하는 이 친구의 말이 몇 번 데이트를 했는데 미모가 빼어나게 끝내주는 여자라고 미리 우리들에게 자랑을 했다.

일식집에서 마누라가 있는 우리는 먼저 자리를 잡고 앉아 있었다. 드디어 미닫이문을 열고 상철이 들어섰다. 그 뒤로 키가 늘씬하고 얼굴이 화사한 여자가 들어왔다. 순간 나는 눈을 깜박거렸다. 분명했다. 내 가슴은 방망이질로 두근거렸다. 그 여자가 분명했다. 얼굴이 어릴 적 그 시절 그대로다. 키와 몸매의 볼륨은 훨씬 더 커졌고, 늘씬한 체격에 담갈색으로 칼라 코팅한 긴 머리 단에 화장한 얼굴이 눈에 부실 정도였다. 그 시절 여학생들 가운데 특출해 보였듯, 지금도 어느 여자들 보다 특출해 보였다.

모두들 감탄하여 환영의 인사를 나누며 자리에 앉았다. 나도 일어서서 상철과 악수를 하고, 여자에게 어서 오시라는 말을 크게 하려고 했다. 그러나 모기소리처럼 잦아들었고, 나는 자리에 앉아 컵의 물을 벌컥벌컥 들이켰다. 나는 가슴을 진정시키며 태연 하려고 애를 썼다. 다행인 것은 여자 쪽에서 나를 알아보는 눈치가 내 눈에 전혀 나타나지 않았다는 점이었다. 그녀는 외모와 달리 - 그리고 어릴 적 그 시절과 달리 - 새색시처럼 조용조용 다소곳이 앉아 있었다. 나는 그녀가 나를 몰라보는 것이라 생각하고 일단 처신하기에 마음이 놓였다. 그러면서도 내 머리 속은 여러 가지를 생각하고 있었다.

아직 결혼을 못한 노처녀로 남아 있단 말인가? 고향인 물한계곡 골 짜기에서 언제 서울로 올라 왔나? 지금 사는 곳은 어디인가? 저 친구 와 결혼을 할 것인가? 그렇게 되면......

우리는 일식집을 나와 노래방으로 자리를 옮겼다. 노래방에서도 나 는 태연함을 유지했다. 그녀도 같은 태도로 일관했다. 모두들 그녀의 노래를 듣기 위해 안달이 나서 마이크를 넘겨도 최신 유행곡도 아니 고 뽕짝도 아닌, '제비'니 '친구'니 하는, 제법 고전적인 노래를 차분 히 부르고 다소곳이 앉아 남의 노래에 박수나 쳐주곤 했다. 어릴 적의 그녀가 확실하다면 이건 완전한 내숭이었다.

도중에 나는 화장실에 다녀오기 위해 자리를 빠져 나왔다. 노래방의 그 미로 같은 복도를 돌아 어둑한 계단을 오르고 있는데 뒤에서 나를 부르는 소리가 났다.

"서경민씨!"

어느새 따라 나온 그녀의 목소리.

나는 그 목소리에 최면에 걸린 듯 우뚝 서서 뒤를 돌아보았다. 그녀 가 다가와 두 손으로 나의 두 손목을 잡았다.

"나 선애예요."

"알아. 첫눈에 알아봤어."

"역시 그랬군요. 저도 이런 자리에서 뵐 줄은 몰랐어요. 정말 깜짝 놀랐어요."

나는 가슴이 두근거렸다. 처음으로 그녀가 나의 두 손목을 잡고 반가워하고 있는 것이다.

"그래. 어떻게 지내? 내 친구 상철은 어떻게 만난 거야?"

"쉿! 여기서 긴 얘기 할 수 없잖아요. 사모님이나 상철씨가 보면 어떻게 해요? 괜히 서로 입장만 난처해지죠. 핸드폰 줘 봐요."

나는 호주머니에서 핸드폰을 꺼내 그녀에게 건넸다. 그녀가 핸드폰에 번호를 찍어 주었다.

"내일 아무 때나 전화해요. 꼭 하셔야 해요. 알았죠? 경민 오빠!"

그녀는 내 손을 토닥거리고 돌아서 가버렸다.

나는 한참 멍하게 서 있었다. 화장실에 들렀다 자리에 돌아오니 그녀와 상철이 보이지 않았다. 여자가 집에 빨리 가야 한다며 두 사람이 먼저 자리를 떴다고 했다.

다음날 나는 그녀에게 전화를 했다. 사춘기 시절 흠모의 대상이었던 여인이 난생 처음으로 손목을 잡고 오빠라 불러주는데…. 마누라는 그만 두고라도 친구인 노총각 상철이 마음에 걸렸지만 좀이 쑤셔서 그냥 가만히 있을 수는 없는 노릇이었다.

나는 서초동에서 그녀를 내 차에 태우자마자 남한산성 쪽으로 뺐다.

"오빠는 잘 나가나 봐! 차도 외제차고 부인도 예쁘던데…. 하는 사업도 빵빵하게 잘 되나보지?"

"그렇게 보이니?"

"그럼. 그렇게 보이고 말고. 서울 물이 좋긴 좋은 거야. 영동 산골 물한계곡 골짜기에서 태어나 꾀죄죄하게 샌님처럼 굴던 소년이 일찍이 서울로 올라가더니 이렇게 출세할 줄이야...."

"뭐? 내가 꾀죄죄하고 샌님처럼 굴었다고?"

"그럼 아니야? 콧물과 침을 질질 흘리면서 내 뒤를 살금살금 따라 다녔으면서."

"그럼 내가 선애 너를 짝사랑했다는 것 아니?"

"그걸 왜 몰라. 나를 훔쳐보고 있다가 내가 바로 쳐다보면 오빠 얼굴이 금새 빨개지고 벙어리가 된 듯 아무 말도 못하고 슬슬 담 뒤로 숨어 버렸잖아? 아휴! 그때 내가 경민 오빠의 나를 향한 그 마음을 이해하고 경민 오빠만 꽉 붙들었어도 나는 오늘날 이렇게 노처녀로 늙어 가는 신세는 아닐 텐데, 그지?"

그녀는 장난기 어린 표정을 지으며 내 얼굴을 향해 상체를 불쑥 내밀었다. 어제 밤의 내숭이 아니라 옛날의 그 활달하고 당당하던 선애 모습 그대로였다.

나는 그녀의 터질 것 같은 젖가슴을 보고 침을 꿀꺽 삼켰다.

"그래 맞다. 그때 선애 너가 나에게 조금만 관심을 가져 주었다면 나는 너와 결혼했을 지도 모르지. 하지만 당시에 너는 모든 남학생들의 인기를 독차지했던, 물한계곡의 꽃이었지. 그렇게 인기 좋던 선애를 데려가는 남자가 아직 없었다니 이상한데? 그래 그 동안 어떻게 지내온 거니?"

"성미도 급하긴. 오빠는 내가 어떻게 지냈고 어떻게 살고 있는가 궁

금해서 나를 만나준 거지? 그래. 지금 예쁜 마누라도 있고 빵빵하게
잘 나가는 마당에 나를 향한 옛 감정이 찌꺼기라도 남아 있을 리 없지.
기다려! 차근차근 얘기해줄 테니."

우리는 남한산성 골짜기의 한 음식점에 들어갔다. 식사를 겸해 맥주
를 몇 잔 들이킨 다음 그녀가 입을 열었다.

"경민 오빠가 중학교를 마치기도 전에 서울로 올라왔잖아? 나도 황
간에서 고등학교를 졸업하자마자 바로 올라왔지. 오빠가 잘 아시다시
피 내가 뭐 대학 갈 실력은 애시당초 없는 것이고.... 노량진에서 전자
제품 대리점을 하는 이모가 있어 나를 부른 것이지. 그 후 내 가족도
상대도리 우리 집과 땅도 처분하고 모두 서울로 올라왔어. 오빠네 처
럼 말이야. 나는 이모네 대리점에서 일하다 몇 년 전 아이엠에프니 뭐
니 해서 이모네 대리점이 망하는 바람에 그만 두고 지금은 이것저것
하면서 그럭저럭 살고 있어. 정수기도 팔아보고 피라미드도 해보고....
요즘은 뭘 해볼까 생각하며 쉬고 있는 중이야."

"그런데 선애 너 같은 여자가 왜ㅡ"

"왜 아직 결혼도 못하고 노처녀로 남아 있느냐, 이거지? 그 동안 남
자 관계는 어떠했나 이런 것이 오빠는 지금 궁금한 거지? 솔직히 말해
왜 남자가 없었겠어. 나 좋다고 따라다닌 남자 줄줄이 사탕이었지. 그
중에 내 마음에 드는 남자도 있었지. 그러나 결혼이란 것이 마음대로
되는 것은 아닌가 봐. 그래 이제는 결혼에 연연하지 않고 살기로 했어.
그렇게 마음 먹으니 이렇게 편할 수가 없더군. 그러다 보니 이렇게 오

빠도 만났잖아? 생각해 봐! 내가 노처녀로 남아 있어서 망정이지 결혼이라도 해버렸다면 오빠를 어떻게 다시 만날 수 있었겠어. 그지? 그러고 보니 우리 사이에 인연이란 것이 있는가 봐. 안 그래, 오빠?"

"그래. 인연은 인연인가 보다."

나도 화답했다.

우리는 다시 만난 인연을 축하하는 뜻으로 화기애애하게 맥주 잔을 부딪쳤다.

나는 정말 궁금해서, 또 꼭 알고 넘어가야겠기에, 물었다.

"상철은 어떻게 알게 됐지?"

"상철씨? 아는 언니 하나가 만나 보라 해서 만난 거야. 두 세 번 만났는데 별로야. 상철씨는 내가 마음에 드는 모양인데 내 쪽에서 별로니 이제는 그만 둬야겠어. 그런 것이 오빠 만나기 편할 것 같아. 오빠도 내가 상철씨를 만나지 않는 것이 좋겠지? 두 사람 친구 사이인데 내가 사이에 끼어 있으면 부담이 될 거고 말이야. 그지, 오빠?"

그녀가 상체를 내 쪽으로 불쑥 내밀며 내 눈을 빤히 들여다봤다. 풍만한 젖가슴이 옷 속에 들여다보였다. 야릇한 향수 내음도 콧속을 자극했다. 나는 얼굴이 화끈 달아오름을 느꼈다.

어떻게 내 속마음을 이렇게 꿰뚫어 보고 있는 것인가?

나는 눈길을 딴 데로 돌리며 조용히 말했다.

"눈치 한 번 빨라서 좋다. 선애 너가 상철을 만나고 있는데 내가 너를 만날 수는 없는 노릇이지."

그 뒤로 몇 번 그녀를 차에 태우고 교외로 빠져나갔다. 마누라 얼굴이 아른거리고, 상철이 마음에 거슬렸지만, 자꾸만 마음이 끌리는데 나도 어쩔 수 없었다. 몇 번 만남을 거듭한 어느 날, 그녀가 자꾸만 따라 다니는 상철에게 완전히 결별을 고했노라고 선언했다. 맥주 잔을 몇 잔 기울인 후 몸을 내 가슴에 덥석 안겨왔다. 온몸이 용광로처럼 달아오른 나는 그녀를 데리고 교외의 한 모텔로 들어갔다. 그 곳에서 드디어 처음으로 그녀의 그곳을 눈으로 보았고 손으로 만져보았다. 20여 년 전 박광남이 내게 약속했던 꿈을 - 당시에 나에게는 간절한 꿈이었다 - 이제야 내 스스로 이루어낸 셈이었다.

그녀는 완전한 내 여자가 되었다. 마누라는 물론, 상철 또는 나를 아는 그 누구도 알아서는 안 되는 내연의 여자 말이다.

그녀는 이제 죽는 날까지 독신으로 살아가겠다는 선언도 했다. 하지만 무슨 일이 있어도 언니의 - 그녀는 내 마누라를 언니라고 불렀다 - 가정을 깨는 짓거리는 결코 하지 않을 것이라고 말했다. 내 여자로 남아 있게만 해준다면 조심에 조심을 하겠노라고 내게 약속했다.

우리는 틈만 나면 교외로 빠져나갔다. 어떤 날은 마누라에게 상가 집이라며 거짓말을 하고 그녀와 밤을 지세기도 했다. 지방에 볼일이 있다며 동해 바다며 남해 바다에서 일박을 하고 돌아오기도 했다.

그녀를 만난 지 석 달이 지났다. 부산에 내려가 하룻밤을 자고 광안리 횟집에서 회를 한 접시 치우고 있자니 갑자기 어린 시절 고향 땅이 그리워졌다. 물한계곡 골짜기의 냇물과 주렁주렁 탐스럽게 익어 가는 진홍빛 감나무, 우두둑 떨어지는 호도나무도 보고 싶었다.

내가 그녀에게 물었다.

"집이 서울로 이사한 후 물한계곡에 다녀온 적 있어?"

"아니, 고등학교 졸업하고 한 번도. 집이 서울로 올라온 이후로는 황간에도 상촌에도 들린 적이 없었어. 오빠는?"

"나도 한 번도 가보지 못했어. 한 번 가보고 싶지 않아?"

"어디, 물한계곡에? 그 골짜기에 가서 뭐 해? 아는 사람들도 다 없어졌을 텐데. 가 봤자 만날 사람도 없을 거고."

"그렇지? 모두들 서울로, 대전으로, 청주로 뿔뿔이 흩어져 아는 사람은 거의 없을 거야."

"난 가기 싫어!"

그녀가 단호히 말했다.

그러나 내 마음은 달랐다. 경부고속도로로 추풍령을 지나 황간이 가까워지자 물한계곡이 사무치게 그리워졌다.

내가 불쑥 말했다.

"벌써 날이 어두워졌는데, 우리 오늘 밤 황간에서 하루 밤 더 자고 내일 물한계곡에 들렀다 올라가자."

"싫어! 뭐 하러?"

"옛날 일인데 말이야. 선애 너와 꼭 한 번 가보고 싶은 곳이 있어."

"어딘데?"

"가 보면 알아."

그녀가 잠자코 있다가 말했다.

"오빠가 정 가고싶다면 좋아. 그냥 들렀다가 오는 거야. 괜히 아는 사람 만나서 노닥거리지 말고."

"설마 아는 사람 만날 수야 있겠니? 설령 우연히 마주치더라도 20년이 지났는데 까마득하게 몰라보겠지."

이렇게 해서 황간 인터체인지를 나와 시내로 들어갔다. 읍 규모의 도시지만 어릴 적 기억에 비해 놀라울 정도로 달라져 있었다. 도로는 넓고 훤하게 뚫렸고, 농촌답지 않게 휘황찬란한 네온사인이 시가지 전체를 반짝반짝 비추었다. 잡지나 달력에서 흔히 보는, 유럽의 바로크 양식을 모방한, 건사한 모텔도 눈에 들어왔다.

나는 그 모텔로 들어가 방을 잡았다. 황간 읍내도 구경하고 싶었다. 그러나 그녀는 한사코 꺼려했다. 나와 달리 황간에서 고등학교를 다녔기 때문에 아무래도 그녀 자신을 알아보는 사람이 많을 것이란다. 떳떳한 부부 사이도 아닌 주제에 괜히 남의 입방아에 오르기 싫다고 했다.

"바로 그 이유 때문에 나 혼자라면 몰라도, 오빠와 함께 고향 땅에서 돌아다니는 것을 피하고 싶은 거야. 내 마음 이해하지?"

나는 이해했다. 우리는 모텔에서 가까운 식당에서 추어탕을 먹고 곧바로 모텔로 돌아와 방에 처박혔다.

다음 날은 천둥소리와 함께 번개가 번쩍이더니 비가 내렸다. 날이 밝아도 강한 빗줄기와 고산지대의 특유한 안개 때문에 주위는 어둑어

둑 했다. 빗줄기는 가늘어질 기미가 보이지 않았고 하루 종일 그칠 것
같지도 않았다. 어쩐지 꺼림직 하고 으스스한 날씨였다.

하지만 이왕 마음먹었던 것이고, 일부러 황간에서 하루 밤까지 잔
마당에 그냥 서울로 올라갈 수는 없었다. 나는 그녀를 태우고 물한계
곡 쪽으로 차를 몰았다.

황간 읍을 벗어나 노레 마을과 매곡리를 지나고, 상촌을 거쳐 물한
계곡에 이른 거리는 20여 킬로미터가 넘는 거리였다. 도로는 옛날과
마찬가지로 좁고 구불구불 했다. 옛날에는 신작로 길이었는데 지금은
전 구간이 아스팔트로 포장되어 있어서 달랐다. 마을의 담벼락에는
익어 가는 감이 주렁주렁 달려 있고, 들판의 논에는 누렇게 고개를 숙
인 벼가 곧 추수를 기다리고 있다는 것도 옛날과 다름이 없었다. 다만
오늘은 억수같이 쏟아지는 비로 도로가 군데군데 물에 잠겨 있고, 길
거리와 들에 사람이 거의 눈에 띄지 않았다.

하대도리 내가 태어나 자란 집은 현대식 양옥으로 완전히 뒤바뀌어
버렸다. 담벼락도 없어졌고 마당은 콘크리트로 포장되었다. 담벼락에
붙은 그 감나무 - 옛날 선애가 감 송이를 몰래 꺾었던 - 그 감나무도
흔적도 없이 사라졌다.

"기억 나니? 선애 너가 몰래 감 송이를 훔쳤던 그 감나무도 베어버
렸구나. 아마 늙어서 감이 열리지 않아 없앤 모양이지?"

그녀가 비죽이 미소를 짓다가 말했다.

"그 감나무가 보고 싶어 여기까지 나를 데리고 온 거유? 오빠도 참!"

나는 그녀가 그때의 그 일을 기억하는지 못하는지 알 수가 없었다.

"꼭 그 감나무가 아니라 내 어릴 때 살았던 곳에 그냥 와보고 싶었을 뿐이지. 그런데 이렇게 달라져버렸다니...."

나는 씁쓸한 웃음을 흘리고는 상대도리로 올라갔다. 상대도리도 완전히 탈바꿈되어 있었다. 마을 전체가 음식점 마을로 변했다. 선애가 살던 그 집도 헐고, 대신 우람한 현대식 한옥이 들어서 한식당으로 운영되고 있었다.

나는 도로 옆에 차를 세우고 그 쪽을 바라보았다.

"선애 너가 살던 집도 저렇게 변했구나!"

"그러네...."

그녀도 자기가 살았던 집 쪽을 물끄러미 바라보았다. 포도 알처럼 둥글고 큰 눈망울에 이슬이 맺힌 듯, 분명 향수가 어리었다.

그녀가 물었다.

"오빠가 내게 보여주고 싶은 것이 옛날의 우리 집이야?"

"아니."

"그럼?"

나는 그 옆에 우뚝 솟은 바위를 가리켰다. 산등성이에 박힌 그 우람한 바위와 소나무 숲은 옛 모습 그대로였다. 지금은 비가 내리고 있어서 소나무 숲과 바위가 검고 칙칙하게 보였다.

"나 중학교 다닐 때 저 바위 위에 뻔질나게 올라 다녔지."

"저 바위에? 왜?"

"네 모습을 보러. 아니 네 몸둥이를 훔쳐보려고."

"내 몸둥이를 훔쳐봐? 그게 무슨 말이야?"

"선애 너가 집 마당에 나오면 나는 저 바위 위에서 아랫도리를 까 벌리고 너를 내려다보며 수없이 그 짓을 했거든."

"그 짓이라니?"

"남자애들이 하는 그 자위행위 말이야."

그녀가 눈을 꿈뻑이다가 피식 웃었다.

"에이! 오빠 같은 샌님이 그랬다니 믿어지지 않아."

나는 머리를 가로젓는 그녀를 보며 정색으로 말했다.

"사실이야. 선애 너는 내 사춘기 시절 내 우상이었고 짝사랑의 대상이었어. 나는 너를 통해 이성에 눈을 뜨게 된 셈이지. 거의 매일 너의 몸을 훔쳐보며 자위행위를 했지. 그 짓을 하지 않으면 꿈에 네 몸둥이가 나타나 몽정도 하고 말이야. 그런 너를 20여 년이 지난 후에 만나서 내 품에 정말 안게 되어 내 감회가 얼마나 남다른지 아니? 실은 오늘 비만 오지 않는다면 저 바위 위에 올라가 돗자리를 깔고 너를 안아보려던 참이었어. 옛날의 자위행위가 아닌, 정식으로 말이야. 꼭 그러고 싶었거든. 아무래도 그 일은 다음 기회로 미루어야겠다."

그녀가 피식피식 웃다가 이내 난처한 표정을 지었다.

"에이! 그만 해라, 오빠! 오빠가 그런 말을 하니 어색하다. 대낮에 저 바위 위에 돗자리를 깔자니.... 이상한 말 그만 하고.... 이제 가자!"

나는 그녀가 내 본심을 건성으로 받아드리는 것 같아 서운했다. 차를 돌려 물한계곡을 벗어 나왔다. 차를 몰며 생각하면 생각할수록 서운하다는 생각이 들었다. 결국 그 시절에 나 혼자만 그녀를 간절히 흠모했던, 말 그대로 일방적인 짝사랑이었음이 여실히 증명된 셈이다. 만약 당시에 그녀가 나의 존재를 조금만이라도 인식했던 순간이 있었다면 오늘 내가 말한 본심을 그렇게 건성으로 받아들이지는 않았을 것이다. 당시에 그녀는 나 같은 존재를 샌님으로 간주하여 안중에도 없었다는 뜻이다.

슬며시 약이 오른 내가 불쑥 말했다.

"당시에 그 바위 위에서 네 몸뚱이를 훔쳐보며 맨 처음 나에게 자위행위를 가르쳐준 애가 누구였는지 아니?"

"……"

"궁금하지 않아?"

"싫어. 궁금하긴?"

"너도 잘 아는 사람이야. 아니 잘 아는 정도가 아니지. 당시에 너도 좋아했던 애라고 알고 있는데."

"……"

"그래도 알고 싶지 않아?"

"싫어. 알고 싶지 않아. 말하지 마!"

그녀가 퉁명스럽게 대꾸했다.

나는 바짝 약이 올랐다.

"박광남이란 애야. 당시에 너랑 박광남이 붙어 다녔던 것 나 다 알고 있어. 그 애가 네 몸도 다 만졌다고 하더라."

이 말에 그녀의 얼굴이 붉어지면서 표정이 뾰르퉁해졌다. 입을 굳게 다물고 얼굴을 나로부터 돌려버렸다.

기분이 찜찜한 나는 차를 전속력으로 몰았다. 비가 억수로 쏟아졌다. 도로 위를 떠돌던 물이 차바퀴에 물보라를 일으키며 튀었다. 상촌을 지나 매곡리에 이르는 길목 커브 길에 '사망사고 잦은 곳'이란 도로변 붉은 색 간판을 읽었어야 했다. 나는 당시의 기분이었는지, 아니면 비 때문이었는지, 그 간판을 읽을 틈도 없이 그 커브 길을 돌았다.

앞에서 해드 라이트를 환하게 밝힌 오토바이가 돌진해왔다. 오토바이는 커브 길에서 중앙선을 넘어 바로 코앞에서 내 차를 덮칠 기세였다. 나는 브레이크를 밟으며 핸들을 꺾었다. 순간 내 차는 가드레일을 들이받았고 퍽 소리를 내며 에어백이 터지는 소리를 의식했다.

그 이후는 기억이 없다.

내 의식이 되돌아온 곳은 그날 오후 한 병원에서였다. 상촌에 사는 한 농부가 일 톤 픽업을 몰고 황간에 다녀오다가 먼 앞쪽에서 비속에 불빛이 번쩍하면서 뭔가가 개천으로 처박히는 것을 목격했단다. 그 농부는 전속력으로 달려 가봤다. 아니나 다를까 승용차가 가드레일을 부수고 넘어 아래 개천에 옆으로 처 박혀 있었다. 개천에 물이 불어 차는 반쯤 잠긴 상태였다. 하얀 에어백을 가슴에 안은 운전자가 위쪽에 보였다. 농부는 픽업을 세워두고 급히 아래로 내려가 옆으로 누운 승용차 문을 열었다. 다행히 운전석 문이 쉽게 열렸다. 농부는 운전석 남자를 차에서 꺼냈다. 다리의 뼈가 부셔졌는지 갈라진 상처가 보였고 피가 흘렀다. 남자를 꺼내면서 물에 잠긴 조수석에 여자가 있다는 사실도 알았다. 농부는 남자를 등에 업고 픽업 적재함에 던졌다. 급히 다시 내려가 물에 잠긴 조수석 여자도 꺼냈다. 여자의 무릎은 으깨진 상태였다. 그 여자마저도 간신히 꺼낸 농부는 차를 돌려 병원이 있는 황간 읍으로 달려갔단다.

오른쪽 무릎 뼈가 부셔져 붕대를 칭칭 감아 지지대에 맨 상태인 나에게 제복을 입은 순경이 다가왔다.

"서경민씨! 이선애씨와는 어떤 사이입니까?"

"...... 선애요? 이 곳 고향 후배요."

"고향 후배라...."

순경이 뜸을 드렸다.

나는 아까부터 몹시 궁금하여 물었다.

"선애는 지금 어디 있습니까?"

"이선애씨는 이 병원 시체실에 있습니다."

"네? 시체실?"

나는 숨을 멈추었다.

순경이 담담한 표정으로 설명했다.

"이선애씨는 이미 현장에서 갔습니다. 차가 개울에 처박혀 의식을 잃고 물에 잠겨 있던 바람에 병원으로 옮기기 전에 익사한 상태였습니다. 서경민씨도 계속 방치되어 있었다면 불어난 물로 익사 될 뻔했답니다."

나는 병실의 하얀 천장을 바라보며 눈물을 흘렸다.

"비가 오고 급커브 길인데 도대체 몇 킬로로 달렸던 것이죠?"

나는 순경의 질문을 듣고야 조사차 나온 것임을 의식했다. 순경은 볼펜과 수첩을 손에 들고 있었다.

"육칠 십 킬로 정도요. 익숙치 못한 길이라 더 이상 달릴 수도 없었어요. 커브 길을 막 도는데 갑자기 앞에서 오토바이가 해드 라이트를 켜고 중앙선을 넘어 달려왔습니다. 나는 그것을 피해 핸들을 꺾었고."

"확실히 오토바이가 달려왔습니까?"

"그랬습니다. 그렇지 않았다면 내가 왜 핸들을 꺾었겠습니까."

순경이 머리를 끄덕였다.

"서경민씨를 구조하여 병원으로 이송한 목격자도 앞쪽에서 오토바이가 달려가고 있었다고 증언했습니다."

순경은 여러 가지를 질문했다. 오토바이를 몇 미터 앞에서 확인했느냐, 색깔과 크기는 기억하느냐, 중앙선을 몇 미터나 넘어왔느냐, 순간적으로 브레이크는 밟았느냐, 음주운전은 아니었느냐, 등등.

나는 기억나는 대로 솔직히 대답했다. 그리고 애처로운 표정으로 물었다.

"이제 나는 어떻게 되는 것입니까?"

"사람이 죽었어요. 본서에서 형사가 나와 단순 교통사고인지, 서경민씨의 고의성이 있었던 것인지 조사한 후 결정할 것입니다. 물론 그 오토바이도 수배할 거구요. 그때까지 이 병원을 떠나서는 안됩니다."

순경은 갔다.

나는 하얀 천장을 올려다보며 비통한 심정으로 눈물을 흘렸다. 기껏 석 달간의 짧은 만남이 이런 비극으로 끝나다니.... 이런 악연을 왜 인연이라 반겼던가. 차라리 만나지 않았더라면 그녀는 살아 있을 것이 아닌가. 그녀에 대한 미안함과 애석함으로 내 가슴은 찢어지는 것 같았다.

서너 시간 후 영동경찰서에서 사복을 입은 형사가 나를 찾아왔다. 머리가 벗겨지고 얼굴이 둥글어 인정이 많아 보이는 인상이었다. 조 형사라 했다.

조 형사는 병상 옆 의자에 앉아 동정 어린 표정으로 내 얼굴을 한참 들여다봤다. 눈물을 찔끔거리고 있는 내 얼굴이 애처롭기도 했을 것이다.

조 형사가 탄성을 섞어 말했다.

"거 참! 우연치고는 이렇게 기막힌 우연이 있을 수 있나!"

"......?"

"죽은 이선애씨 말입니다. 그 여자 남편도 바로 이 년 전에 교통사고로 죽음을 당했던 사람입니다."

"네? 아니, 남편이라뇨? 선애는 아직 처녀인데.... 그게 무슨 말?"

"뭐요? 아직 처녀로 알고 있어요? 서경민씨도 참!"

조 형사가 혀를 찾다.

"서경민씨에게 그 여자가 처녀라고 했나보죠? 이선애 그 여자는 이 년 전까지만 해도 이곳 황간에 살던 여자였어요. 남편이 택시운전을 했고요. 남편이 이년 전에 비오는 날 손님 없이 혼자 택시를 몰다 택시가 전복되는 바람에 죽었는데, 그 장소가 어디인 줄 아십니까? 바로 서경민씨의 차가 개울로 뛰어든 그 커브 길이었단 말입니다. 이년 후 바로 그 장소에서 부인인 이선애씨가 역시 교통사고로 죽었으니 우연 치고는 기막힌 우연 아닙니까?"

나는 어안이 벙벙했다. 선애에 대한 이미지가 뒤죽박죽이 되고 말았다. 고등학교를 졸업한 후 바로 서울로 올라왔다는 것은 뭐고, 노처녀로 여지껏 혼자 살고 있었다는 것은 다 뭐란 말인가....

"이선애씨는 남편이 죽은 후 바로 서울로 올라갔어요. 그러다 이년이 지나서 모처럼 고향에 들린 모양인데 남편이 죽었던 장소에서 따라 죽었으니.... 이거 죽은 남편이 불러갔다고 해야 하는 것인지, 스스로 남편 뒤를 따라갔다고 해야 하는 것인지...."

조 형사는 계속 의아스런 말을 내뱉어냈다.

나는 아무런 반응을 보일 수가 없었다.

"그런데 또 한 가지 우연을 발견했는데, 그것이 무엇인지 아십니까?"

"......?"

"서경민씨도 상촌중학교에 다니셨죠?"

"네, 중 이 학년까지 다녔습니다만?"

"알아봤더니 이선애씨의 죽은 남편이 중2때 서경민씨와 같은 반이 었더군요."

"이름이?"

"박광남이라고."

나는 또 뒷통수를 가격 당했다. 나는 현기증을 느끼며 눈을 감아버렸다.

조 형사가 내가 듣던 말던 계속 말했다.

"이 우연도 보통 우연이 아니죠. 우연에 우연을 거듭하면 뭐가 되는 줄 아십니까? 결코 우연으로만 간주할 수 없다는 뜻이죠. 또 형사인 제 입장에서 모든 가능성을 다 조사해봐야 하는 것이기도 하고. 그래서 하는 말인데.... 박광남이 교통사고로 죽었다. 그러나 박광남을 잘 아는 서경민이 이선애를 태우고 가다 같은 장소에서 교통사고를 냈는데 이선애는 죽고 서경민은 살았다. 여기에 어떤 고의성이 엿보이지 않습니까? 죽은 두 사람 말고 살아 있는 서경민의 고의성 말입니다. 약간 신파극 같기도 하지만 서경민씨가 친구의 죽음에 대한 원수 갚음으로 그 부인을 죽일 수도 있고, 세 사람 사이에 금전 관계나 애증이 얽힌 원한, 또는 모종의 복잡한 흑막이 깔려 있을 수도 있고.... 모든 가능성을 열어놓고 조사를 진행 중입니다."

나는 눈을 감은 채 고통스럽게 얼굴을 일그러뜨렸다. 선애의 거짓말에 대한 분노, 나 자신의 경박함까지 치밀어 올라 비통한 심경이었다.

나는 끄윽- 신음소리를 냈다.

"그럼 내가 선애를 죽이기 위해 일부러 사고를 냈다고 보는 겁니까?"

"그 가능성도 높다는 것이죠. 그 일차적 판단은 나 같은 형사들이 합니다. 최종결정은 법정에서 내릴 것이고. 서경민씨는 지금 형사인 내가 제대로 판단할 수 있게 내 질문에 정직하게 답변해야 합니다. 특히 이선애씨와의 관계에 대해서 말입니다."

이렇게 해서 나는 그녀와의 어릴 적 이야기, 석 달 전 20여 년만에 다시 만난 정황, 그녀의 거짓말, 그 이후의 행적, 물한계곡에 다녀온 상황 등 모두를 부끄럽고 창피스런 심정으로 솔직히 털어놓았다.

"그러니까 서경민씨는 불과 석 달 전에 어릴 때 이웃마을에 살았던 이선애씨를 만났고, 그 여자가 먼저 접근해와 꼬시는 통에 애정행각을 벌리다 빗길에 사고를 냈다, 이 말이군요. 사고의 직접적 원인은 그 오토바이 때문이고.... 잘 알겠습니다. 참고하겠습니다."

조 형사가 둥근 얼굴에 야릇한 웃음을 흘리며 내 옆을 떠났다.

여자의 외모만을 보고 쉽게 빠져들던 나의 애정행각에 대한 비웃음이리라.... 나는 온몸이 발가벗겨진 듯 부끄러움을 금할 수가 없었다. 그리고 참담했다. 둥글고 인상 좋은 얼굴로 잘 참고하겠노라고 했지만 그 이면은 철저히 냉정한 사람이다. 사고에 나의 고의성이 없었다는 확실한 증거, 특히 그 오토바이를 찾아내지 못한다면, 나를 기소하여 법정에 세우고 말 형사임이 틀림없다. 그렇게 되면 나는 변호사를 세워야 할 것이고, 법정에서 공개적으로 나와 선애와의 관계를 또 몇 차례나, 얼마나 자세히 까 벌려야 한단 말인가....

다음날 오전에 조 형사가 다시 왔다. 이번에는 두 사람과 같이 왔다. 그 중 한 사람의 손목에는 수갑이 채워져 있었다. 나는 그 수갑을 찬 남자를 보고 눈을 깜박거렸다.

조 형사가 말했다.

"서경민씨! 여기 김일중씨를 알아보겠지요? 상촌중학교 2학년 때 박광남씨와 함께 같은 반이었던 김일중씨 말입니다."

나는 재깍 알아봤다. 왜 내가 몰라보겠는가. 당시 학교 앞에서 만화가게와 문방구를 겸한 집 녀석으로 소위 독서클럽이라며 애들을 모아 음란 소설과 만화, 각종 춘화를 돈 받고 돌려보게 하던 장본인이 아닌가.

나는 김일중의 얼굴과 수갑 찬 손을 번갈아 쳐다봤다.

"압니다. 그런데 일중이 너가 어떻게 여기를?"

김일중은 한사코 내 눈길을 피했다.

조 형사가 말했다.

"어제 그 커브 길에서 서경민씨 차 앞으로 오토바이를 타고 돌진했던 자가 바로 이 사람입니다. 어제 오전에 김일중씨가 매곡리를 통과하여 상촌 쪽으로 가는 것을 봤다는 매곡리 사람의 증언과, 서경민씨를 이송한 목격자의 증언을 토대로 조사한 결과, 상촌 비디오가게 주인인 김일중씨가 확실하다는 결론을 내렸습니다. 오토바이와 차가 직접 부딪치지 않았는데 왜 뒤집어씌우느냐고 항변했지만 어떻게 이 자를 체포하게 되었는지 아십니까? 이 자를 조사하면서 또 다른 우연을 발견했기 때문입니다. 죽은 박광남이 서경민이 중2때 같은 반이었는데 김일중도 같은 반이었다는 사실.... 맞습니다. 밤을 지세며 이 자를 심문한 결과, 역시 우연에 우연은 결코 우연이 아닌, 사연이 있는 필연인 것으로 드러났습니다. 김일중씨가 자백했습니다. 어제 아침 황간에서부터 오토바이로 서경민씨와 이선애씨가 물한계곡으로 올라가는 것을 뒤쫓았고 그 커브 길을 향해 내려오는 것을 미리 보고 있다가 반대쪽에서 중앙선을 넘어 돌진했다고 합니다. 자, 김일중씨! 영문도 모르고 당한 서경민씨에게 왜 그랬는지 이유는 설명해 주어야 하지 않겠소? 모르는 사람도 아니고 중학교 동창인데 말이요?"

김일중이 고개를 숙였다. 그가 말했다.

"그제 밤에 황간에 왔다가 추어탕 집을 나오는 선애를 알아봤다. 경민이 너도 알아봤다. 너희 둘이 모텔로 들어가는 것을 보고 쫓아가서 둘 다 죽이고 싶었다. 2년 전 선애 그 년이 나를 배신하고 잠적해버린 이후 내가 얼마나 찾아다녔는지 경민이 너는 모를 것이다. 간덩이가 부은 년이지. 내가 시퍼렇게 눈을 뜨고 지키고 있는데 이곳에 내려오다니. 그것도 경민이 너와 함께 온 것을 보고 둘 다 죽여버리기로 마음먹었다. 마침 어제 아침에 물한계곡에 올라가는 것을 보고 일부러 그년의 남편 광남이, 그 새끼가 죽은 그 자리를 택해 내가 그랬다. 그런데 형사 양반 얘기를 들어보니 너와 선애 관계는 별 것이 아니란 것을 알았고, 그래서 경민이 너에게는 미안하다. 하지만 나를 배신한 선애는 죽어 마땅한 년이란 말이다. 그 년은 남편을 처치해주면 나와 살겠다던 약속을 어기고 광남이가 죽어서 받게된 보험금 3억 원을 혼자 거머쥐고 튀어버린 여자란 말이다!"

김일중이 수갑찬 손으로 자신의 머리통을 쥐고 마구 흔들어댔다.

나는 병상에 누워 그의 자포자기 한 듯한, 그러나 아직도 억울하여 미치겠다는 태도를 멍한 시선으로 바라볼 뿐이었다.

같이 온 남자가 말했다.

"나는 보험회사에서 나왔소. 2년 전 사고가 살인사건이었다면 3억 원을 지급할 필요가 없었는데 이제야 사실이 밝혀졌으니 난감하오. 그래도 죽은 이선애씨의 남은 재산이라도 압류해야 하니 서경민씨가 좀 도와주시오."

나는 눈을 감아버렸다.

그날 오후에 마누라와 친구들이 황간으로 내려왔다. 마누라는 내 차에 여자가 타고 있다 죽었다는 사실을 알고 불쾌한 기분을 억누르지 못했다. 하지만 고향에 들렀다 우연히 태워준 고향 이웃마을 후배라고 한사코 우겨대자 그대로 넘어 가줬다. 물론 석 달 전에 친구 상철이 데려와 만났던 여자란 사실을 알면 결코 그냥 넘어가지는 않을 마누라다.

친구들과 같이 온 상철은 달랐다. 그날 오후 나를 서울의 병원으로 이송하기 위해 모두 밖에 나가 있는 동안 상철이 내 병상 옆으로 왔다.

"죽은 여자가 이선애 그 여자 맞지?"

"어, 어떻게 알았어?"

나는 얼굴을 붉혔다.

"왜 내가 모르겠니. 너를 만날 기회를 만들어달라고 내게 부탁해서 그 때 데리고 나갔었는데. 너를 만난 이후 나에게 전화가 없는 것으로 봐서 경민이 너와 잘 되는구나 짐작은 했다."

"뭐라고? 그 여자가 당시에 나를 만날 목적으로 너를 따라나온 것이 었다고?"

"그래. 내 친구 중에 영동 황간이 고향인 자가 있다고 하자 이름을 묻더니 사정사정하더구나. 그 여자 보험하는 여자 아니니. 너에게 보험 들어달라고 접근한 것으로 아는데?"

"......?"

어떻게 알 수 있었겠는가?

아련한 추억속의 여인이 일부러 접근해온 이유가 미모를 활용해 남자를 죽음과 파멸로 몰고 다니는 섬뜩한 여자였음을......

내막을 모르는 상철이 머리를 갸웃했다.

"아니야? 그럼 너에게는 다른 특별한 이유가 있었나?"

야릇한 눈빛

아줌마의 손길이 간질이듯 팔뚝을 토닥였다.

"몸 하나는 튼튼해!"

또 그 야릇한 눈빛.

요 며칠 째 아줌마의 시선을 의식한 만길은 가슴이 뛰었다.

물기가 어린 듯 촉촉하면서도 어딘지 끈적끈적한 그 눈빛. 멀리 있
어도 가까이 있어도 그 눈길이 요즈음 만길을 줄곧 따라다닌다.

지금은 바로 앞에 마주앉아 팔뚝과 손등을 어루만지며 그 눈빛으로
만길을 그윽이 올려다보고 있다. 터질 듯 우람한 아줌마의 젖가슴도
반쯤 노출된 채 바로 눈앞에서 출렁이고 있다.

어쩌잔 것인가.

저 끈적끈적한 눈빛. 정령 만길이 그 출렁이는 젖가슴을 덥석 움켜
쥐며 자신을 와락 껴안아주기를 바라고 있다는 것인가.

만길의 아랫도리 그것이 자신도 모르게 크게 부풀려졌다. 뻐근하기

까지 하다. 가슴이 답답하고 숨도 가쁘다. 풍만한 젖가슴을 바로 처다볼 수도, 보지 않기 위해 눈길을 돌릴 수도 없다.

어쩌란 말인가.

그때 마침 손님들이 들어왔다.

만길은 벌떡 일어나 주방으로 들어갔다. 아줌마도 엉거주춤 일어나 손님에게 다가갔다.

아줌마가 주문을 받고 외쳤다.

"짜장 둘, 짬뽕 하나!"

"짜장 둘, 짬뽕 하나!"

만길도 주문을 복창했다.

미리 뽑아둔 면발을 끓는 물에 데치고 짬뽕국물 냄비에 열을 가했다. 밀가루 반죽 한 덩이를 떼어내 새 면발을 만드는 작업에 열중했다. 반죽 덩이를 늘어뜨려 되도록 소리가 나도록 일부러 툭툭 쳐대며.

굳어 있던 반죽이 주물러 늘어뜨릴수록 부들부들해졌다. 마음먹기에 따라 이 반죽을 얼마든지 길게 늘어뜨려 실오라기처럼 가는 면발을 만들 수도 있다.

만길은 항상 이 부들부들한 상태의 촉감이 좋았다.

아줌마의 그 우람한 젖가슴도 이렇게 부들부들하지 않을까? 아니그 이상일 것이다. 사람의 살이고 여자의 젖가슴인데. 더 보드랍고 더 몽클하고 더 자극적인 그 무엇.......

여자 살갗의 감촉을 맛본지 얼마던가. 중국집 주방장 월급이 변변치 않아 요즘은 그 흔한 호프집 여자 젖가슴 한번 만져본지도 오래다.

만길은 마음먹었다. 오늘 일과를 마치면 저 네거리 가까이 주택가 골목 깊숙한 곳에 위치한 그 호프집, 오다가다 불빛이 야릇하게 느껴졌던, 그 술집에 들리리라.

만길은 자꾸만 눈에 아롱거리는 홀 아줌마의 젖가슴을 떨쳐버리려는 듯, 면발을 소리높이 탁탁 쳐대며 일에 열중했다.

주택가 변두리 중국집이라 밤 열 시가 지나면 배달 주문도, 홀에 손님도 끊겼다.

밤 열 시까지가 근무시간인 홀 아줌마가 퇴근했다.

홀 카운터에 앉아 있는 중국집 주인 박씨 아저씨는 번뜩이는 대머리를 꾸벅거리며 졸고 있었다. 이른 아침부터 시장을 봐오고, 낮에는 배달원을 두지 않고 직접 오토바이로 배달하느라 여기저기 뛰어다니는, 짠돌이 박씨로서는 하루의 일과가 끝나는 이 무렵이 가장 한가한 시간이다.

만길은 밀가루와 국물기름 때로 얼룩진, 희끄무레한 주방장 까운을 벗고 잠바로 갈아입었다.

"사장님, 저 오늘은 이만 갑니다."

"어! 벌써 퇴근한다고?"

졸다가 깬 박씨가 대머리를 치켜들고 벽시계를 바라보았다.

"이제 겨우 열 신데?"

만길을 보는 박씨의 눈에는 만약 손님이 들이닥치면 어떻게 하나

하는 걱정이 어려 있었다. 간혹 열 한 시가 넘어서도 빼갈을 찾는 술손님도 있고 탕수육을 배달해달라는 주문도 있기 때문이다.

만길은 박씨의 걱정쯤은 아랑곳하지 않는다는 태도로 대꾸를 하지 않았다. 눈길을 딴 곳으로 돌리며 입을 다물어버렸다.

하지만 이런 경우 박씨가 만길을 다그칠 입장이 아니다. 구한 지 채 두 달도 안 된데다 아차 하면 더 조건이 나은 번화가 쪽 중국집으로 떠나버리는 것이 주방장의 속성이다. 시골에서 올라와서인지 붙임성 없이 무뚝뚝하여 때로는 속이 탈 정도로 답답한 것이 흠이지만 아직 때가 묻지 않은 듯 착한 만길이다.

"알았어. 나가 봐! 핸드폰은 끄지 말고."

'중국성'이란 한자와 용 문양의 붉은색 간판으로 도배된 출입문을 바라만 보고 있던 만길은 이렇다할 대꾸도 없이 그 즉시 밖으로 나왔다.

밤공기가 눅눅한 듯 차가웠지만 바람이 불어 시원했다. 언제나 열기로 가득한 중국집 주방에서 방금 나온 해방감 때문인지 마음도 후련했다. 밤거리의 상점들 네온 불빛과 그 앞을 지나는 여자들의 얼굴빛이 환하게 보였다.

이 밤에 뭔가 좋은 일이 일어날 것 같은 기분이다. 지금 찾아가려는 그 골목길 호프집의 야릇한 불빛을 떠올리고는 만길은 약간의 흥분까지 느꼈다. 기대 때문에 마음이 급해서인지 네거리 건널목 신호등 빨간불이 유난히 길었다. 파란불로 바뀌자마자 걸음도 빨라졌다.

네거리 번화가 쪽에 집중되어 있는 맥주 집들은 불빛도 환하고 안이 훤하게 들여다보였다. 사람들이 마주 앉아 술잔을 맞부딪치며 떠들어대는 모습이 다 보였다.

지금 만길이 가려는 곳은 이런 맥주 집이 아니다.

똑같이 호프도 팔고 맥주도 파는 곳이지만 조용하고 은밀한 곳. 자리마다 칸막이로 구분되어 있고 불빛도 어둑한 곳. 그리고 무엇보다 여자가 있는 술집. 술잔을 마주하고 말 상대를 하다보면 은밀하게 가까워지는 곳. 잘 하면 손목을 마주 쥐고 있다가 이른바 '이차'까지 나갈 수 있을 것이다.

네거리에서 백여 미터 거리에 뒷골목이 있다. 주택가 골목이지만 번화가 인근이라 식당이나 식품가게가 띄엄띄엄 있는 곳이다. 그중 골목어귀에 호프집이 하나 있다. 출입문과 창문 모두를 노란색 아크릴로 도배를 해서 안쪽이 들여다보이지 않는다. 밤에는 붉은빛 조명등 하나만 달랑 출입문을 비추고 있어서 여느 술집보다 야릇하고 은밀할 것 같이 보이는 호프집이다.

어쩌다 만길이 밤에 그 호프집 앞을 지나다가 손님을 배웅하는 주인여자를 봤는데, 펑퍼짐한 엉덩이와 둥글 넙데데한 얼굴이 야한 느낌을 물씬 풍기는 여자였다.

빠른 걸음으로 그 호프집에 다다른 만길은 숨을 한번 크게 몰아쉬고는 과감하게 문을 열고 안으로 들어갔다.

자리마다 허리높이 칸막이가 쳐져 있고 핑크빛 갓을 씌운 전등이

낮게 드리워져 있어서 실내조명이 어둑한 편이었다.

중간쯤 자리에 남자 손님과 마주 앉아 있던 그 주인 여자가 벌떡 일어났다.

"어서오세요!"

만길은 앉아 있는 남자의 얼굴을 힐끗 쳐다보면서 맨 안쪽 자리로 갔다. 허름한 옷차림에 나이가 꾀 들어 보이는 그 남자는 혼자 호프를 마시던 중이었다.

만길이 앉은 자리의 탁자도 붉은 색이어서 핑크빛 조명등과 어우러져 야릇하면서도 아늑한 느낌이다.

여자가 짧은 청치마 속의 탱탱한 엉덩이를 흔들어대며 다가왔다.

"맥주에 마른안주 줘요."

만길의 주문에 여자가 붉은 입술을 옆으로 벌리며 웃음을 흘렸다. 그래 맥주 좀 같이 마셔보자는 표정이다.

여자가 맥주 세 병과 안주를 가져와 만길의 앞자리에 마주 앉았다.

"이집에 처음 오신 분이시네."

여자가 글라스에 맥주를 따랐다. 가슴이 깊이 파진 주황색 티셔츠 속의 젖무덤이 살짝 눈에 들어왔다. 노브라.

만길은 침을 꿀꺽 삼키며 여자의 글라스에 맥주를 따라주었다. 맥주를 몇 모금 꿀꺽꿀꺽 들이키고는 여자를 노려보았다. 남자의 눈빛을 의식한 여자도 마주 노려보며 만길에게 웃음을 흘려준다.

여자의 붉게 바른 입술이 퍽이나 헤프고 야하다고 생각하며 맥주잔을 든 순간 출입문이 열렸다. 한 여자가 당당한 걸음걸이로 안으로 들어왔다.

"만길이! 나야."

여자가 만길의 어깨를 부딪치며 옆 자리에 털썩 주저앉았다. 아까 10시에 퇴근한다며 먼저 나갔던 아줌마가 아닌가.

"아니, 아줌마가 어떻게?"

"어떻게는 어떻게 라니? 네거리에서 만길을 봤지. 급히 가는 것을 보고 뒤따라왔는데 이 호프집으로 들어가더군. 한잔 하고 싶은가보다 생각하고 나도 따라 들어온 거지. 어때 나와 같이 한잔 하는 것도 괜찮지?"

어이가 없었다. 멍한 표정의 만길의 눈치를 살피던 앞 여자가 자리에서 일어났다.

"어머! 일행이 있는 줄도 모르고 내가 실례를 했네. 파트너도 오셨으니 오붓하게 드세요."

여자가 만길에게 눈을 흘겨주었다. 탱탱한 히프를 흔들어대며 저쪽에 혼자 앉아 있는 손님에게로 가버렸다.

아줌마가 기다렸다는 듯 환한 웃음을 지으며 만길에게 몸을 밀착해 왔다. 어깨에 아줌마의 풍만한 젖가슴 살이 뭉클 느껴졌다.

그래. 꿩 대신 닭이다. 아줌마라고 술맛 없으란 법 없지 않은가.

만길은 아줌마의 잔에 맥주를 따라주었다.

"10시 넘어 퇴근하면 늦은 시간인데, 거기다 이렇게 한잔하고 더 늦으면 아저씨에게 혼나지 않으세요?"

아줌마가 맥주를 쭉 들이키고는 한숨을 쉬었다.

"만길이 아직 모르나본데 나는 혼자 사는 여자야. 남편도 없고 자식
도 없는 과부라고. 아니 시집은 갔었지만 애 못 낳는다고 시집에서 쫓
겨났으니 정확히 말해 결혼에 실패하고 혼자 사는 여자지. 집에 빨리
가봐야 기다리는 사람도 없지."

"미안해요. 몰랐어요."

"모른 게 당연한데 미안할 거 없어. 듣자 하니 만길이도 강원도 고성
인가 거진에 홀어머니 두고 이렇게 객지에 혼자 나와 있다고 들었는
데, 숙소에 빨리 가봐야 별 볼 일 없어 이렇게 한잔 하는 거 아냐? 자,
우리 외로운 사람끼리 한잔 하자고!"

아줌마가 글라스를 부딪쳐왔다.

두 사람은 잔을 비우고 상대의 잔을 채워주었다.

아줌마의 얼굴에 보얀 홍조가 돌았다. 어둑한 붉은빛 조명과 핑크색
탁자 탓인지 몰라도 그렇게 보얗고 부드럽게 보였다. 만길도 이제 취
기가 돌기 시작했고, 무엇보다 실로 오랜만에 몸 가까이 여자의 체취
를 물씬 느끼고 있기 때문인지도 몰랐다.

만길은 연거푸 아줌마의 잔을 채워주었고 따라주는 잔을 연거푸 받
아 마셨다.

아줌마가 취기로 달아오른 얼굴과 농염한 젖가슴을 만길의 얼굴과
어깨에 밀착시켜왔다. 만길의 손길이 아줌마의 젖가슴에 다다랐고

아줌마의 손은 이미 말뚝처럼 솟아오른 만길의 아랫도리를 더듬게
되었다.

그 당시, 그 순간에도 만길에게 번민이 없었던 것은 결코 아니었다.

상대는 나이 차이가 엄청 나는, 거의 스무 살 정도로 많은 여자다.
더구나 매일 마주 대하고 일해야 하는 홀 아줌마가 아닌가. 관계를 맺
고 나면 당장 내일 어떻게 얼굴을 마주 볼 수 있을 것인가.

하지만 만길의 결심은 자신의 아랫도리처럼 굳어져갔다. 오랜만에
느낀 여자의 살맛 때문에 말뚝처럼 솟아오른 그것을 이제 와서 어떤
수로 가라앉힐 수 있단 말인가. 더구나 자기는 혼자 사는 외로운 여자
라며 저렇게 농염한 눈빛으로 간절히 호소하듯 원하고 있지 않은가.

그날 밤, 만길은 떨리는 가슴을 억누르며 아줌마의 손을 끌고 근처
모텔로 들어갈 수밖에 없었다.

사실 부끄러웠고 마음속으로 진정 미안했다. 이미 예상했던 일이지
만 아줌마의 얼굴을 마주 대할 수가 없었다.

만길은 가능한안 주방에서 나오지 않고 일에 열중했다.

그렇다고 간밤에 벌어졌던 아줌마와의 그 정사를 머리 속에서나 마
음으로부터 깡그리 지워버릴 수는 없었다. 특히 부드러운 면발을 길
게 늘어뜨릴 때는 아줌마의 그 풍만하고 유들유들한 몸뚱이가 자꾸만
눈앞에 아른거렸다. 자신의 몸을 휘어 감던 아줌마의 성숙한 몸뚱이
가 농염하면서도 유난히 포근한 느낌이었다.

만길은 그 농염함에 흠뻑 빠져 그동안 참고 굶주려 터질 것만 같았던 정욕을 후련하게 분출할 수 있었다. 아줌마는 용솟음치는 만길의 몸을 어르듯 달래듯 포근하게 감싸주었고 괴성과 신음소리를 질러대면서 몇 번이고 자지러졌었다.

거기에 생각이 미치자 얼굴이 후끈 달아오르고 아랫도리가 뻐근해왔다. 하지만 만길은 이내 고개를 저었다.

'안돼! 참아야 해. 거기까지야. 어제 밤으로 끝난 일이야. 더 이상은 안돼!'

만길은 자꾸만 떠오르는 간밤의 정사를 머리 속에서 지워내며 일에 몰두했다.

다행스럽고 고맙게 아줌마 쪽에서도 만길을 마주 대하는 것을 피하는 눈치였다. 꼭 필요한 말 아니면 입을 열지 않았고, 만길을 바라보던 그 그윽하고 야릇한 눈길도 없었다. 홀에 손님이 없을 때는 주방에서 멀리 떨어진 자리에 앉아 만길과의 거리를 두었다.

아들 벌은 아니라지만 새까만 막내 동생 벌인 만길과 그토록 질펀한 정사를 벌이고 말았으니 계면쩍고 무안하기는 만길보다 더한 입장일 것이리라.

'그래 나만 쿨 하게 지낸다면 저쪽에서 먼저 접근해오지는 않을 것이야. 그럼 그것으로 끝이야.'

만길은 스스로 다짐하며 하루를 보냈다. 그 결심은 그 다음날도 변함이 없었다. 쿨 한 마음을 유지했고 쿨 한 태도로 일관했다. 그렇지만 그 풍만하고 하얀 여자의 몸뚱이가 농염한 자태로 자신에게 휘감겨오던 모습이 자꾸만 눈앞에 아른거리는 것은 어쩔 수 없는 일이었다.

밤 열 시, 아줌마도 퇴근했고, 하루의 일과를 마친 만길은 혼자서 네거리 번화가 쪽 호프집으로 들어갔다. 그가 자리를 잡고 앉자마자 언제 따라 들어왔는지 아줌마가 불쑥 앞자리에 앉지 않는가.

아줌마가 빤한 눈으로 만길의 얼굴을 쳐다보았다.

만길은 가슴이 쿵쾅거려 감히 아줌마의 눈을 마주 대할 수 없었다.

아줌마가 말했다.

"내가 만길의 마음을 이해 못하는 것은 아니지만 어제와 오늘 나를 무시하는 태도로 일관해 도저히 참을 수 없어 기다렸다가 이렇게 온 거야. 물론 내가 잘했다고 변명하지는 않겠어. 나이 많은 내가 가까이 한 것 자체가 잘 못인 건 알아. 하지만 우리가 그렇게 된 것이 나만 좋아서였던 것도 아닌데 어떻게 감히 만길이 나를 그렇게 벌레 보듯 냉정히 대할 수 있는 거야!"

낮게 차분히 말했지만 따지는 말투였다. 일을 치른 다음날 만길이 먼저 냉정히 나와 몹시 서운했고, 따라서 자신도 만길을 피할 수밖에 없었다는 뜻이다.

만길이 호프를 두 잔 시켰다.

호프로 목을 축인 아줌마가 계속했다.

"만길이 나를 어떻게 생각하고 있는지 잘 알아. 나이 많은 나 같은 여자와 그렇게 된 걸 후회하고 있고, 창창한 만길의 앞날에 혹시 내가 방해가 되지 않을까 걱정하고 있는 거지. 하지만 나를 그런 파렴치한 여자로 생각하지는 마. 나도 만길이 좋은 여자 만나서 잘 살기를 진심으로 비는 여자야. 왜 그런지 알아? 내가 만길을 정말 좋아하고 진정으로 아껴주고 싶기 때문이야. 그러니 아무 걱정 마. 만길에게 꼭 맞는 짝이 나타나면 내가 나서서 잘 이루어지도록 도와줄게. 아니 내가 방해가 된다면 그땐 내가 먼저 사라져줄게. 대신 나를 예전처럼 대해주기를 바래. 그 이상도 그 이하도 아니야. 만길이 나를 피한다고 생각하니 참을 수가 없었어. 부탁이야, 만길이!"

아줌마가 만길의 손목을 붙잡았다. 그녀의 눈에 하소연이 깃든 간절함이 어리어 있었다.

아줌마의 따뜻하고 부드러운 손길에 만길은 몸이 떨려왔다. 아까까지의 그 냉정하게 대하려던 결심은 깡그리 사라지고, 그날 밤의 그 뜨거웠던 정사장면이 그리움처럼 떠올랐다.

만길의 아랫도리는 이미 뜨겁게 달구어져 있었다.

그날 밤에도 만길은 아줌마의 손목을 끌고 이틀 전에 들어갔던 그 모텔로 들어갈 수밖에 없었다.

만길의 아줌마를 향한 애증의 세월이 전개되었다. 질펀한 정사를 치른 다음, 관계의 단절을 결심하며 아줌마를 멸시하고, 하루 이틀이 지난 다음에는 마약에 중독된 것처럼 아줌마의 체취가 간절하게 그리워졌다. 멸시와 증오도 잊고 아줌마의 몸뚱이에 접근하면 아줌마는 자동인형처럼 휘감겨왔다. 솟구치는 정욕을 뜨겁게 분출하는 일이 반복되었다.

짧게는 하루만에, 보통은 삼사 일만에, 길어야 사오 일만에 갖는 정사를 허구한 날 매번 모텔방에서 치룰 수는 없는 노릇이었다.

만길의 눈치를 살피며 아줌마가 말했다.

"매번 여관비도 만만치 않은데 아예 내가 사는 집으로 가자. 여자 혼자 사는 셋방이라 여관방보다야 못하지만 마음만이라도 편해야지. 내가 어떻게 사는지 보여주고 싶기도 하고."

"그럼 지금 나를 집으로 초대하는 거야?"

만길이 내심으로 반겼다. 둘만의 대화에서는 만길도 이미 반말에 친숙해져 있었다.

"좋아! 술은 내가 사갈 테니 안주는 준비해 주겠지? 잘 하면 내일 아침 해장국까지도?"

"그럼 당근이지. 내가 지금 초대하는 분이 내게 어떤 분이신데."

아줌마가 만길의 팔에 찰싹 팔짱을 끼며 앞장서듯 이끌었다.

아줌마가 사는 곳은 한참을 가파른 골목길을 올라가는, 고지대 연립주택의 반지하층이었다. 계단을 밑으로 내려가는 지하층에 비좁은 거실과 부엌과 화장실이 있고, 방 세 개 중 맨 안쪽 큰 방이 아줌마의 셋방이었다.

여자가 사는 방답게 커튼과 장식장 등 색깔이 화려한 듯 하면서도 깔끔하게 정돈되어 있었다. 화장대와 옷가지 등에서 화장품 냄새가 물씬 풍겨왔지만 역겹지는 않았다. 아줌마가 얼굴의 주름을 감추기 위해 바르는 진한 화장과 그 방에 배어 있는 아줌마의 체취는 이미 만길의 코에 익숙해진 것들이었다.

아니 익숙하다기보다는 더 자극적이었다. 그 진한 화장품 냄새와 여자의 체취를 바로 그 여자가 사는 방에서 맡게 되다니.

야릇하면서 황홀한 기분이었고 참아온 정욕이 솟구쳐 올랐다.

맥주를 몇 잔 마시다 말고 참다못한 만길이 아줌마를 덮쳤다. 아줌마도 온몸을 활짝 벌리고 만길을 받아주었다.

아줌마의 방에서 아줌마와 한차례 몸을 푼 만길은 흡족하면서도 나른했다. 소변을 보기 위해 방에서 나왔을 때 거실에 웬 여자가 서 있는 것을 보았다. 흰 티셔츠에 주름치마를 입었는데 검은 머리가 길어 등을 지고 서 있는 모습이 키 큰 처녀처럼 보였다.

처녀가 몸을 돌려 만길의 눈과 마주 보았다.

첫눈에 만길은 처녀가 기이하게 생긴 여자라는 것을 알았다. 얼굴이 백지장처럼 하얗고 조그마한데 이마가 유별나게 앞으로 튀어나와 있었다. 까만 눈은 겁먹은 표정이었고 조그만 입술을 떨 듯 연신 머뭇거렸다. 얼굴빛이 희여서 아직 소녀인 듯 보이면서도 몸은 다 성숙한 여자.

첫눈에 뭔가 모자란 저능아처럼 보였다.

처녀는 손을 비벼대며 입술만 머뭇거리다 결국 아무 말도 안하고 건너편 방으로 들어가 버렸다.

화장실에서 돌아온 만길이 물었다.

"건너 방에 아가씨가 사는 모양이지?"

"앞방 사는 애? 왜, 봤어?"

"방금 거실에서 서성이고 있다 나를 보고 놀라 뭐라 입만 씰룩거리다 들어가 버렸어. 생김새도 이상하던데 뭐 하는 여자야?"

"말 못하는 벙어리야."

"벙어리?"

"왜 그 태어날 때부터 말을 할 수 없는, 선천적 농아라고 하던가. 거기다 지능도 어린애 수준인 저능아야. 불쌍한 애지. 하지만 손짓 발짓으로 의사표현은 다 하고 저 할 일 혼자 할 수 있어 다행이야. 시골서 어머니가 가끔 올라와 먹을 것 준비해 놓고 가면 저 혼자 끓여먹으며 근처 농아학교에 다니고 있고. 나도 오가며 도와주지"

아줌마가 안쓰러운 표정을 지었다.

만길이 동정하듯 고개를 끄덕이며 말했다.

"그래서 입술만 움직이고 말이 안 나온 거로군. 참 안됐어. 몸은 이미 다 부풀어 오른 다 큰 처녀던데......"

무심코 던진 이 말에 질투가 난 것인가. 만길의 표정을 살피고 있던 아줌마가 뾰루뚱 해지며 내뱉었다.

"뭐? 몸이 다 부풀어 오른 다 큰 처녀? 나 참! 개 눈엔 뭐만 보인다더니. 그새, 그 잠깐 사이에 그 애의 몸매를 살폈다 이거지? 뭐야 이거. 벌써 나이 든 내 몸에는 싫증이 났고 저 애처럼 포동포동한 처녀의 몸뚱이만 눈에 들어온다 이거야?"

"아니, 그게 아니라 -"

"아니긴 뭐가 아니야. 내가 모를 줄 알아? 그새 잠깐 마주친 앞방 처녀의 몸뚱이가 눈앞에 아른거리고 있다고 자기 표정에 다 써 있는데. 사내놈들은 그저 여자만 보면....... 내 이럴 줄 알았으면 안 데려 온 건데......"

느닷없이 퍼붓는 말에 만길은 어이가 없었다. 새침하고 삐진 표정으로 정색을 하며 억지를 부리는 아줌마의 태도가 당황스러웠다.

내가 아무리 여자를 좋아한다 해도 잠깐 처음 마주친 여자의 몸에 눈독을 들인다는 것이 말이 되는 소린가. 더구나 벙어리에 저능아라는데 내 얼굴에 나타난 표정이 동정이면 동정이지 결코 욕정은 아닐 것이 분명한데도.

무심코 던진 말에 나이 많은 여자로서의 히스테리 섞인 질투의 표현이라 생각했다.

만길은 절대 그런 뜻으로 한 말이 아니었다고 해명하고 달래주었다.

한참만에야 다소 풀어진 듯 아줌마가 말했다.

"좋아. 자기 약속해줘!"

"뭘?"

"이집에 드나들면서 절대 앞방 금희에게 눈독들이지 않겠다고."

"좋아, 약속할게."

"만약 금희의 몸에 손댔다간 자기와 나는 끝장인줄 알아! 알았어?"

"알았어. 맹세할게."

다짐을 받고서야 아줌마는 정열적으로 만길의 품을 파고들었다.

만길은 중국집 근처의 자신의 숙소인 잠만 자는 셋방에서 자는 날보다 아줌마의 집에서 자는 날이 더 많아졌다.

그 고지대 연립주택 지하층에는 그 금희라는 벙어리 처녀 외에 문간방에 병호라는 고2 학생도 자취를 하고 있었다. 어머니 벌이거나 큰 누님 벌로 보일 것이 뻔한 아줌마와, 같은 방에서 지내는 만길이 그들의 눈에 곱게 비춰질 리가 없다. 처음에는 오다가다 마주칠 때 미안하기도 하고 부끄럽기도 했지만 그런 체면치레도 잠시뿐, 만길은 뻔뻔하게도 이제는 거리낌 없이 그 집에 드나들며 여자의 육체탐닉에 빠져들었다.

하지만 매일 먹는 식사도 똑같은 밥에 똑같은 반찬만 반복해서 먹게 되면 식욕이 없어지는 법. 풍만하고 포근한 아줌마가 경험으로 얻은 온갖 기교를 다 부려 만길의 성욕을 채워준다 해도 그 만족에는 한계가 있었다. 싫증과 권태감이 반복되다가 마침내 아줌마의 육체로부터 벗어나려는 욕구가 생겼다.

아줌마 집에 찾아가는 간격이 자연스럽게 멀어지더니 이제는 아주 뜸해졌다.

일주일이 지나고 열흘이 다 될 때였다. 아줌마가 작심을 한 듯 만길을 끌고 호프집으로 들어갔다. 호프를 연거푸 몇 잔 들이킨 아줌마가 상기된 얼굴로 말했다.

"이젠 내게서 흥미를 잃었다 이거지. 날 쳐다보지도 않고, 찾지도 않고, 이렇게 같이 있는데도 말없이 술만 마시고. 자기 정말 내가 싫어진 거야?"

"그게 아니라 -"

"아니긴 뭐가 아니야. 우리 서로 솔직 하자고. 나같이 나이 많은 여자의 몸에 이젠 신물이 났다 이거 아니야. 내가 자기 마음을 모를 줄 알아? 그리고 이해도 해. 자기처럼 혈기왕성한 남자가 나 같은 여자 하나로 만족할 수는 없겠지. 하지만 내 몸에 싫증이 났다고 자기가 나를 이렇게 버린다는 것은 나는 못 참아. 오늘 밤엔 내가 하자는 대로 해! 알았지?."

"어떻게....... 하려고?"

"아무 소리 말고 따라와. 자기가 그토록 눈독 드렸던 그 소원도 풀어 줄 테니."

"내가 눈독 드린 소원?"

"와 보면 알 거 아니야!"

아줌마가 서둘러 호프집을 나섰다. 만길의 손을 끌고 간 곳은 그 연립주택 지하, 자신의 집이었다.

그날은 여느 때와 달랐다. 방에 들어가자마자 서로의 몸을 격정적으로 껴안고 먼저 욕정을 일단 풀고 보는 것이 예사였는데, 그날은 달랐다.

깨끗하게 정돈된 방에 핑크빛 커튼, 화사한 꽃병 등 마치 신방처럼 꾸며진 기분이었다. 미리 준비해 놓은 듯 과일 건과류 건어포 등 먹음

직스럽게 장만한 안주와 와인도 내왔다. 거기다 아줌마는 무슨 의도
였는지 실로 분위기 있는 잠옷을 준비해 놓고 있었다. 비단결 같이 얇
고 부드러운 핑크빛 잠옷을 만길에게 입혀주었다. 자신도 속이 훤히
내비칠 정도로 투명한 핑크빛 네글리제를 입었다. 신방 같은 분위기
의 불빛아래 핑크빛 네글리제 속의 그녀의 풍만한 육체는 실로 고혹
적이었다.

분위기의 야릇함에 마음이 동한 만길이 고혹적인 여체를 서둘러 껴
안으려 했다. 아줌마가 정색을 하며 만길의 손을 저지했다.

"서두르지 마. 천천히. 알았어? 오늘밤은 자기를 위한 밤이야. 천천
히. 내 말 잘 들으면 멋진 밤이 당신을 기다리고 있어."

"멋진 밤이 나를 기다린다고? 뭔데?"

아줌마가 손가락으로 만길의 입을 막았다. 입을 막고서 미소를 곱게
흘리며 와인 잔을 부딪쳐왔다. 서두르지 말란 뜻.

만길의 몸은 점점 후끈 달아올랐다. 그 사실을 확인한 아줌마가 속
삭이듯 말했다.

"잠깐만 기다려."

아줌마가 방을 나갔다. 밖에서 부스럭거리는 소리가 나더니 잠시 후
방문이 열렸다.

만길은 황홀감에 입을 벌리고 말았다. 핑크빛 네글리제를 입은 두
여자가 들어오고 있지 않은가.

앞 방 금희였다. 똑같은 핑크색 네글리제를 입혔다. 하늘거리는 네

글리제 속에 봉곳한 젖가슴의 유두가 선명했다. 노브라. 얇은 살색 팬티만 걸친 처녀의 늘씬한 몸매는 아줌마의 것과는 비교할 수 없을 만큼 눈이 부셨다.

아줌마가 금희를 만길의 옆 자리에 앉혔다. 저능아라서 인가 아니면 평소에 아줌마의 말을 잘 들어서 인가. 금희는 만길의 옆에 앉으며 빙긋 웃기까지 하지 않은가. 툭 튀어나온 이마라 결코 예쁜 상은 아니지만 어쨌든 웃고 있는 얼굴이었다.

풋풋하고 싱싱한 처녀의 향기가 물씬 풍겨왔다. 탐스럽게 포동포동한 몸뚱이가 핑크빛 네글리제 속에서 꿈틀거렸다.

만길은 가슴이 쿵쾅거렸다. 눈부신 처녀의 몸을 와락 껴안고 싶었다.

아줌마가 말했다.

"자기가 그렇게 눈독을 드리던 금희야. 금희도 가끔 나와 한잔씩 하는 사이야. 자기와 이런 자리에 함께 하자고 했더니 좋다고 해서 데려온 거야. 내가 오늘밤 자기 소원 풀어준다고 했지? 나는 이렇게 만길이 원하는 것이라면 무슨 일이든 해 줄 수 있는 사람이야. 이렇게 까지 해서라도 만길을 붙잡고 싶은 내 심정을 이해나 하는지 모르겠어. 하지만 금희도 오늘 밤이 끝이야. 나도 여잔데, 더 이상은 안돼! 알았어? 자 그러니 내가 보는 앞에서 소원대로 처녀의 몸을 즐겨보라고! 새색시에게 술도 한 잔 따라주면서....... 서두르지 말고, 천천히!"

만길이 금희의 잔에 와인을 따라주었다.

"뭇뭇뭇......"

말 못하는 금희가 입술을 실룩거리며 무슨 뜻이지 의사표현을 했다. 고맙다는 뜻인지 좋다는 뜻인지, 아무튼 웃고 있는 것은 분명했다.

이미 몸이 용광로처럼 뜨겁게 달구어져 있는 만길의 두 손은 금희의 네글리제 속을 더듬고 있었다. 서두르지 말라는 아줌마의 말도 아랑곳하지 않고, 마침내 풋풋하고 포동포동한 금희의 몸뚱이를 짐승처럼 파고들었다.

아줌마와 금희.

만길이 두 여자와의 이렇게 은밀하고 야릇한 밤은 그 뒤로도 세 번 갖게 되었다. 물론 무기력함에 빠진 만길의 태도를 차마 보지 못해 아줌마가 매번 마지막이라며 마련한 자리였다.

그럴 때마다 매번 만길은 아줌마의 속마음을 헤아릴 수가 없었다. 진심으로 만길의 마음을 붙들어두고 싶어서 그런 것인지, 아니면 두 사람이 아닌 세 사람의 섹스 자체를 즐겨서인지 아리숭하다는 생각이 들었다.

아줌마가 출근을 안 해 주인인 박씨가 홀 서빙을 대신했다. 어딘가 몸이라도 불편해서 출근하지 않은 것이리라 생각했다. 배달도 하랴 홀 서빙도 하랴 정신없이 뛰어다니는 박씨가 보기에 민망했다.

"오늘따라 아줌마는 왜 안 나온대요? 아프기라도 한대요?"

"아줌마 그만 두었어."

"네? 그만 두다뇨?"

"어제 밤늦게 찾아와 사정이 있어 더 이상 나올 수 없다고 했어. 무슨 사정이냐고 물어도 집안일이라며 자세히 말하지 않더군. 그동안의 일당 계산해 주었지. 아무튼 좀 불편해도 기다려! 곧 다른 아줌마 구할 테니."

집안 일? 혼자 사는 여자가 무슨 집안 일?

만길은 일단 의아해 했다. 그러면서 한편으로 서운한 마음이 들었다. 싫든 좋든 그토록 은밀한 관계를 유지해온 자신에게 귀뜸이나 일언반구 상의도 없이 갑자기 일을 그만 두다니.......

하지만 만길 자신에게만은 곧 연락이 올 것이라 믿었다. 언제나 만길을 필요로 하고 만길 때문에 안달해 하는 쪽은 아줌마가 아니던가. 무슨 사정이 있어 잠시 연락이 없을 뿐 곧 만길 앞에 불쑥 나타날 것이라고 생각했다.

그러나, 하루 이틀이 지나고 사흘이 지나도 소식이 없자 만길의 마음에도 의구심이 일기 시작했다.

정말 심각한 일이 생긴 것인가? 더 이상 나타나지 않고, 이것으로 끝난 것인가?

초조한 마음까지 일어 핸드폰을 만지작거렸지만 끝내 울리지 않았다.

나흘이 지나서 일과를 끝낸 후 마침내 만길이 나섰다. 경사가 가파른 골목길을 올라 그 고지대 연립주택으로 갔다.

밤 11시가 넘었는데 연립주택 지하는 불빛도 없이 조용했다. 모두 외출하고 없는지 세 개의 방 모두 문이 잠겨 있었다. 만길은 지하층으로 내려가는 계단 입구에서 일단 기다리기로 했다.

도대체 무슨 급한 일이 생겨 아무런 연락도 없이 밤늦도록 쏘다니는 것일까?

한참을 기다리자 문간방 학생이 나타났다. 학원을 마치고 귀가하는 중이었다.

계단을 내려가려는 학생을 만길이 불러 세웠다.

"병호 학생! 이제 와? 뭐 좀 물어보자. 아줌마 말이야. 요즘 아줌마에게 무슨 일이 있니? 혹시 아줌마 지금 어디 가신지 아니?"

"아줌마요? 이사 갔는데요?"

"뭐? 이사를 가? 언제?"

"엊그제요."

평소에 못마땅하게 여기던 만길이 귀찮다는 듯, 학생이 이 말만 남기고 안으로 들어가 버렸다.

만길은 엉덩이를 발로 걷어차인 기분이었다.

'뭐? 이사를 가? 나 없이는 못살 것 같이 안달할 때는 언제고 갑자기 사라져 버리다니......'

괘씸하다는 생각도 들고 화도 났다.

'좋아. 두고 보자. 지가 연락 안 하고 배기나. 몸뚱이가 근질근질하여 결코 참지 못하는 여자가 아니던가......'

그러나, 열흘이 지나고 또 열흘이 지나도 소식이 없었다. 시간이 흐를수록 괘씸하다는 생각이 엷어지고 아쉽다는 생각이 들어차기 시작했다.

아쉬움은 그리움으로 발전했다. 아줌마와 애증의 세월을 보낸 지 사개월 여, 그 격정적으로 꿈틀거리던 풍만한 몸뚱이가 눈앞에 아른거렸다.

아줌마는 그런 여자였다.

요염한 자태와 짜릿한 기교로 남자의 몸뚱이에 불을 지를 줄 아는, 발정 난 암캐 같은 여자. 그 나이에 어찌 그 상대가 만길 하나뿐이었겠는가. 만길 이전에도 여러 사내를 상대했기 때문에 터득한 기교일 것이다. 아이를 못 낳아 시집에서 쫓겨나 혼자 살고 있다고 했지만, 어쩌면 그 화냥기 때문에 쫓겨났을 가능성이 더 높다.

지금 이 순간에도 또 어떤 사내놈의 몸뚱이를 후리고 있을 지도.......

만길은 갑자기 사라져버린 아줌마가 그립다 못해 야속하기까지 했다. 그 여자를 잊기 위해서라도 술을 마셔댔다. 주택가 골목어귀의 야릇한 호프집에 드나들며 그 야한 여자의 엉덩이를 집적대기도 했다. 그 호프집뿐 아니라 동네 수캐처럼 또 다른 암캐를 찾아 이 골목 저 골목을 쏘다녔다.

두세 달이 지나고 몇 개월이 흐르면서 아줌마에 대한 그리움은 이제 한 가닥 추억으로 변해갔다.

세월이 흐르더니 뜻밖에도 전혀 생각지 못한 엉뚱한 방향에서 아줌마와 관련된 소식이 만길에게 갑자기, 그것도 운명처럼 전해졌다.

계절이 바뀌고 해도 바뀌어 이듬해 이른 봄이었다. 고향인 강원도 고성군 거진읍 용하리 이장인 김씨 아저씨가 만길이 일하는 중국집으로 일부러 찾아왔다.

동해안의 유명한 절 건봉사가 가까운 용하리 마을에는 만길의 어머니가 사시는 곳이다.

칠순이 가까운 만길의 어머니는 거진의 어부였던 만길의 아버지와 늦은 나이에 혼인을 했는데, 만길을 배고 나서 남편이 거센 풍랑에 익사한 통에 과부신세가 되었다. 만길을 낳은 후 거진읍 남편의 기반을 정리하고 건봉사가 가까운 용하리에 정착했다. 바다가 밉기도 했지만 전쟁 때 가까이서 터지는 포탄소리에 어려서부터 청각장애가 심한 어머니는 사람들이 들끓는 곳을 싫어했다. 약초를 캐고 밭을 일구어 만길을 길러냈고, 건봉사 절에 드나드는 일을 낙으로 삼아 조용히 혼자 살고 계신다.

서울로 나온 만길은 돈을 벌어 중국집을 차린 후 어머니를 모실 작정이었다.

지난 추석에 고향을 찾은 만길은 이장인 김씨 아저씨에게 이런 자신의 포부를 말한 바 있었다.

"이장님께서 어쩐 일로? 혹시 제 어머니께 무슨 일이?"

"무슨 일이긴 이 사람아. 자네 어머니 요즘 떡 두꺼비 같은 손주 업고 다니느라 덩실덩실 춤을 추시지."

"네!? 손주 라뇨?"

김씨 아저씨가 만길의 얼굴을 빤히 들여다봤다.

"이 사람! 능청을 떨긴? 고향에 소식도 없이 장가를 가 염치가 없어서 그런 거여 뭐야. 도대체 어떻게 된 거여? 마누라와 아들만 떡하니 집에 보내놓고 자네는 오지 않으니 무슨 일인가 알아보라고 자네 어머니가 부탁해서 내가 이렇게 찾아온 거 아닌감?"

만길은 뒤통수를 얻어맞은 느낌이었다.

거기다 김씨 아저씨가 덧붙인 말에 아찔하지 않을 수 없었다.

"자네 장모가 자네 아내와 갓난애를 데려와 자네 어머니와 한동안 묵다 가셨다네......"

만길은 그길로 고향으로 달려갔다.

멀리 병풍처럼 펼쳐진 향로봉 줄기에 잔설이 아직 하얗게 남아 있지만, 동해안 저지대 산야에는 파릇파릇한 초목 새순과 함께 개나리 진달래가 활짝 피어나고 있었다.

동해안 바닷바람도 훈풍이어서 만길이 고향집 마당에 들어설 때는 봄날의 나른함을 느낄 정도로 화창한 날씨였다.

툇마루에 어머니와 어린애를 품에 안은 여자가 앉아 있었다.

어머니가 일어서며 만길의 손목을 잡았다.

"왜 이제사 오는 거람!"

어머니는 반가움과 함께 기쁜 표정을 감추지 못했다.

하얀 젖가슴을 까 벌리고 갓난애에게 젖을 물린 여자는 금희였다.

툭 튀어나온 이마의 얼굴을 들고 만길을 바로 쳐다보지는 않았다. 주제에 부끄러움을 알아서인지 아닌지는 몰라도 품속의 애만 내려다

보고 있었다. 하지만 검고 작은 눈에는 기쁘고 반가운 빛이 역력했다.

어머니가 금희에게 팔을 벌려 보였다.

"ㅁㅁㅁ······"

어머니의 뜻을 알아차린 듯 금희가 젖을 떼내고 갓난애를 어머니에게 넘겨주며 방긋 웃었다.

"안아 봐라, 니 복둥이 새끼!"

어머니로부터 졸지에 갓난애를 넘겨 안은 만길은 한마디로 얼떨떨할 수밖에 없었다. 이상야릇한 감회가 홍수처럼 밀려왔다.

한참 만에 정신을 가다듬은 만길이 어머니에게 물었다.

"장모가 왔다 갔다면서요? 장모가 어떻게 생겼던가요?"

"뭐? 장모가 뭐라고?"

청각장애가 심한 어머니의 귀를 가까이 하며, 만길이 천천히, 큰 소리로, 다시 말했다.

"이 여자 어머니가 어떻게 생겼더냐구요?"

만길의 말을 알아들은 어머니가 의아한 표정을 지었다.

"장모가 어떻게 생겨? 아직 안 만난 거람?"

"예. 아직 몰라요."

어머니가 고개를 갸웃하더니 금희에게 손짓으로 말했다. 손가락으로 네모를 그리며 어쩌고 하면서 뭔가를 가져오라는 시늉을 했다.

그새 어머니의 손짓과 표정만 보고도 알아듣게 되었는지 금희가 방에 들어가 뭔가를 내왔다.

사진첩이었다.

금희의 어린시절부터의 사진 앨범. 사진 속의 금희 옆에 항상 같이 있는 여자.......

갑자기 사라져버렸던 바로 그 여자.

아줌마였다.

만길이 사진 속의 아줌마를 가리키며 금희에게 물었다.

"엄마?"

"마마마......"

금희가 방긋 웃으며 고개를 끄덕인다.

어머니가 말했다.

"니 장모가 몇 번이고 울면서 간곡히 말하더라. 말은 못해도 건강하고 착한 딸이니 잘 부탁한다고......"

아내마저
사기 친 남자

"내게 바라는 게 그렇게도 없어?"

"없어요."

지숙이 잘라 말하고는 남자의 몸에 자신의 몸뚱이를 더욱 더 밀착
시켰다. 손 하나는 이미 번데기처럼 오그라진 남자의 그것을 살살 쓰
다듬으며. 한바탕 격전을 치르고 난 후 남자의 나신을 오랫동안 붙들
고 누워 있는 나른한 느낌이 좋았다.

"내가 진정 당신에게 바라는 것이 뭔지 알아요?"

"뭔데?"

"만나서 가끔 몸을 이렇게 풀어주는 것. 늙어 죽을 때까지 변심하지
말고. 더 이상 원하는 것은 아무것도 없어요."

남자의 입이 째지며 환하게 웃었다. 좋아서 저절로 벌어지는 웃음이
다. 이빨도 하얗고 건강한 치아다. 몸도 운동선수처럼 다부지고 낯빛
도 구릿빛으로 건강미가 물씬 풍긴다. 지숙의 몸을 휘감을 때는 힘이

넘친다. 그걸 정력이라 한다던가.

"차를 렉서스나 BMW로 바꿔 준데도 싫다. 용돈을 준데도 싫다. 그럼 내가 미안하잖아? 이렇게 순진하고 귀여운, 예쁨 덩어리를 품으면서 말이야."

"미안하긴요. 당신의 넘치는 정력만 있음 된다니깐."

"아 참!"

남자가 기발한 착상이라도 떠오른 듯 또 흰 이빨을 드러냈다.

"세상에 보석 싫다는 여자는 없다더군. 내가 지숙의 손가락이나 이렇게 새하얀 목에 왕방울만한 다이아를 걸어준다면 그것마저 사양하진 않겠지?"

지숙이 남자의 작지만 까만 눈을, 마치 그 진정성을 확인하려는 듯, 들여다보다가 방긋 웃었다.

"정 그러고 싶으시면 그러시든지."

"그럼! 그렇게 나와야지."

남자의 까만 눈에 만족감이 역력했다.

이런 대화를 나누긴 했지만 지숙은 잊고 있었다. 평범한 일상으로 돌아와 가정주부로서 얌전하게 지냈다. 중견기업체 이사랍시고 허구한 날 일에다 술에다 찌들어 사는 남편에게 무디어진지 이미 오래지만, 아내로서 아침 콩나물국이다 비타민이다 챙겨줄 건 착실하게 챙겨주었다. 고등학생과 중학생인 아들과 딸의 학원 뒷바라지도 엄마로서 빈틈없이 정성껏 돌보았다.

이렇게 일주일쯤 지나면서 몸 어딘가가 근질근질하다 느껴질 때 남자에게서 연락이 왔다. 그 동안 골프나 낚시를 다녀왔는지, 해외여행을 떠났었는지, 전혀 연락이 없다가 불쑥 만나자고 전화가 왔다. 이번에는 도심에서 벗어난, 남한강 물줄기가 그림처럼 내려다보이는, 양평의 한 콘도까지 나오라 했다.

겨울동안 군데군데 깔려 있던 강물 위의 얼음이 풀려 흩어지는 시기라 바람도 훈풍이고 햇볕도 온화했다. 지숙은 흰색 그랜저를 몰고 따사로운 봄빛이 감돌기 시작하는 남한강변 도로를 달려 단숨에 콘도 앞에 도착했다.

콘도 앞 주차장에 남자의 렉서스가 서 있는 것이 보였다. 지숙은 좀 떨어진 곳에 차를 세우고 차 안에서 기다렸다.

콘도 건물 지하는 바 디스코텍 호프 노래방 등 유흥주점과 PC방 오락실 등이 갖춰진 집단위락시설 지대였다. 지숙이 남자를 처음 만난 곳도 정선의 카지노에 놀러가서였다. 남자는 내기와 걸기를 좋아하는 노름꾼이라고 숨김없이 스스로 말했다. 타짜 수준급인지 아닌지는 모르지만 그 때문에 도박사범으로 일 년가량 감옥살이를 한 적도 있다고 지숙에게 말했다. 막강한 자산가인지, 부동산 갑부인지, 아니면 부모의 돈줄이 넉넉한지, 굳이 알려고도 알 필요도 없지만, 아무튼 도박 자금이며 돈 씀씀이는 넉넉하고 화끈한 남자다.

지숙은 남자가 약속한 시간보다 30분 넘게 더 기다려야 했다. 뒤늦게 콘도의 회전문을 밀치고 밖으로 나온 남자가 주차장을 두리번거렸다. 지숙이 차창을 열고 손을 흔들어주자 잰걸음으로 자신의 렉서스로 가 올라탔다. 이제 지숙은 자신의 차는 그대로 주차해두고 남자의 차로 가 같이 타면 되는 것이다.

"오래 기다리게 했지? 미안해. 판이 끝나지 않고 자꾸 길어져서 말이야."

"심심해 죽는 줄 알았어요."

"아아, 그랬어? 내 예쁜이!"

남자가 옆자리에 앉은 지숙의 허리를 낚아채듯 껴안으며 볼에 입술을 댔다. 거친 숨소리에 섞인 강렬한 남자의 체취가 물씬 풍겨왔다. 그 체취에 지숙의 마음은 긴장되고 몸은 야릇하게 떨렸다. 남자의 체취로 인한 긴장과 떨림에 지숙은 마약처럼 중독되어 있는 것이다.

남자가 남한강 물줄기를 따라 차를 몰다 강가의 한 모텔로 들어갔다. 방 안으로 들어서면서부터 남자는 굶주린 야수로 돌변했다. 자신의 몸에 걸친 모든 것을 자신의 손으로 벗어던졌다. 전라의 몸으로 지숙의 몸을 다짜고짜 벽 쪽에 밀어붙이고는 거칠게 다루었다. 뻣뻣해진 그것을 사납게 비벼대며 지숙의 옷을 하나하나 벗겨 던졌다. 마침내 팬티마저 벗겨버린 다음 양손으로 지숙의 양 다리를 벌려 받쳐 들고 벽에다 밀쳤다. 거친 숨소리와 동물 같은 신음을 토해내며 맹렬하게 돌진해왔다. 마치 백 미터 달리기 단거리 선수처럼 일그러진 표정으로 온 힘을 쏟아 부은 후 지쳐 힘이 빠질 무렵에야 지숙의 몸뚱이를 침대로 가져갔다. 지숙의 몸 위에서 마지막 남은 여력을 소진시키고 나서 휴- 하는 탄성을 지르며 떨어져나가 벌렁 드러누웠다. 그 사이 남자가 쏟아 퍼부어내는 따스한 그것에 호응하여 지숙의 몸 안도 부르르 떨렸고, 붕 떠오르는 듯 형언할 수 없는 야릇한 느낌과 함께 온몸의 긴장이 풀리는 기분을 맛보았음은 물론이다.

모텔에서 나와 차에 오른 후 남자가 납작한 보석 상자를 지숙에게 내밀었다.

"열어 봐!"

짙은 남색 천의 상자뚜껑을 열자 완두콩 크기만 한 보석이 눈에 들어왔다. 빛을 받아 각진 면면마다 영롱하게 반짝이는 다이아였다. 상자 안에 종이가 있어 펴보니 제품보증서였다. 다이아몬드, 4.1캐럿, 스타보석이란 상호의 낙인이 선명했다. 작은 자수정 알갱이가 무수히 박힌 백금으로 테두리를 치고 역시 백금 줄에 매단 목걸이였다. 백색 빛을 받은 다이아는 연한 색 자수정 테두리 안에서 커다란 별처럼 반짝반짝 빛났다.

"어머! 환상이에요!"

지숙이 절로 탄성을 질렀다.

"좋아?"

지숙은 기뻐 어쩔 줄 모르는 어린애처럼 눈에 가득 웃음을 머금고 고개를 끄덕여주었다. 남자가 만족한 표정을 지으며 왕방울 다이아 목걸이를 직접 지숙의 목에 걸어주었다.

"이제야 지숙이 내꺼 라는 확신이 가는군."

"왜요? 내가 당신에게서 멀어질까봐?"

"고럼! 이 예쁜이 어떤 놈이 채갈까 봐 항상 불안하지. 이제 개목걸이 채우듯 다이아 목걸이 걸어주었으니 설마 주인을 버리고 달아나진 않겠지?"

지숙이 손을 뻗어 남자의 그것을 꼭 붙잡고 곱게 눈을 흘겨주었다.

"이딴 다이아고 뭐고 다 필요 없고 난 당신의 이것만 있음 된다니깐!"

화기애애한 분위기는 지숙의 차가 있는 콘도로 되돌아올 때까지 이어졌다.

남자와 헤어진 후 지숙은 자신의 차를 몰고 서울로 돌아오는 길이었다. 남자와의 격정의 시간을 꿈같이 보내며 몸을 푼 후라 기분도 거뜬했다. 거기다 왕방울 다이아를 목에 걸고 가다니. 여태껏 남편에게서 받았던 많은 선물 중에도 그렇게 큰 보석은 없었다. 눈으로 본 적은 있지만 손으로 직접 만져보기는 처음인, 4.1캐럿 크기의 왕방울 다이아. 보석이라면 열광하는 여자들과 같은 부류는 아니라고 자평하는 지숙이지만 왠지 모르게 마음이 뿌듯해 옴을 인정하지 않을 수 없었다. 가격을 헤아리고 싶진 않지만 적어도 수 천만 원, 어쩌면 억대를 호가할지 모른다. 역시 멋지고 화끈한 남자다.

차창을 열고 강바람까지 시원스레 호흡하며 미사리 부근을 지날 때였다. 앞 차와의 거리를 유지하며 달리다 건널목의 신호등이 빨간불로 바뀌었다. 앞 차는 통과했고 지숙도 통과할까 하다 서두를 것 없다고 판단하고 건널목 직전에 차를 세웠다. 바로 그 순간 뒤에서 난데없이 지숙의 차를 쿵- 들이받는 차가 있었다. 차를 세우는 순간 머리를 좌석 머리받침에 기대고 있었기 망정이지 자칫 목이 뒤로 재껴질 뻔했던 충격이었다. 불행 중 다행이라 할까. 목을 어루만지며 차에서 내려 보니 은색 BMW가 지숙의 그랜저 뒤 범퍼를 들이받은 상태였다. 그랜저의 범퍼가 눈에 띠게 일그러져 있고 BMW의 앞 범퍼는 멀쩡한 채 맞대고 있었다. 비상등을 깜박이게 켜 둔 BMW 운전석에서 여자가 내렸다. 작은 키에 통통한 몸, 거기다 연초록 페라가모 봄 가죽 재킷을 걸치고 스카프와 귀걸이 목걸이 팔찌까지 번쩍번쩍 치장한 여자다. 얼굴도 얼마나 많은 정성과 돈을 쏟아 부었는지 나이를 가늠할 수 없을 정도로 주름 없이 탱탱하고 매끄럽게 보였다.

여자는 차에서 내려서서 일언반구도 없이 지숙을 쳐다봤다. 까맣게 심은 속눈썹 아래 가는 눈이 지숙의 얼굴과 목을 기분 나쁜 눈초리로 훑었다. 특히 지숙의 목에 걸린 다이아에 시선이 닿자 마치 혐오스런 물건이라도 만난 듯 노려보았는데, 그땐 여자의 눈동자가 초점이 빗나간 사시처럼 묘하게 일그러져 보였다.

언짢은 기분을 참지 못해 지숙이 먼저 말을 꺼냈다.

"빨간불에 차를 멈추는 것이 당연한데, 이제 어떻게 할 거죠?"

여자는 대꾸가 없었다. 계속 지숙을 노려보기만 하다가 핸드폰을 펼쳐들었다. 지숙에게서 눈을 떼고 허공을 쳐다보며 전화를 걸었다.

"나예요....... 유금자....... 그래. 여기 미사린데....... 그래, 그래. 내가 차를 들이 받았어....... 그래, 빨리 보내줘!...... 뭐라고?....... 이십

분?...... 알았어. 원하는 대로 다 해 주라고....... 알았어....... 알았어. 빨리 보내기나 해!....... 그래, 그래. 여기가 미사리 조정경기장-"

여자가 위치를 말해주고는 전화를 끊었다. 지숙에게 던지듯 말했다.

"기다려! 이십 분만!"

짜증스런 말투였다. 거기다 반말이었다. 그리고는 자기 차 안으로 들어가 버렸다.

이런, 싸가지가!

화가 치민 지숙이 운전석에 앉아 있는 여자의 차문을 열고 대들려다 참았다. 굳이 똥까지 밟을 필요가 없지 않은가. 참는 게 상책이다.

지숙도 자신의 차 안으로 들어가 기다렸다.

이십 분쯤 후 보험회사 차가 왔다. 직원이 내려 그 싸가지 여자를 만나더니 지숙에게 원하는 곳에서 차를 완전하게 수리해주겠노라고 말했다. 지숙의 차는 집에서 가까운 차량정비 업소에서 수리됐다.

호사다마라던가? 기분 좋은 날, 별 거지같은 년이 잠시 기분을 잡친 일쯤으로 지숙은 생각했었다.

일주일이 지나고 지숙이 몸이 또 근질근질 해졌는데 남자로부터 연락이 없었다. 지숙은 핸드폰을 들었다 놓았다 반복하며 먼저 전화를 해볼까 하다 말았다. 여태껏 남자가 먼저 연락을 해와 만나주는 식이었는데 그 방식을 깨기가 싫었다. 나비가 꽃을 찾아 앉는 것이지 꽃이 나비를 찾는 일은 순리가 아니다. 어디 멀리 가 있거나 피치 못할 사정이 있겠지. 하루나 이틀 더 기다려보자.

하지만 이틀 삼일 사흘이 지나도 연락이 없자 근질근질함은 극도에 달했고 마음까지 초조해졌다. 발정 난 암고양이처럼 앉았다 섰다를 반복하다가 마침내 전화를 걸었다. 그러나 남자의 핸드폰 번호를 누르자 전원이 꺼져 있다는 말이 나왔다. 또 걸어도 마찬가지였다.

남자의 신변에 무슨 일이 있는 것인가? 다음날 전화를 해도 마찬가지. 지숙은 이제 기다리는 수밖에 없다. 아무리 몸이 근질근질하고 남자의 체취가 사무치게 그리워도 연락할 방법이 없으니 답답한 노릇이다. 정말 신변에 변고가 생긴 걸까? 아니면 다른 여자가 생겨 지숙이 싫증이 나서? 그래 핸드폰 번호도 바꿔버렸단 말인가? 하지만 그건 아니다. 그럴 남자라면 그렇게 큰 왕방울 다이아를 지숙의 목에 걸어줄 리가 없다. 그러긴 해도 이제 남자로부터 연락이 오지 않는다면 그것으로 끝일 가능성도 각오해야 할 상황이 아닌가.

이렇게 하루하루를 애타게 보내고 있을 때 남자로부터 연락이 왔으니 지숙은 눈물이 핑 돌 정도였다. 그것도 핸드폰에 모르는 번호가 떠 받아보았는데 남자의 목소리였으니 심장이 멈추는 것 같았다.

"나야, 지숙이!"

"아, 안녕하세요."

침을 꿀꺽 삼켜 반가움을 억누르고 차분히 대했다.

"오랜만이지? 태국서 골프 좀 하고 오느라고 말이야."

"네, 그러셨군요."

"그간 잘 지냈어? 나 보고 싶지 않아?"

지숙은 또 침을 꿀꺽 삼켰다.

"지금 어디신데요?"

"인천 올림포스 호텔이야. 올 수 있지?"

"그러죠, 뭐."

"고속도로 타고 오면 한 시간도 안 걸릴 걸. 호텔 607호실로 와!"

"네. 알았어요."

"아 참!"

남자가 잠시 뜸을 들였다 말했다.

"출발하기 전에 은행에 들러 현금 좀 찾아올 수 있지? 여기서는 내가 은행에 직접 가 찾기가 지금 뭐 해서 말이야. 바로 내일 지숙의 계좌로 입금해 줄게. 그럴 수 있지?"

"얼마나요?"

"많이는 아니고 현금으로 이천 만원. 수표 말고 현금으로."

"그렇게는 당장 없는데........"

"그럼 천 정도는 가능한가?"

"네."

약간의 흥분 속에 긴장감까지 곁들여서인지 지숙은 쉽게 대답하고 말았다. 돈을 준비해서 차를 몰고 인천으로 가면서 이렇게 돈까지 빌려줘도 되나 하는 생각이 잠깐 들었다. 하지만 천만 원 정도야. 씀씀이가 큰 남자가 그걸 떼어먹을 리가. 더구나 수천만 원, 어쩌면 억대를 호가하는 다이아를 선물한 남잔데. 지숙은, 이렇게 오랜 만에 만나러 가는 남잔데, 서랍 깊숙이 간직해 둔 그 목걸이를 차고 올 걸 그랬나 하는 생각까지 했다.

지숙은 호텔 로비에서 엘리베이터로 곧장 607호로 올라갔다. 룸에서 기다린다고 했으니 굳이 프런트에 문의할 필요는 없다. 룸의 벨을 누르자마자 문이 열렸다. 안에 남자가 서 있었다. 완전 나체의 구릿빛 몸뚱이로. 남자가 덥석 지숙을 껴안고 입술에 키스를 퍼부었다. 입에서 술 냄새가 물씬 풍겼다. 하지만 지숙은 그 냄새가 역겹다고 느껴지지 않았다.

남자가 지숙의 몸을 불끈 들어 안고 바로 침대로 갔다. 침대에 누인 채 지숙의 옷가지를 사정없이 벗기려 했다.

"천천히. 천천히요."

"천천히 라니. 난 못 참아. 얼마나 이 몸이 그리웠는데!"

이 말에 지숙의 마음은 녹아내리고 몸은 달아올랐다. 나도 당신의 이 체취가 얼마나 사무치게 그리웠다고요. 지숙은 스스로 옷을 벗어 던지며 남자의 손에 몸을 송두리째 내맡겼다. 남자는 여자의 몸을 사정없이 거칠게 다뤘다. 빨고 핥고 깨물고 짓누르고. 마침내 여자의 몸 깊은 곳에 거대한 욕정의 찌꺼기를 토해낸 후에야 나가 떨어졌다. 남자가 쏟아 부은 정력으로 화끈 달아올랐던 지숙의 몸도 나른하게 녹아났음은 물론이다.

한바탕 욕정을 불사르고 나서 잠시 서로 몸을 맞대고 누워 있다 남자가 서둘러 일어났다.

"부탁한 건 가져왔어?"

"네."

"그럼 지금 줘. 통장번호 적어주고. 지하 카지노에서 날 기다리는 자들이 있거든? 오늘은 오랜만에 만났는데 서둘러서 미안."

남자가 먼저 샤워를 하고 옷을 챙겨 입었다. 서두르는 눈치다. 지숙도 샤워 후 옷을 입고 떠날 채비를 해야 했다.

"핸드폰은 왜 안 되죠? 번호를 바꿨어요?"

"아, 핸드폰. 물에 빠트렸어. 새로 사야지. 새 번호 나오면 그때 알려줄게. 자 나가자고."

둘이 같이 룸을 나오다 말고 남자가 말했다.

"아참! 전화할 데가 있지. 지숙이 먼저 가! 난 호텔 전화로 통화하고 나갈게. 이삼일 내 다시 연락할 테니 또 보자고. 알았지?"

남자가 평상시와 달리 뭔가에 쫓기는 듯 서두르는 것 같아 다소 이상하긴 했다. 하지만 지숙은 당시 남자가 처해 있던 위기상황은 전혀 낌새도 못 채고 그렇게 헤어져 돌아왔다.

하루 이틀이 지나도 남자로부터 연락이 없었다. 통장을 확인해 봐도 돈도 들어오지 않았다. 사흘이 지나 핸드폰으로 낯선 전화가 걸려왔다.

"서지숙 씨 핸드폰이죠? 여기는 인천 경찰청 수사과 강력계 정 팀장이요."

"네?"

"양창기 씨 아시죠?

"그, 그런데요?"

"양창기 씨 신상에 문제가 생겨 서지숙 씨가 여기 강력계로 와 주셔야겠습니다. 어떻게 할까요. 형사를 보낼까요, 아니면 직접 찾아오시겠습니까?"

"제, 제가 찾아가지요."

남자의 신상에 문제라니? 지숙은 일단 겁부터 났다.

잔뜩 긴장하여 경찰서 조사실에 앉아 대기하고 있는데 하얀 얼굴이 핏기 없이 네모지고 눈이 가늘어 보이는 형사가 서류뭉치를 들고 들어왔다. 정 팀장이라 했다. 형사답지 않게 오직 책상머리에 앉아 서류만 뒤척거리는 일만 하는 듯 다소 연약한 인상이었다.

정 팀장이 사진 몇 장을 딱딱한 철제 책상 위에 펼쳐 보였다. 호텔 룸 내부 사진이었다. 어지러워진 룸 내부와 욕실, 열린 창문, 탁자 위에 양주병과 잔이 놓여 있는 사진 등이었다. 그중 흐트러진 침대 위에 옷을 입은 채 똑바로 누워 있는 남자의 얼굴 표정을 보고는 지숙은 가슴이 철렁 내려앉았다. 눈이 약간 튀어나온 듯 초점이 없고 입은 혀가 밖으로 나올 정도로 헤벌어진 죽은 얼굴.

"서지숙 씨! 이 사진들이 어디를 찍은 것들인지 아시죠?"

겁에 질린 지숙이 고개만 끄덕였다.

"올림포스 호텔 607호실에서 양창기 씨가 목이 졸려 죽은 모습이요. 사망 추정 시간은 사흘 전인 3월 13일 오후 4시부터 5시 사이. 다음날 14일에야 오전 체크아웃 때 룸 메이드가 처음 발견. 강력계가 출동하여 출입문과 욕실 문, 침대 탁자, 양주병과 잔, 창문 등에서 몇 개의 지문을 발견했고 침대와 피살자의 몸 및 화장실 등에서 여자의 체모도 수거했죠."

정 팀장이 증거물이 든 비닐 봉투를 보여줬다.

"이중 지문 몇 개가 서지숙 씨의 것이라고 어떻게 금방 확인된 건지 아시오?"

지숙은 자신의 호흡이 스스로 멈춰버린 느낌이었다.

"피살자 양창기 씨의 호주머니서 나온, 서지숙 씨 은행계좌번호가 적힌 쪽지요. 서지숙 씨의 신원을 파악하여 주민등록상의 지문 자료와 대조한 결과 607호실 지문 두 개가 서지숙 씨 것과 일치했소. 그래 사건 현장에 서지숙 씨가 있었고 체모들이 서지숙 씨 것이라 확신한 거요. 맞죠?"

지숙은 손으로 얼굴을 감쌌다. 빼도 박도 못하는 절망의 나락에 떨어진 것이다.

"자, 서지숙 씨! 지난 13일 언제 사건현장인 607호실에 있게 됐는지, 피살자 양창기 씨와 만나 어떻게 했는지, 서지숙 씨의 입으로 직접 들어봅시다. 정직하게 사실대로 털어놓는 게 좋을 거요."

백기를 들고 자백하란 말이다. 살인혐의까지도.

이대로 가만히 있다간 완전한 살인자다. 냉정하고 침착해지자. 지숙은 고개를 들었다.

"맞아요. 그날 양창기 씨와 그 방에 같이 있었어요. 그날 오후 1시 반경, 실로 오랜만에 만나자는 전화를 주셨고 그래서 달려갔어요. 아마 2시 반쯤 호텔에 도착하여 바로 그 607호실로 올라갔어요. 혼자 계시더군요. 술도 좀 취하셨고요. 우리는 길어야 40분, 아니 한 30분쯤 같이 있었을 거예요. 호텔 지하 카지노에 내려가야 한다더군요. 워낙 그런 곳을 좋아하신 분이라. 그런데 같이 방을 나오다말고 갑자기 누군가에게 전화를 걸 일이 있다며 저더러 먼저 가라더군요. 그래서 저 먼저 607호실을 나와 집으로 돌아왔어요. 그게 그분을 만난 마지막이에요. 제가 그 방을 나온 후 바로 그 방에서 저렇게 되셨다니......."

지숙이 믿기지 않는 표정을 지으며 고개를 저었다.

정 팀장이 조용히 지숙의 태도를 지켜보다가 약간의 웃음을 지으며 말했다.

"좋아요. 호텔 로비의 CCTV에 서지숙 씨가 엘리베이터를 타는 장면과 나오는 장면이 다 잡혀 있어요. 그날 로비를 들어서는 시각은 오후 2시 37분, 나가는 시각은 3시 19분으로 찍혀 있어 4시 전에 서지숙 씨는 607호실에서 떠난 것으로 확인됐어요. 서지숙 씨는 살인피의자 용의선상에서 이미 제외되어 있다는 뜻이오. 서지숙 씨를 이렇게 조용히 부른 것은 양창기 피살사건이 워낙 복잡하고 민감하게 다른 것들과 얽힌 사건이라 경찰에서도 비공개로 수사를 진행 중이기 때문인데, 아주 중요한 참고인으로서 수사에 적극 협조해주셔야 합니다. 내말 알아들으셨죠?"

그제야 지숙은 정 팀장의 얼굴이 제대로 보였다. 허여멀겋게 네모진 얼굴이 연약한 인상이라기보다 다소 신경질적이고 따지듯 까다로운 스타일이다.

"알겠어요. 살인범을 잡을 수만 있다면 뭐든지 숨김없이 말하겠어요."

"사건 당일인 13일에 양창기 씨를 보러 인천까지 온 목적이 뭐였습니까? 단순히 얼굴만 보러 온 것은 아니었지요?"

지숙은 모든 것을 털어놓기로 마음먹었다. 부끄러운 속마음까지도.

"형사님도 짐작하시겠지만 우리는 가끔 만나는 내연 관계에요. 언제나 먼저 전화를 주시면 저는 그때 나가서 밀회를 즐기고 오는 사이란 말이죠. 보통 일주에 한 번은 전화를 주셨는데 지난번에는 연락이 거의 이 주가 다 지나서 왔지 뭐에요. 얼마나 반가웠던지. 인천 아니라 부산이라 했어도 달려갔을 거예요. 그치만, 아까 말했듯이 바쁘신 분이라. 그날도 호텔지하 카지노에서 일행이 기다리고 있다고 해 저는 기껏 삼십분 같이 있다 헤어졌어요."

"카지노에서 일행이 기다린다고 말했다고?"

"네. 분명히 그렇게 말했어요. 워낙 내기나 걸기를 좋아하신 분이라."

"본인이 그렇게 말하던가요? 놀음을 좋아한다고? 혹시 판돈을 어마어마하게 크게 건다고 자랑하지는 않던가요?"

"네. 실제로 그런 줄 아는데요. 그 때문에 도박혐의로 실제로 일 년 가량 옥살이까지 했다고 하던데."

"이런, 이런."

정 팀장이 혀를 찼다.

"이 사기꾼이 서지숙 씨에게 그것도 사기를 쳤군!"

"사기꾼이라뇨? 그 무슨 말이신지........"

"양창기는 도박 전과로 교도소에 간 것이 아니고 사기와 뇌물수수, 공문서위조 및 직권남용 등 특정경제가중처벌법 경제사범으로 옥살이를 한 거요. 그것도 일 년이 아니라 이 년 오 개월 동안이나."

지숙은 자신의 귀를 의심하듯 눈을 끔벅거렸다.

"아니, 그분이 그런 어마어마한 범죄를?"

"서지숙 씨! 나름대로 각별한 관계라 선뜻 이해가 안가는 모양이군. 하지만 양창기가 어떤 사람인지 알아야 협조하실 것 같아 얘기해주니 오해하지 말고 잘 들으시오."

정 팀장이 진지한 표정으로 말을 계속했다.

"양창기는 5년 전까지만 해도 Y시 도시주택국 건축과 건축담당 계장이라고 막강한 자리 공무원이었소. Y시 하면 아시다시피 신흥 개발 붐이 한창인 도시라 각종 건축물의 인 허가권의 실무를 쥐고 있는 건축담당 계장이라는 자리는 그야말로 공무원 세계에서는 자리 중의 자리라고 정평이 나 있는 위치죠. 그만큼 이권도 크고 일도 많고 탈도 많은 자리라 그 자리 2년만 하면 알짜배기 부자가 될 수밖에 없다고 수군거릴 정도요. 5년 전에 Y시 정백택지개발지구 용도변경사건이라고 전국의 신문과 방송을 시끄럽게 한 적이 있는데, Y시 시장이 대형건설업체인 S건설에 조직적으로 특혜를 주었다 해서 국회 청문회까지 벌였어요. 상업지구에나 건축이 가능한 주상복합건물을 주거지구에 허가하더니 주변일대를 슬쩍 상업지구로 탈바꿈시킨 사건이요. 주상복합건물을 지은 S건설이 수천억대의 이권을 챙겼고, Y시는 물론 당시 여권 실세였던 모 의원에게 거액의 리베이트가 오갔다는 설이 돌았죠. 검찰이 나서서 Y시 결재라인에 대한 수사는 물론 S건설의 정관계 로비까지 들춰냈는데, 재판과정에서 맨 처음 주상복합 건축을 허가해 용도변경의 빌미를 주도한 건축담당계장 양창기가 모든 혐의를 혼자 뒤집어쓰고 총대를 멨던 거요. 양창기는 추징금 5억 원에 4년 6개월의 실형이 확정되어 형을 살다가 모범수 등 가석방과 사면조치 등을 받아 풀려난 지 일 년 반인 경제사기전과자란 말이요. 이런 양창기를 단순히 도박이나 즐기는 남자로 알고 있었다니, 도대체 언제 어떻게 알게 된 사이인지 얘기나 들어봅시다."

지숙은 정 팀장이 밝혀준 남자의 실체를 선뜻 받아들이지 못했다. 믿기지 않는다는 표정으로 대답했다.

"석 달 전쯤 친구들과 관광버스로 강원도 눈꽃산행 갔다가 정선 카지노에서 처음 만났어요. 식당에서 옆자리에 앉아 우연히 처음 말을 걸게 됐고 서울로 돌아오는 길에 승용차를 태워준다고 해서 친구들과 그 분 차를 탄 것이 계기가 된 거죠. 무척 친절하고 신사적으로 대해주던 분이라-"

"거기다 외제승용차에다 돈 많은 상류 재벌처럼 행세했겠죠? 서지숙 씨가 원하면 뭐든지 다 해준다는 태도로."

지숙이 눈을 끔벅 했다.

"그걸 어떻게....... 아셨어요?"

"사기꾼이 여자를 등쳐먹는 전형적인 수법이오."

"여자를 등쳐먹다니요? 저에게 얼마나 잘해주신 분인데. 항상 돈도 크게 썼고요. 형사님 말대로 그렇게 어마어마한 죄를 범한 전과자란 사실을 인정하기 어렵군요. 전과자가 어디서 돈이 나와 외제차다 골 프여행이다 그렇게 펑펑 쓴단 말이죠?"

정 팀장이 또 혀를 찼다.

"잘 들어봐요. 공무원 사회에도 조직폭력배 세계에서 흔히 볼 수 있 는 피로 맺어진 형제애 같은 유대관계가 엄연히 존재한다는 사실이 요. 마피아나 야쿠자 같은 조폭 구성원의 한 사람이 조직을 위해 목숨 을 던졌거나 조직의 범죄를 혼자 책임지고 감옥살이를 간다면 남은 조폭구성원들이 그 희생된 조폭은 물론 그 가족 모두의 여생을 끝까 지 책임지고 먹여 살리는 방식 말이요. 공무원 중에도 특히 권한이 크 거나 애매해서 직권남용의 범죄가 발생하기 쉬운 세무공무원이나 우 리 경찰공무원 같은 집단에서 가끔 있는 일인데, 막대한 이권의 인허 가관련 실무책임자였던 양창기도 예외가 아니었어요. 양창기가 정백 택지개발지구 관련 범죄를 혼자 뒤집어쓰고 감옥에 간 데에는 범행에 가담한 동료 공무원들은 물론 윗선의 약속이 있었을 것이라고 짐작하 고 있어요. 양창기가 속한 건축과와 용도변경조치를 해준 도시개발과 택지개발담당 부서는 물론 도시주택 국장 등 Y시 고위 간부급에서 뒤를 책임진다는 보장 말이요. 양창기가 감옥에 있는 동안에도 그 배후 조직에서 생활비를 가족에게 댔을 것이고 감옥에서 출소한 이후부터는 더 많은 액수와 각종 지원을 당당하게 요구했을 것이요. 그러고도 남을 위인이지. 너희들 대신 나 혼자 죄를 몽땅 뒤집어쓰고 사건을 마무리하고 나왔다. 너희가 당당하고 호화롭게 지내는 동안 나는 2년 반이나 차가운 감방에서 중죄인으로 지냈다. 너희는 내 덕에 아직도 공무원이지만 나는 공무원에서 쫓겨난 전과자다. 너희는 내 요구를 무조건 들어줘야한다 식이지. 그 배후 비호조직은 양창기에게 자금과 이권을 지원할 수밖에 없고 양창기는 도박이다 골프다 여행이다 무위도식하며 호화롭게 지낼 수 있었던 거요. 이제 이해가 갑니까?"

지숙은 고개를 끄덕였다. 형사가 하는 말이니 사실일 거라고 인정할 수밖에.

"그치만, 그렇게 물질적으로 풍족한 사람이 저 같은 여자에게 무슨 사기를 칠 일이 있다는 것인지는 좀-"

정 팀장이 지숙의 말을 끊었다.

"상황이 변했어요. 5년 전 있었던 Y시의 또 다른 도시개발관련 비리의 하나가 최근 사정당국에 포착되어 내사를 벌리고 있는데, 그 사건에도 양창기가 개입되었다는 정황이요. 이 사건도 Y시 택지개발과 관련하여 P건설사에서 거액의 뇌물이 담당 공무원에게 흘러들어갔다고 판단하고 있어요. P건설에서 쫓겨난 이사급 전 직원 하나가 불만을 품고 구체적 증거자료를 검찰에 제보하여 밝혀진 것인데, 뇌물 액수가 워낙 크고 Y시 뿐 아니라 정계 거물이 개입된 정황이 있어 비공개로 내사를 진행 중이었어요. 약 한달 전부터 시작된 내사라 그 사실을 안 양창기는 사실 도피 중이었을 것이요. Y시 도시개발 관련 공무원들은 내사 눈치를 채고 잔뜩 몸을 사리고 있고, 택지개발 계장은 사표를 내고 잠적해버렸소. 그들 모두가 양창기가 총대를 멨던 그 정백지구 용도변경 비리사건의 배후세력 바로 그 사람들이요. 이래서 양창기는 더 이상 배후세력의 지원을 기대하기 어렵게 됐고, 오히려 이번 사건도 공소시효가 창창히 남아 있는 사건이라 양창기로서는 또다시 감옥에 가지 않을까 전전긍긍하고 있었을 것이요. 서지숙 씨는 양창기를 석 달 전부터 아는 사이라 했는데, 어땠어요? 최근에 양창기가 뭔가에 쫓기고 있다는 느낌 없었나요? 워낙 자신을 철저하게 위장하는 사기술이 몸에 익숙한 위인이라 감을 잡기가 어려웠겠지만."

정 팀장의 물음에 지숙도 이제는 감이 왔다. 지숙에게 뭔가를 주고 싶어 안달하더니 일주일 만에 왕방울 다이아를 선물한 점. 처음과 달리 요즘에는 지숙을 만나면 숨 돌릴 여유도 주지 않고 서둘러 성급하게 섹스를 끝내버리는 점. 지난 13일, 마지막 만난 날에는 호텔 룸에서 옷까지 완전히 벗고 대기하고 있다가 지숙의 몸을 안자마자 폭발 직전의 대포알처럼 몸속으로 돌진하여 쏟아버린 후 서둘러 지숙을 내보냈다.

하지만 이런 점들까지 형사에게 밝혀줄 수는 없다. 대신 다른 점들은 솔직히 말했다.

"형사님 말씀을 듣고 보니 그러긴 하네요. 최근에 이 주가 넘도록 연락이 없었다가 갑자기 만나자고 저를 인천까지 오라고 했고. 그동안 태국에 골프여행 다녀오느라 연락을 못했다고 말했지만 어쩐지 전과 달리 여유롭지 않고 수척해 보였어요. 핸드폰을 물에 빠트려 못 쓰게 되어 없다고 한 것도 변명이었나 봐요. 핸드폰 통화 추적을 피하느라 없앴나 보죠? 만나자마자 이삼십 분 만에 급히 통화할 일이 있다며 저를 급히 호텔 룸에서 내보냈던 것도 그렇고."

"그래서 말인데, 서지숙 씨! 이제 구체적으로 들어갑시다."

정 팀장이 사진 하나를 내밀었다. 확대된 남자의 증명사진.

"이 사람 아시죠?"

"모, 모르겠는데요."

"양창기와 아주 가까운 사람인데 모른다고요?"

"네, 몰라요."

"확실해요?"

"그렇다니까요. 여지껏 단 둘이만 만났지 그 사람 주변 사람과 같이 만난 적 없었어요."

정 팀장이 의심스러운지 머리를 갸웃했다.

"그럴 수도 있겠군. 좋아요. 그렇다 치고. 13일 당일 서지숙 씨 은행 계좌에서 천만 원이 현금으로 인출됐던데 그 돈은 어디로 간 겁니까?"

지숙은 속으로 뜨끔했다. 그것까지 형사는 다 알고 있다. 지숙이 솔직히 털어놨다.

"그 사람이 빌려달라고 해서 빌려준 거예요. 자신은 은행에 갈 시간이 없다며 저더러 인천 오는 길에 좀 부탁한다고 해서."

"천만 원이 적은 돈은 아닌데, 빌려달라고 금방 빌려줍니까? 어떤 조건도 없이?"

"조건이라뇨. 그런 생각은 못했죠. 다음날 바로 돌려준다고 해서 믿었어요. 그래서 계좌번호를 적어준 거고. 이젠 돌려받지도 못하고 이렇게 돼버렸지만 그땐 믿었어요."

지숙은 여기서도 그 다이아에 관한 언급은 하지 않았다.

정 팀장이 지숙의 얼굴을 관찰하듯 지켜보았다.

"그럼 서지숙 씨는 그 현금다발을 607호실에서 양창기에게 직접 건넸단 말이죠?"

"네."

"이 남자에게 건넨 게 아니고?"

정 팀장이 아까 보여준 그 사진을 가리켰다.

"그렇다니까요. 근데 이 사람은 누구에요? 전혀 모르는 사람인데 자꾸 저와 연관 지어 말씀하시는데?"

정 팀장이 고개를 끄덕인 후 말했다.

"이제야 정황이 판단되는군! 말 하리다. 이 사람이 바로 그 도피중인 Y시 택지개발 계장 오충호요. 서지숙 씨가 인천에 내려온 이유가 단순히 양창기를 만나러 온 것이라고 믿어지지 않는 것은 바로 이 오충호와 그날 은행에서 서지숙 씨가 인출한 천만 원의 행방 때문이요.

직접 양창기에게 건넨 것이 확실하다면 살해범이 양창기를 살해한 후 그 현금 천만 원을 가져갔다는 것이요. 그러나 다른 가능성, 즉 서지숙 씨가 천만 원을 오충호에게 직접 전달했을 수도 있었다는 정황이 있어 자꾸 캐묻는 거요. 왜냐면 그날 오충호도 호텔 부근에 있었다는 사실이 여러 번 포착됐기 때문이요. 자 보시요."

정 팀장이 조사실 벽면에 비치된 TV모니터를 켜고 비디오 재생기에 테이프를 넣고 틀었다. 호텔 로비에 설치된 CCTV녹화 내용을 필요한 부분만 편집한 테이프였다. 녹화 편집된 화면은 처음부터 호텔 로비를 오가는 사람들 모습이었다. 화면은 호텔 출입문, 커피숍으로 들어가는 입구, 프런트 데스크, 엘리베이터, 지하와 2층으로 통하는 계단, 넓은 로비 등의 공간을 배경으로 사람들의 움직임을 포착하고 있었다. 넓은 공간을 포착한 화면이라 사람의 얼굴 윤곽은 어렴프시 알아볼 수준이었고 화면 아래에 시시각각 초 단위까지 시각이 나타나 있었다.

"자, 이 자가 바로 오충호요."

정 팀장이 리모컨으로 화면을 정지시킨 후 커피숍에서 나오는 잠바 입은 남자의 얼굴을 확대하여 보여주었다. 그 사진의 남자였다.

"오충호가 커피숍을 나와 호텔 출입문을 나가는 시각이 2시 26분이요. 그 후 10여분 후인 2시 37분에 서지숙 씨가 로비로 들어와 곧장 엘리베이터로 가서 타는 장면이 찍혔죠?"

지숙 자신의 움직이는 모습이 생생하게 나타났다.

"그 뒤 바로 4분 후인 2시 41분에 오충호가 로비에 다시 나타나 지하로 통하는 계단 쪽으로 가는 모습이 보이죠? 그 후 오충호는 이 CCTV에 모습을 드러내지 않았어요. 어쨌든 서지숙 씨는 3시 19분에 호텔 출입문을 나가는 장면이 이렇게 찍혀 있고."

지숙이 엘리베이터에서 나와 로비를 지나 호텔 리볼빙 도어를 밀고 나가는 장면이었다. 움직이고 있는 자신의 모습을 보다가 지숙은 바로 그 화면 속에서 자신을 노려보고 있는 한 여자의 모습이 눈에 들어왔다. 커피숍 입구에 세워둔 키 큰 관상수 화분 옆에 숨은 듯 서 있는 여자. 지숙이 엘리베이터를 나와 로비를 나갈 때까지 노려보고 있는 얼굴 윤곽. 어쩐지 자신을 째려보고 있는 것 같아 기분 나쁜 그 여자의 눈초리에 대한 관심은 정 팀장의 이어지는 말 땜에 기억 속에 묻히고 말았다.

"CCTV에 찍힌 시간 상황으로 봐서 오충호가 호텔 밖에서 서지숙 씨로부터 천만 원을 건네받았을 가능성도 있다고 판단했던 거요. 그런 후 로비로 다시 들어와 지하층이나 계단 어딘가에 있다가 서지숙 씨가 나간 후 607호로 가서 양창기를 만나 따지다 시비가 붙어 목을 졸라 죽인 것으로 판단돼요. 천만 원이 적어서 불만일 수도 있고 같이 저지른 비리에 대해 서로의 책임을 놓고 시비가 붙었을 수도 있고."

"두 사람이 아주 친한 사이이고 오충호란 사람은 그 사람을 도와주는 입장이었다면서 오히려 왜 돈을 받아간 거죠?"

정 팀장이 진지한 표정을 지었다.

"아까 내가 말했죠? 이젠 상황이 변했다고. 오충호도 비리 때문에 사표를 내고 도피중이라 자금이 필요해요. 양창기도 아차하면 다시 감옥으로 가야 할 운명이고. 어쩌면 오충호의 한 마디에 재범으로 중형을 언도받아 평생 옥살이를 해야 할지도....... 반대로 양창기가 어떻게 진술하느냐에 따라 오충호의 형량이 결정될 거고. 배후세력도 전전긍긍하는 판이니 두 사람이 이전투구에 빠진 꼴이지. 주범으로 수배를 받고 있는 오충호는 가족 모두가 잠적했고, 양창기도 보름 넘게 집에 들어오지 않은 것으로 파악됐어요. 그새 승용차도 처분하는 등 모든 수단과 자금을 동원하여 여기저기 입을 막아야 했고. 서지숙 씨에게서 천만 원을 우려내 오충호와 모종의 타협을 시도하려다 살해당한 거지....... 오충호는 607호실에서 범행을 저지르고 현금을 수거해 로비를 통하지 않고 비상계단이나 뒷문으로 사라진 거요."

"607호실 복도에는 CCTV가 없나요? 있다면 오충호란 사람이 607호에 출입한 사실이 찍혔을 텐데?"

"그 호텔은 투숙객의 프라이버시 문제로 객실 복도에는 설치 안한답니다."

"그럼 수거했다는 지문이나 체모 등에서 오충호란 것이 확인됐나요?"

지숙의 물음에 정 팀장이 비웃듯 입가에 웃음을 흘렸다.

"그렇게 순진한 범인들만 있다면 우리가 무슨 고생이겠소? 방을 나가면서 자신의 지문은 철저히 지우고 오히려 수사를 혼란시키기

위해 현장을 어지럽히고 거짓 발자국을 남기는 등 별짓거리를 다 하
는데......."

정 팀장은 모든 정황과 범행 동기로 봐 오충호가 살인범임을 확신
하고 있음이 분명했다.

지숙은 더 할 말이 없어 입을 다물었다.

마침내 정 팀장이 말했다.

"서지숙 씨의 진술로 현금 천만 원이 어떻게 오충호의 손에 들어간
것인지는 확실하구만. 서지숙 씨가 오충호와는 일면식도 없는 사이였
다고 하니 그의 행방에 관한 단서는 알아내지 못했지만 말이요. 하지
만 오충호도 오래 버티지는 못할 거요. 살인까지 저지른 현행범이니
이제 공개수배로 전환되면 곧 잡히게 되요."

지숙이 정 팀장에게 진술한지 3일 만에 Y시 비리경제사범이며 올림
포스호텔 양 모씨 살해혐의 용의자 오 모씨가 경찰에 자수했다는 기
사가 신문과 방송에 보도되었다. 내용은 용의자가 비리혐의에 살인혐
의까지 겹쳐진 죄의 중압감을 견딜 수 없어 자수했다고 말했고, 경찰
은 모든 혐의를 입증할 확실한 증거를 확보했다는 말도 포함되어 있
었다.

보도가 나온 지 이틀 후에 정 팀장이 지숙에게 전화를 걸어왔다.

"오충호가 비리혐의는 어쩔 수 없이 인정하면서도 양창기를 자꾸
걸고 있어요. 거기다 살인 혐의는 극구 부인하고 있고. 13일 오후 1시
무렵 지하 주차장을 통해 호텔 카지노에 들어가 양창기를 만나 1시간

가량 언쟁을 벌린 것은 사실이지만 그뿐이고 607호실에 간 적도 없고, 현금 천만 원은 본 적도 없는 자기와는 무관한 일이라는 주장이요. 호텔 커피숍에 들린 것은 잠시 머리를 식히기 위함이었고 로비 밖으로 나간 것은 공중전화를 걸기 위함이었다는 등 모든 것을 부인하고 있어요. 오충호도 서지숙 씨에 관해 전혀 모르는 사람이라고 주장하는데, 양창기와 그렇게 가깝게 생활한 자가 그렇게 말하니 거짓말 탐지기라도 동원해야 할 상황이요. 어쨌든 이래저래 더 알아볼 일도 있고 해서 서지숙 씨가 다시 한 번 와 주셔야겠어요."

인천까지 또 와달라는 전화였다. 또 가봐야 한다는 부담감도 있지만 지숙의 마음에 걸리는 것은 오충호란 자가 모든 혐의에 양창기를 자꾸 걸고 있다는 정 팀장의 말이었다. 그 오충호란 자가 자신의 비리혐의를 대부분 떠넘기고 있다는 뜻이 아닌가. 그 남자의 죽음으로 가장 큰 실리를 취할 수 있는 자는 바로 그 오충호다. 그걸 노리고 살인했을 가능성은 높다. 아니라고 부인한다니 진짜 살인자가 누구인지는 모르지만 이미 이 세상 사람이 아니라고 그래도 되는 건가? 비록 삼 개월 가량이라는 짧은 만남이었지만 지숙의 몸뚱이 속에 아직도 그 강렬하고 진한 체온이 생생히 느껴지는 남잔데....... 바로 그 점이 지숙의 마음을 안타깝게 하고 무겁게 만들었다.

지숙은 입술에 진홍색 루주를 짙게 발랐다. 눈처럼 흰 팬티스타킹에 옆줄이 터진 검은 가죽 스커트와 역시 새하얀 블라우스와 검정 가죽 점퍼를 입었다. 거기다 핑크빛 스카프를 목에 둘렀다. 멋을 부린, 검은 고양이 룩이다. 그것도 새침때기처럼 앙큼하고 어딘지 발톱을 숨기고 있는 것 같아 아무나 함부로 넘볼 수 없는 검은 암고양이.......

암고양이 지숙은 열린 차창으로 들어오는 이른 봄의 서해 바닷바람이 차갑고 싸늘하다고 느껴졌다. 아직 잔설이 남아 있는 계양산을 바라보며 경인고속도로를 달렸다.

지숙이 경찰서 조사실로 안내되어 대기하고 있을 때 정 팀장이 얼굴을 내밀고 인사를 하더니 이내 지숙만 남겨놓고 밖으로 나갔다. 조사실 벽면의 유리창 너머서 인기척도 들렸다. 그 유리창이 투명하지 않고 잿빛임을 보고 지숙은 흔히 영화에서 보듯 누군가 밖에서 자신을 관찰하고 있다는 느낌이 왔다. 정말 옆방에서 오충호란 자에게 거짓말탐지기를 동원하여 나를 관찰시키고 있는 것인가?

아닌 게 아니라 잠시 후에 정 팀장이 오충호를 데리고 들어왔다. 사진에서 보는 것보다 훨씬 늙어 보이는 오충호는 어깨가 구부정하듯 축 처져있고 손에 수갑이 채워져 있었다. 얼굴빛이 흰 정 팀장보다 더 희고 핏기가 없어 속병이라도 앓고 있는 병자처럼 보였다.

정 팀장이 두 사람을 인사시키듯 말했다.

"두 사람 모두 피살된 양창기와 아주 가까운 사이였는데 서로 일면식도 없었다고 주장하니 할 말은 없소. 오충호 씨! 바로 이 분이 사건 당일인 13일에 당신이 가져간 현금 천만 원을 양창기에게 전달하러 인천까지 왔던 분이요. 서로 인사나 하시오."

정 팀장이 두 사람의 얼굴을 번갈아 쳐다보며 눈치를 살폈다.

오충호가 핏기 없는 얼굴을 들어 지숙을 잠시 쳐다보다가 이내 눈길을 아래로 내렸다. 지숙도 루주를 짙게 바른 입술을 뾰쪽 내밀며 상대를 마주 노려봤다. 그때 지숙은 보았다. 그 힘없고 자포자기한 듯 가련한 눈길을. 너무도 절망적이어서 슬픔까지 어려 있는 눈빛이었다.

저런 눈빛의 소유자가 살인을 할 수 있을까?

그때 정 팀장이 또 한 번 쏘아붙이듯 말했다.

"오충호 씨! 확실히 합시다. 이 분이 바로 당신이 가져간 현금 천만 원을 들고 왔던 서지숙 씨란 말이요. 이렇게 직접 대면하면서도 전혀 만난 적도 없고 양창기에게서 들어본 적도 없는 이름이란 말이요? 얼굴을 들고 똑바로 쳐다보면서 말해요!"

막무가내식의 요구였다.

지숙이 뾰쪽 내밀었던 입술을 거둬드렸다. 그리고 손을 들었다. 며칠 전 마음에 켕겼던 생각이 번뜩 떠올라서였다.

"형사 님, 잠깐만! 형사님이 제게 말했듯 양창기 씨가 사기성이 농후해 저까지 속이는 것이 많았고, 그토록 오지랖이 넓은 사람이었다면, 사건 당일 현장에 제 3의 인물이 있었지 않았을까요?"

"그게 무슨 말이요?"

"제가 가져간 천만 원을 들고 간 사람은 따로 있다는 말이죠."

두 남자의 눈이 동시에 지숙에게 집중되었다. 한 남자는 의아의 눈빛이고 한 남자는 희망의 눈빛이었다.

"그 사람이 누구요? 말 돌리지 말고 말해요!"

지숙이 빨간 입술을 실룩거렸다. 잠시 뜸을 드린 후 말했다.

"지난 번 형사님이 저에게 보여줬던 그 호텔로비 CCTV 녹화 테이프 다시 보여주세요. 그것을 보면서 말씀드리죠. 특히 제가 양창기 씨를 만난 후 로비를 나가는 장면 부분이요."

정 팀장이 재생기에 테이프를 넣고 모니터를 틀었다.

편집된 테이프라 등장인물인 오충호가 금방 등장했다. 로비를 걸어와 커피숍으로 들어갔다 나와 밖으로 나가는 장면. 또 한 명 등장인물인 지숙이 로비로 들어와 곧장 엘리베이터를 타고 올라가는 장면. 이어서 오충호가 다시 로비로 들어와 비상계단 쪽으로 사라지는 장면. 드디어 지숙이 엘리베이터에서 내려 로비를 걸어 나가는 장면이 나왔다.

"그 장면 정지해 주세요."

정 팀장이 리모컨으로 정지시켰다. 지숙이 커피숍 입구를 지나 로비를 절반 이상 걸어 나가는 장면.

"저기 커피숍 입구에 키 큰 관상수 화분 있죠? 홍콩야자나무로 보이는데 그 옆에 붙어 서 있는 여자 있죠? 저 여자 부분 좀 확대해 주세요."

정 팀장이 지숙의 요구대로 리모컨을 조작했다. 정지화면 위에 겹쳐 여자의 모습이 확대된 둥근 화면이 나타났다.

바로 그 여자다. 지숙의 차를 뒤에서 차로 받았던 여자. 화면 안에서도 그때처럼 페라가모 가죽 재킷을 입고 있고 사팔 눈 같이 일그러진 시선으로 지숙을 표독스럽게 노려보고 있다. 지난 번 이 녹화 테이프를 본 이후 바로 이 여자의 이런 모습이 지숙의 뇌 속 어딘가에 잔상처럼 남아 있었던 것이다.

"이 여자 누구인지 모르세요?"

정 팀장이 고개를 갸웃하며 말했다.

"누구라뇨? 양창기와 관련 있는 여자라는 말인가요? 서지숙 씨도 아는 여자요?"

"몰라요. 하지만 양창기 씨와 관련이 있는 여자라는 예감이에요. 요즘 제 주위를 맴돌고 있다는-"

바로 그때 지숙의 말을 끊고 퉁명스러운 목소리가 튀어나왔다.

"양창기 마누라요!"

여태껏 맥없이 자포자기한 표정으로 입을 다물고 있던 오충호였다.

"뭐라고!?"

"저 여자가 양창기 와이프 유금자란 말이요."

정 팀장의 하얀 얼굴에 당황한 빛이 역력했다. 서류를 뒤척이며 머뭇거리듯 말했다.

"이럴 수가? 양창기가 이 주가 넘게 집에 들어오지 않아 만나지 못했다고 했고....... 13일 당일 집에 있었다고 진술했는데....... 도대체 왜 피살자 부인이 사건 현장에 있었다는 사실을 밝히지 못했-"

"당신들 경찰이 처음부터 나를 살인범으로 지목하고 나만 잡으러 혈안이었으니....... 다른 사람은 그저 대충대충, 눈에 들어오지도 않았겠지."

오충호가 입가에 쓸쓸한 웃음까지 흘리며 비웃었다. 그의 비웃음 자체가 실로 경찰이 수사에 있어 선입견의 우를 범했다는 사실에 대한 신랄한 비판이었다. 동시에 적어도 살인의 누명만은 벗을 수 있다는 기대감 때문인지 풀이 죽어 있던 얼굴에 생기마저 감돌았다.

결국 정 팀장이 바빠졌다. 팀원을 불러 호텔 로비의 CCTV 녹화기록을 처음부터 다시 검사했다. 그 결과 양창기의 처 유금자가 호텔 로비로 들어온 시각이 13일 오후 3시 16분, 유금자가 엘리베이터를 탄 시각은 3시 20분, 지숙이 로비를 나간 직후였고, 엘리베이터를 나와 쫓기는 듯 다급한 걸음걸이로 로비를 나간 시각은 오후 4시 23분이었다.

정 팀장이 즉각 양창기의 처 유금자에 대해 긴급 수배령을 내렸다. 경찰 수배령이 발령된 지 1시간 만에 유금자는 인천으로 압송되어 왔다. 남편의 시신을 경찰로부터 넘겨받아 장례식장에서 막 장례를 치르려고 준비 중에 체포되어 왔단다.

손에 수갑을 찬 채 조사실로 끌려온 유금자는 지숙을 발견하고는 예전의 그 사팔눈 같은 눈빛으로 잠시 노려보았다. 그러나 예전처럼 표독스럽지는 않았고 이미 풀이 죽어 있었다. 처음 봤을 때처럼 귀걸이며 팔찌 등을 몸에 치렁치렁 걸치지도 않았고 탱탱하던 얼굴도 화장기 없이 푸석푸석해 보였다.

하긴 남편을 목 졸라 죽인지 일주일인데 사연이야 어쨌든 하루하루가 보통의 나날이었겠는가.

"다 저 여자 때문이요!"

자리에 앉자마자 유금자가 지숙을 노려보며 내뱉는 말이었다.

"뭐요? 무슨 뚱딴지....... 뭐가 나 때문이란 말이유?"

지숙이 너무도 황당해서 빨간 입술을 삐죽 내밀며 응수했다.

유금자가 얼굴을 들고 지숙을 다시 쳐다보았다. 그 눈은 노려볼 때만 사팔눈처럼 보이는 것이 아니라 바로 앞에서 봐도 실제로 두 눈동자의 방향이 약간 엇갈려 보였다.

유금자가 핏대를 내듯 소리를 질렀다.

"새침을 떼긴! 내 다이아 목걸이를 단돈 천만 원에 뚱쳐간 년. 암고양이 같이 앙큼한 년! 내 목걸이 내놔, 이년아!"

소리를 지르다 못해 거의 울부짖었다. 마침내는 수갑을 찬 두 손바닥에 얼굴을 파묻고 어깨를 들먹거릴 정도였다.

정 팀장이 유금자의 어깨를 토닥거렸다.

"자, 자, 진정하시고. 이젠 그동안 마음속에 응어리져 있던 모든 것을 다 털어내 봐요! 털어내다 보면 답답하던 가슴이라도 어느 정도는 풀릴 거요."

한참 만에 유금자가 입을 열었다.

"똑똑하고 키 크고 잘난 남편이었죠. 나처럼 지지리도 못생긴 여자가 마누라라면 모두 고개를 갸웃거릴 정도였으니까. 거기다 눈치도 빠르고 윗사람들 비위도 잘 맞춰 공무원 사회에서 알짜배기 요직에서만 일했지. 심심찮게 뭉칫돈을 듬뿍 들고 와 경제적으로도 남부럽지 않게 풍요로웠고. 물론 처음부터 잘 나갔던 것은 아니고, 결혼 초기에는 지긋지긋하게 가난했었죠. 그래서 나같이 못생겼지만 당시에 맞

벌이 하는 여자와 결혼했었겠지만. 어쨌든 잘 나가는 남편은 밖으로만 돌고 지지리 궁상인 나는 집안일에만 열심이었어요. 그러나 돈 있고 시간이 넘치다보니 아파트를 사고팔아 재산을 부풀리기도 하고 아줌마들과 계모임에 참가하는 등 나도 밖으로 나다니게 됐는데....... 나같이 인물에 자신 없는 여자가 가장 신경 쓰는 일이 무엇인지 알아요? 역시 치장이요. 명품 옷에 값진 보석이 박힌 패물을 걸치고 있으면 어느 누구도 못났다고 무시 안한다 이 말입니다. 그래요. 그래서 나는 이것저것 보석을 사 모았어요. 남편도 내가 보석을 좋아한다는 것을 알죠. 그래서 5년 전 남편이 공무원 옷을 벗고 감옥에 가면서 내게 미안하다며 위로하는 뜻에서 큰 것을 선물했어요. 그게 뭔지 알아요? 크기가 4.1캐럿이나 되는 정원형의 다이아몬드요. 아시는지 모르지만 다이아몬드는 형상이 생명인데 장방형도 아니고 정원형의, 그것도 무려 4.1캐럿이니 값은 부르는 게 값이죠. 그 왕방울만한 다이아몬드를 목걸이로 만들어 와서 남편이 제품보증서와 함께 든 보석함을 펼쳐 보여줬을 때 난 정말 눈이 뒤집힐 정도로 아찔했어요. 나는 그 보석함만은 각별히 보관했어요. 재산 1호로 간직하면서 남편이 감옥에 있는 동안 아주 특별한 날에만 그 목걸이를 했고, 누구에게 내놓고 자랑도 못할 정도였으니까. 그런데 세상에, 이십여 일 전, 남편이 갑자기 또 일이 터졌다며 그 다이아 목걸이를 내놓으라는 거요. 왜냐고 했더니 잘못하다간 다시 감옥에 갈 처지인데 그러기 전에 그것이라도 이용해서 어떻게 해봐야 한다나. 내 물건을 뒤져서 강제로 그 보석함을 가져가는데, 울화가 치밀어 뒤를 밟았더니 세상에 그 왕방울 다이아 목걸이를 저 암고양이 같은 년의 목에 걸어주었더라고요!"

유금자가 눈에 쌍심지를 켜고 지숙을 노려보았다. 모두의 시선이 지숙 자신에게 향하는 것 같아 약간 거북했지만 새침떼기 마냥 입술을 오므리고 담담한 표정을 지었다.

유금자가 계속했다.

"나는 당시 저 년이 힘 있는 검사나 뒤를 봐줄 높은 사람의 여편네쯤 되나보다 생각하고 일단은 치미는 울화를 삼켰죠. 그렇게 큰 다이아몬드가 나같이 감옥이나 드나드는 자의 여편네의 손안에 남아 있을 물건은 절대 안 되나보다 하고 체념할 수밖에 없었지. 더구나 남편이 또 쫓겨 다니는 신세라니 나로서는 앞으로 먹고살아갈 일이 더 절박한 현실이고. 지난 13일 아침에 집에 들어오지도 않던 남편에게서 모처럼 연락이 와서 내가 돈 타령을 좀 했어요. 조금만 참고 기다리라더니 그날 오후에 다시 전화가 와 인천 올림포스 호텔로 오라고 하대요. 호텔에 막 도착했을 때 607호실로 올라오라고 해서 로비로 들어서는데 바로 저 년이, 저 암고양이 같은 년이 엘리베이터에서 걸어 나오지 뭡니까. 몸을 숨겨 보는데 내 다이아몬드 목걸이를 목에 걸고 있었던 바로 그 년이 분명했어요. 예감이 이상하더라고. 하필 저 년이 이 자리에? 아닌 게 아니라 607호로 가 보니...... 남편은 축 쳐진 몸으로 양주를 홀짝거리고 있고...... 침대며 화장실이며 수건이며 어지러진 상태와 실내에서 풍기는 비릿한 냄새가 바로 전에 여자가 남편과 그 짓거리를 하다 간 흔적이 분명하더라고. 바로 저 년이 말이요. 내가 꽥 소리를 질렀죠.

'방금 전 이 방에서 나간 년! 내 다이아 목걸이 가져간 년 맞죠?'

'무슨 소릴 하는 거야, 이 여편네야!'

'급하다고 가져간 내 다이아를 어떻게 그딴 년에게? 어떻게 당신이 그 년과 대놓고 이딴 짓을......'

'자꾸 이년 저년 하지 마! 그런 소리 들을 만큼 가치 없는 여자 아니니깐.'

'뭐라? 가치 없는 여자 아니라고. 그럼 그 년이 당신에게 뭔데?'

'잔소리 하려거든 저 돈이나 챙겨서 돌아가! 나 피곤해!'

오히려 큰 소리를 치고는 양주를 벌컥벌컥 들이키더니 침대에 벌렁 누워버리지 뭡니까. 참을 수가 없었어요. 아니 치솟는 분노에 눈물이 앞을 가려 생각이고 뭐고 앞에 보이는 것이 없었어요. 내 목에 걸고 갔던 스카프를 풀어 남편의 목을 휘감았죠. 힘껏 조였어요. 내 다이아 내놓으라고 울부짖으며....... 밑도 끝도 없는 저주를 퍼부으며........ 캑캑거리며 발버둥을 쳤지만 내 분노를 이기지는 못했죠. 한참을 울부짖다가 지쳐서 조이고 있던 스카프에서 손을 뗐어요. 정신을 차리고 보니 죽었더군요."

유금자가 말을 마치고 고개를 숙였다. 더 이상 할 말이 없다는 뜻이었다. 모두들 고개 숙인 그녀를 한동안 말없이 조용히 바라보고만 있었다.

'이년 저년'의 실제 주인공인 지숙은 그 자리 누구보다도 기가 막힐 정도로 황당할 뿐이었다. 세상에, 그딴 다이아몬드가 뭐라고 남편을 목 졸라 죽이다니…….

지숙은 집에 돌아와서도 기분이 꺼림칙하고 심기가 불편할 수밖에 없었다. 석 달 가량 만나면서 양창기란 남자에게서 지숙이 원한 것은 가끔 몸을 풀어줄 정도의 격렬한 섹스 외에는 아무 것도 없었다. 그러나 왜 그랬는지 아직도 석연치 않지만, 남자가 부인이 애지중지 여기는 다이아 목걸이를 지숙의 목에 걸어준 바람에 엄청난 비극을 초래하고 말았다. 부인은 살인자가 됐고 남자는 죽었다. 지숙도 이년 저년의 당사자 신세로 전락된 꼴이다. 거기다 이제 현금 천만 원은 누구로부터 회수한단 말인가.

아무리 억대의 값진 다이아몬드라 해도 비극의 씨앗을 계속 간직하고 있을 수는 없다는 결론을 내렸다.

지숙은 왕방울 다이아 목걸이가 든 짙은 남색 보석함을 꺼내 소공동의 한 금은방 가게로 갔다.

검게 염색한 머리를 올백으로 빗어 올려 얼굴이 빤지르르 노련해 보이는 금은방 주인이 보석을 감정하는 외짝 안경으로 왕방울 다이아를 들여다봤다. 미간을 좁히며 형광등 불빛에 요리조리 비춰보며 살폈다. 그리고는 말했다.

"합성다이아몬든데."

"네!?"

"외관상 천연다이아몬드처럼 가공한 인조다이아란 말이요. 육안으로는 식별이 어렵지만 이런 모조품은 천연다이아에 비해 광채가 약하고 적외선에 비춰보면 검은 빛을 반사하지."

"모조품이라고요? 설마요. 그럼 이 제품보증서는요."

지숙이 보석함 안에 같이 있던 스타보석 낙인이 찍힌 보증서를 펼쳐보였다.

"다이아몬드, 4.1 캐럿. 분명히 찍혀 있잖아요?"

금은방 주인이 황당해하는 지숙의 얼굴을 보며 측은하단 듯 말했다.

"그딴 보증서, 보증서 양식에 글자만 처넣은 종이쪽지에 불과한 거요."

비밀 누설 금지

여자가 고개를 들고 이층 콘크리트 구조물을 올려다봤다. 햇볕에 그을은 가무잡잡한 얼굴에 미소가 감돌았다. 건축주로서 바야흐로 윤곽이 드러난 신축건물에 대한 만족감의 표시였다.

기회를 포착한 민수가 말했다.

"어때요, 누님? 골조가 미끈하게 빠진 거죠? 이제 공사 중도금을 지급해 주시죠. 밀린 인건비도 인건비지만 레미콘 값도 밀려 있어 독촉이 심해요. 그걸 정리해야 이제 외장공사에 착수할 수 있죠. 안 그래요?"

가무잡잡한 얼굴의 작은 눈이 민수를 흘기듯 쳐다봤다.

"알았어, 강 사장! 알았다니까! 준다고 했잖아. 가자고 당장. 같이 은행으로. 당장 돈 빼줄게."

여자가 농촌의 아낙네답게 몸빼 옷 속의 암팡진 엉덩이를 획 돌렸다. 그녀가 타고 다니는 1톤 봉고트럭 운전석에서 빨간색 가방을 꺼내왔다. 은행 통장이며 인장, 돈 등을 간직하는, 손지갑보다 약간 큰, 두툼한 가죽 가방이었다.

민수가 자신의 코란도 승용차에 시동을 걸었고 여자가 조수석에 올라앉았다. 신축 공사현장에서 논밭 사이로 난 콘크리트 포장 농로를 지나, 면 소재지에 위치한 농협으로 향했다.

가는 중에 여자는 다닥다닥 성긴 곱슬머리에 다부진 듯 네모난 민수의 얼굴을 이따금씩 바라보았다.

그녀의 시선을 의식하고 있는 민수도 갈색 티셔츠에 감싸인 여자의 우람한 젖가슴과, 그녀가 두 손으로 꼭 쥐고 있는, 가죽 가방에 자주 눈길이 갔다.

대도시 인근 농촌지역 전원주택 신축 붐을 타고 여자가 발주한 신축공사를 맡고 나서, 민수는 여자가 상당한 재산가임을 알았다. 농촌 토박이로 대대로 물려받은 농토가 수 천 평이고, 살고 있는 집 외에 별도의 전원주택을 지어 세를 놓아 재미를 본 차에, 또 한 채의 전원주택을 발주한 것이다. 특히 주목할 점은 남편이 수년 전에 술로 인해 간암으로 죽었고, 자식 남매는 시집 장가를 보내 도시로 나가 살고, 몇 년째 혼자 살고 있는 과부라는 사실이다. 재산에 대한 욕심도 대단하여 여자가 혼자 봉고 트럭을 몰고 다니며 농사를 직접 지어, 돈이 모이면 또 농토를 사들이는 억척이라는 소문이다.

나이는 민수보다 열 두어 살이 많고, 살이 오를 만큼 올라 통통하지만, 농삿일로 단련된 체형으로, 민수의 눈에는 아직도 건강미가 물씬 풍기는 풍만한 몸매로 보였다.

며칠 전부터 민수가 작심을 하고서 조심스럽고 신중하게 접근하고 있는데, 여자도 결코 싫어하는 눈치는 아니다.

여자가 틈만 나면 공사장으로 달려와 수캐를 따라다니는 암캐처럼 민수 주위를 맴돌았다. 물론 건축주로서 당연한 관심과 간섭이라고 생각할 수 있겠지만, 이따금 훔쳐보듯 자신의 표정을 살피는 여자의 눈길에서 그것만이 아님을 본능적으로 감지하고 있었다.

하긴 손바닥 보듯 뻔한 농촌 면 지역에서 과부가 어떤 남자에게 눈길이라도 줄 수 있었겠는가.

그래서 희망이 보였다.

농협에서 여자가 민수의 계좌로 공사대금의 30%인 4천여 만원을 이채해주었다.

은행 일을 마친 여자가 코란도 조수석에 오르며 말했다.

"돈 들어간 거 확인했지, 강 사장?"

"그럼요, 누님! 고마워요, 누님!"

이렇게 말하며 민수가 오른손으로 여자의 왼손을 덥석 쥐었다. 거친 듯 몽톡한 손가락 마디이지만 일부러 정겨운 듯 지긋이 꼭 쥐어주었다.

처음 손을 잡힌 여자가 손을 빼려다 주춤했다. 가무잡잡한 얼굴에 당황한 빛과 동시에 수줍음이 가득 고였다.

민수가 말했다.

"갑시다, 누님. 오늘은 내가 한 턱 모시지요."

여자가 입가에 살풋 미소를 머금었다.

민수는 차를 몰고 도시 쪽으로 향했다. 면 소재지에도 고깃집이며 호프집, 카페 같은 레스토랑 등 없는 것이 없지만, 일단 벗어났다. 좁은 바닥에서 남의 눈에 띄어봤자 두 사람 모두에게 이로울 일은 아니다.

도시로 들어와 여자를 분위기 있는 레스토랑으로 데려갈까 생각하다 여자의 옷차림이 마음에 걸렸다. 갈색 티셔츠에 누루스름한 꽃무늬 몸빼 차림이라니. 거기다 흙 묻은 회색 빛 운동화까지.

"누님! 목도 칼칼한데 호프 한잔에 매운 맛 치킨 어때요?"

"강 사장! 나 아무거나 잘 먹는 거 몰라?"

여자가 방긋 웃었다.

'저러니까 돈이 모이는 거겠지.'

민수는 일부러 칸막이가 있는 호프집을 찾아 들어갔다. 차림새로 보나 가무잡잡한 얼굴로 보나, 촌티가 잘잘 흐르는 여자와 같이 있는 모습을 남에게 일부러 내보일 필요는 없다.

그래도 칸막이 안 핑크빛 조명등 아래서 마주 보고 앉으니 제법 오붓한 분위기였다.

여자는 매운 맛 치킨을 잘도 먹어댔다. 민수가 보든 말든 시골 아낙네답게 쪽쪽 빠는 소리까지 내며 게걸스럽게 먹었다.

민수는 두어 점 먹다 너무 매워, 호프를 홀짝이며 여자를 바라보고 있었다.

여자가 민수의 눈치를 살피더니 손가락으로 살코기를 불쑥 민수의 입에 넣어주었다.

"좀 먹어 봐!"

투박하지만 정감 있는 목소리였다.

민수가 여자의 작은 눈을 들여다보며 고기를 꿀컥 삼킨 후 일부러 여자 옆자리로 가 앉았다. 여자의 상체를 두 팔로 휘어 감고 여자의 입술에 자신의 입술을 포갰다.

여자가 신음을 토하며 금방 입술을 열어주었다. 마치 기다렸다는 듯. 그것도 살코기를 머금었던 입이라 기름을 칠한 듯 미끈하게.

민수가 입술과 혀를 빨아대며 손으로 여자의 젖가슴을 거머쥐었다. 크고 풍만해서 유들유들한 촉감.

민수가 입술을 떼며 말했다.

"누님! 나 이래도 되는 거지? 그지?"

"안 돼! 우리 이러면 안 돼!"

여자가 민수를 올려다보며 고개를 저었다. 그러면서도 몸을 민수에게 밀착시키며 끄응- 신음소리와 함께 입술을 포개왔다.

말로는 아니면서 몸으로는 못 참겠다는 뜻.

민수는 계획대로 진행하기로 마음먹었다.

지금 그만두면 죽도 밥도 아니다.

민수는 여자를 데리고 인근 모텔로 갔다. 여자는 안 돼, 안 돼, 라고 말은 하면서도 마지못한 듯 모텔 룸으로 따라 들어왔다.

룸 안에서 서로의 옷을 벗기고 탐욕으로 엉켜 있다가, 결정적인 순간에 여자가 말했다.

"꼭 해야겠어?"

"이젠 못 참아!"

"그럼 끼고 해."

"뭘?"

"콘돔."

"그딴 거 필요 없어!"

민수가 돌진하려 하자 여자가 몸을 비틀어 막았다. 작은 눈에 정색한 눈빛까지 띠고 거부했다.

"그딴 거 왜 필요한데?"

"나 아직 생리하는 여자야."

"생리? 생리가 어때서?"

".........."

"오호라. 혹시 애라도 덜컥 생길까봐?"

"..........."

여자가 말없이 민수를 호소하는 눈빛으로 계속 올려다봤다.

그럴 수도 있겠군, 민수는 생각했다. 어쩌다 애가 생긴다면, 과부인 몸으로 자식들 볼 면목은 물론 남들 보기에도 체면이 말이 아닐 것이다. 그건 민수도 바라지 않는다.

그의 목표는 일단 여자를 차지하는 일이다.

민수가 룸에 비치된 콘돔을 찾아주자 여자가 직접 끼워주었다.

그래서 의도했던 대로 민수의 첫 목표는 달성되었다.

민수는 받은 돈 4천여 만원으로 급한 불부터 껐다. 철근 등 재료비는 거래처에 계속 외상으로 깔아놓고, 인건비도 당사자가 앙탈을 부리지 않을 정도로만 지급했다. 나머지는 저축은행에서 야금야금 빌린 돈의 밀린 이자를 갚는데 충당했는데, 그게 바로 급한 불이었다.

그가 짜릿짜릿한 기대감에 빠져 경마에 탕진한 돈이 수 억원이었다. 그 때문에 처자식이 살아가야 할 아파트만은 지켜주기 위해, 명목상 이혼하고 혼자 원룸을 얻어 나와 살고 있는 신세다.

전원주택 신축공사도 브로커를 통한 하청이라 착수금으로 받은 공사비 20%도 받은 즉시 브로커의 계좌로 사라져버렸다. 공사를 원만히 마무리한다 해도 몇 푼이나 민수의 손에 떨어지게 될 지도 불확실한 상황이다.

그러니, 여자는 민수로서 결코 놓칠 수 없는 희망의 끈인 것이다.

일단 여자의 몸을 차지한 데 성공한 민수는 다음 단계로 여자의 마음을 차지하는 일을 목표로 삼았다.

그러기 위해서는 집요하면서도 신중해야 했다.

공사장에 여자가 나타나면 민수가 집요하게 따라붙었다. 작업인부들의 시선이 미치지 않은 곳에서는 거침없이 껴안아주었다. 여자가 몸뚱이를 배배 꼬면서 밀착해왔는데, 그때를 놓치지 않고 꼬드겼다. 그날 공사장 일이 마무리되면 같이 또 도시로 나가자고.

민수가 신중하게 접근한 것은 돈이었다.

부자일수록, 구두쇠일수록 의외로 잔돈푼에 약하다는 사실을 잘 안다. 여자를 도시로 데려감에 따라 드는 비용 일체, 식사비나 모텔비는 물론 커피값이나 껌값까지, 단돈 10원도 여자가 지갑을 열지 않도록 배려했다. 비록 공사와 관련된 사안이라도 의도적으로 돈 얘기는 피했으며, 오직 여자의 몸과 기분을 만족시키는 방법에만 몰두해주었다.

그렇게 공들여 모신지 20여일, 드디어 여자가 민수를 혼자 살고 있는 자신의 집으로 초대했다. 안방에다 생선회와 돼지고기 삶은 보쌈에 노오란 배추속살과 구수한 된장국 등, 한 상을 군침이 돌게 차려놓고 민수를 불러들인 것이다.

민수 옆에 몸을 착 붙이고 앉아 여자가 막걸리를 잔에 따라주었다.

"미안해, 여보. 진즉 불렀어야 했는데 이제야 불러서."

"미안하긴? 이렇게 초대해주어 오히려 고맙지. 난 당신만 있음 된다는 거 몰라?"

두 사람간의 호칭이 누님 - 강 사장 관계에서 나이차를 초월하여 여보 - 당신 관계로 진전된 지 이미 오래다.

민수가 막걸리를 들이키며 안방 벽면을 보니 사진 액자가 몇 개 걸려 있었다. 얼굴에 살이 없어 메마른 듯 턱이 길쭉한 남자 사진은 여자의 죽은 남편이 분명하고, 옆의 사진들은 딸과 아들의 결혼사진들이었다.

여자의 가족사진이 걸린 여자의 안방에서 여자의 몸을 껴안고 한잔 마시고 있다고 생각하니, 마치 식민지를 정복한 해적두목처럼, 민수는 야릇한 승리감 같은 것이 느껴졌다. 특히 죽은 남편의 휑한 두 눈이 자신을 내려다보는 것만 같은 시선에 민수는 이상하게도 더 몸이 달아오르는 느낌이었다.

술기운으로 몸과 기분이 고조되면서 민수는 짓궂게도 여자를 거칠게 다루고 싶은 욕망이 치솟았다. 여자를 사정없이 몰아세우며 마음껏 여자의 몸을 유린하고 착취하고 싶었다.

그날 밤, 그런 호기로 여자의 안방에서 여자의 몸을 다루었고, 여자도 민수의 완력에 갖가지 교성과 교태로 호응했다.

힘이 소진한 듯 축 늘어져 있던 여자가 민수의 가슴을 파고들며 마침내 말했다.

"당신 보내기 싫어!"

"나도 가기 싫다, 여보!"

두 사람은 서로의 눈을 들여다본 후 또 한 번 서로를 꼭 껴안았다.

이렇게 되어 드디어 민수의 여자와의 동거가 시작되었다.

과부가 혼자 살다가 힘센 젊은 놈을 끌어들여 동거하고 있다는 소문은 날개를 달고 금방 퍼졌다.

어느 날, 민수가 작업 인부 몇 명을 데리고 면소재지 중국집에서 식사를 하고 있는데 옆방에서 여자들의 말소리가 들려왔다.

- 예, 너 옥님이, 점박골 사는 옥님이 알지?

- 알지. 몇 해 전에 남편이 술로 골골하다 죽었잖아. 땅만 잔뜩 남겨

주고. 그 덕에 아들 딸 다 출가시키고 혼자 잘 살고 있다고 들었는데, 계가 왜?

 - 계가 글쎄, 남자를 집안으로 끌어들여 동거하고 있단다 글쎄. 그 것도 아들또래 나이의 새파랗게 젊은 놈이래.

 - 뭐!? 계가 결국 남자가 그리워 못 참았던 게로구나. 남자가 누군 데? 이 마을 사람이야?

 - 아니. 도시에서 왔는데, 건축업자래. 계네 집 짓다가 서로 눈이 맞 았다나?

 - 그래? 그 남자 땡잡았네. 도대체 이 마을 남자들은 뭐 한다니? 그 많은 땅, 그 많은 재산가 옥님이를 도시 놈에게 빼앗기기나 하고.

 - 누가 아니래? 이곳 남자들 침만 흘리다 닭 쫓던 개 꼴이지. 일찍 죽은 지 남편만 불쌍하고.

 - 예, 어쨌든 옥님이 계 호강할 팔잔가 보다. 병든 지 남편 일찍 죽 어줬지. 그러자 젊은 놈이 들러붙지 않나, 안 그래?

 - 팔자가 쎈 거지. 그렇잖아도 옥님이 남편이 죽은 게 옥님이가 밥 은 안 주고 술만 먹여 죽었다고 자식들이 원망한다는데, 아들 같은 젊 은 놈이니 자식들 보기에 민망하지 않겠어? 남들이 보기에도 재산을 보고 달려든 게 뻔한 거구.

 - 예, 근데 남편이 정말 술만 먹다 죽었다는 게 사실이야?

 - 그랬다나 봐. 건강하던 남편이 갑자기 비실비실해지면서 술만 찾 아 옥님이도 원하는 대로 술만 줬다니까 그런 말을 듣는 거지.

민수는 그날로 집에 가자마자 여자의 안방에 걸려 있는 죽은 남편과 아들 딸 결혼 사진액자를 떼어 다른 방으로 옮겨버렸다.

그가 사전에 여자와 상의도 없이 그런 행동을 한 것은 여자의 마음을 떠보려는 의도에서였다. 만약 여자가 왜 그러느냐고 따진다거나 제지한다면, 그건 여자가 민수를 존중한다거나 신뢰하지 않고, 그저 집으로 불러들인 섹스파트너 쯤으로 간주하고 있다는 뜻이다.

여자가 그렇게 나오면 자신의 기분을 가감 없이 말할 작정이었다. 당신의 죽은 남편이 내려다보는 방에서 매일 밤 살붙이고 살기가 께름칙하다. 사람들이 내가 당신 재산을 노리고 당신에게 빌붙어 살고 있다고 소곤거린다는데, 당신도 그리 생각한다면 당장 나가주겠다. 누가 뭐래도 나는 당신이 좋아 같이 살고 있는데, 당신이 내 기분 하나 못 맞춰준다면 같이 살 이유가 없지 않느냐. 등등.

그러나 여자로부터 뜻밖의 반응이 나왔다.

말없이 사진을 떼어 옮기는 민수를 보며 여자가 빙그레 웃으며 말했다.

"미안해, 여보! 그 사진들이 당신 눈에 걸릴 거라고....... 진즉 뗄 생각이었는데, 미루다 미루다 당신 손으로 옮기게 하는구만!"

이로써 여자가 민수를 단순히 섹스파트너 쯤으로만 간주하고 있는 것이 아님은 확인이 되었다.

여자는 민수에게 여전히, 아니 오히려 더욱 튼튼해진 희망의 끈이었다.

따라서 다음 목표를 향해 나아갈 수 있었다.

그동안 건축공사도 더디지만, 그럭저럭 진척되었다. 건물 외장공사와 창호, 보일러 등 설비공사, 전기, 지하수, 정화조 등 건물의 기본은 완성되었다.

공사가 더디게 진행된 것은 업자와 작업인력의 확보가 어렵기 때문이었다.

창호나 보일러 등 설비를 계속 외상으로 발주해놓고 대금의 지급을 미루는 민수에게 일을 맡아주는 업자는 드물다. 찔끔이나마 외상대금을 갚아주고 온갖 감언이설로 약속을 한 다음에야 자재를 확보할 수 있었고, 작업인력의 확보도 마찬가지일 수밖에 없는 일이다. 그러니 공사의 진척은 더디어질 수밖에.

어쨌든 부엌과 화장실, 바닥재와 벽지 등 일부 내장공사만 남겨두고 모두 완성된 단계라 여자가 공사대금의 30%를 민수에게 지급해주었다. 이제 내장공사를 끝내고 준공이 되면 나머지 20%만 받으면 공사는 끝난다.

이번에 받은 30%도 민수는 일부 여유자금만 유보하고 나머지 모두를 저축은행 빚 원금 일부와 이자를 갚는데 투입했다. 건축공사와 관련되어 밀린 자재비와 인건비로는 한 푼도 지급하지 않았다. 자재업자나 인부들로부터 전화가 오면 일부러 받지 않았고, 휴대전화기 껐다켰다를 반복했다.

민수는 내장공사를 차일피일 미루며 며칠을 빈둥빈둥 지내다 여자에게 말했다.

"여보, 나 좀 나갔다 와야겠어."

"왜? 나도 같이 가면 안 돼?"

여자가 예감이 이상한지 작은 눈을 번득 떴다.

"혼자 볼 일도 있고. 나 혼자 갔다 오는 게 나아."

"혼자 볼 일이라니?"

"아들 녀석도 좀 봐야 하고......."

여자가 몹시 아쉬운 눈빛을 하며 말을 막았다.

"참! 당신도 아들 딸이 있지. 보고 싶기도 하겠지. 하지만 설마 전 부인 만나러 가는 건 아니지, 당신?"

민수는 전마누라와 이혼했던 이유가 지긋지긋한 성격 차 때문이라고 여자에게 말했었다.

"내가 그딴 여자를 왜 또 봐? 내겐 당신이 있는데. 학교 앞에서 애들만 잠깐 만나면 되지."

"그럼 애들만 보고 금방 오는 거야. 내가 당신 기다리고 있다는 거 잊지 말고. 알았지?"

"알았어!"

민수가 여자의 엉덩이를 토닥거려주고 나왔다.

민수는 그길로 도시로 나와 실내경마장으로 향했다.

그날 경마가 있는 날이어서 나온 거였다. 휴대전화 전원은 꺼버렸다. 푼돈을 걸면서 실내경마장에서 시간을 보낸 후, 밤에는 술을 마시고 자신의 원룸에서 잤다.

다음날 낮 동안 종일 휴대전화 전원을 켜지 않고 지내다 오후 6시가 지나서야 켰다.

예상대로 부재중 전화가 수십 건이었다. 물론 거의 모두 여자가 건 전화였다. 문자도 줄줄이 이어져 있는데 그것 역시 여자로부터였다.

전날 오후부터 밤까지는, 여보 어디야, 왜 안 와, 당신 무슨 일 있어?, 제발 연락 좀 줘, 등등이었다. 그러나 그날은 완전히 톤이 바뀌어 버렸다.

너 사기꾼이냐, 날 죽이려 작정했구나, 문짝을 떼 간단다, 이 개자식 강 사장, 이 개새끼 당장 고발해버릴 테니 각오해, 등등.

곧 전화가 걸려왔다. 민수는 침을 삼킨 후 목소리를 가다듬었다.

"네, 여보세요?"

"당, 당장 들어 와."

여자의 목소리가 맥없이 꺼져가는 듯했다.

"여보, 무슨 일인데?"

"여보? 여보라니 이 사기꾼! 네놈이 안준 돈 내가 준다고 했다며? 문짝이고 보일러고 다 떼어간다는 거 간신이 막았다 이 사기꾼아. 당장 와!"

민수가 시치미를 떼고 오히려 큰 소리를 쳤다.

"하! 그 새끼들 그 새를 못 참고 그 지랄이야. 걱정 마, 여보. 놀랬겠네, 당신? 그런 놈들은 원래 그래. 내가 다 해결할 테니 당신은 걱정할 거 하나도 없어. 하, 참, 그놈들. 지금 들어갈게. 애가 아파서 병원에 좀 있었더니 그 사단이 난 게로구만!"

민수가 들어가서 보니 여자는 이마에 수건을 둘러메고 누워 있었다.

돈 문제라면 단돈 십 원도 못 쓰게 하던 민수에게서 막상 이런 꼴을 당했으니 충격이 컸을 것이다. 충격이 큰 만큼 구두쇠로서 당연히 민수에 대한 배신감 또한 크지 않을 수 없다.

민수가 노린 것이 바로 그거였다.

여자가 업자들에게서 받은 영수증 세 장을 던졌다. 각각 창호, 전기, 보일러 업자들에게 민수가 지불해야 할 대금의 일부를 여자가 대납해 주었는데, 그 액수가 민수가 건물을 완공한 후 받을 공사잔금 20%에 해당하는 금액이었다.

여자도 나름대로 계산이 있었던 것이다.

"그동안 내가 준 돈은 다 어디다 쓴 거야?"

"내가 빚이 좀 있거든. 빚 원금 좀 갚고 이자 갚는데 썼지."

"빚이 얼만데?"

"한 삼 억쯤 되지. 그깐 삼 억 정도야 건축업을 하다보면 빚이랄 것도 없지. 건물 몇 개 수주하면 다 해결될 일인데 뭘?"

민수의 큰 소리에 여자가 자리에 누운 채 민수를 물끄러미 올려다 봤다. 기가 막히고 어이가 없다는 표정이었다. 그렇게 큰소리를 치면서 왜 하필 내 집 지으면서 빚쟁이들이 이 난리를 치게 만드느냐, 따지고 싶겠지만 귀찮다는 듯 말했다.

"내 집은 언제 완공할 거야?"

"걱정 마! 그깐 내장 공사 쯤이야."

"무슨 돈으로? 또 외상으로? 아니면 또 빚내서?"

"당신이 돈을 좀 융통해주면 금방 끝나지."

여자가 자리에서 벌떡 일어섰다. 이마의 수건을 풀더니 그것으로 민수의 얼굴을 향해 사정없이 휘둘렀다.

"당장 꺼져! 이 사기꾼! 내 앞에서 얼씬도 하지 마. 당장 짐 싸서 꺼져!"

"알았어. 알았어. 내 나가 주지. 뭐 이딴 일 가지고 나가라면 나가 주지. 하지만 나 나가면 당신 후회할 걸?"

민수가 가방에 옷가지를 주섬주섬 챙겨서 일어섰다.

여자가 악을 썼다.

"너 열흘 안에 공사 마무리 안하면 당장 경찰에 고소할 테니 그리 알아, 이 사기꾼 같은 놈! 내 말 명심해! 열흘이야 열흘!"

"맘대로 하시던지."

민수가 태연히 말하고 방을 나섰다. 방문을 닫다말고 약을 올리듯 빙그레 웃으며 말했다.

"당신 좀 진정이 되고, 내가 보고 싶으면 그 땐 전화 해, 알았지?"

"꺼져!"

수건이 민수 얼굴로 날아들었다.

여자 집에서 철수해 온 민수는 며칠을 빈둥빈둥 지냈다. 건축현장에는 얼씬도 하지 않고 실내경마장에, PC방에, 술로 시간을 보냈다.

여자로부터 어떤 반응이 분명히 곧 올 거라고 기대하면서.

열흘이 지나도록 반응이 없자 이제는 민수 자신이 조바심이 났다.

그는 차를 몰고 면 소재지까지 가서 사람들 눈에 잘 띄지 않는 곳에 주차해 두었다. 등산복 차림으로 산에 오르는 척 건축현장이 훤히 내려다보이는 곳으로 올라가 관찰했다. 다행히 걱정했던 일은 아직 일어나지 않는 것이 확실하다. 두 시간 가량 관찰해도 공사장 건축쓰레기와 흙더미 위치까지 열흘 전 철수할 때 모습 그대로였고, 주위가 고요할 뿐 드나드는 사람 하나 없다.

민수가 우려한 사태는 발생하지 않은 것이 분명하다.

여자가 직접 나서서 나머지 공사를 진행해버리는 것을 염려했던 것이다.

회심의 미소를 지으며 민수는 산에서 내려왔다. 인부들의 함바집처럼 자주 드나들었던 면소재지에 있는 한 식당으로 갔다.

한가한 시간대라 손님이 없는데도 주인인 식당아줌마가 민수를 보더니 휙 주방으로 들어가 버렸다.

"아줌마! 나 돼지고기 넣은 김치찌개에 소주 하나 가져와요. 빨랑!"

쌀쌀맞은 이유를 짐작하고 있기에 민수가 오히려 주방을 향해 큰소리를 쳤다. 여지껏 이 식당주인에게 만은 밥값을 제때제때 지불해주었기에 큰소리 칠 만 했다.

아줌마가 나오더니 비꼬는 투로 말했다.

"어인 일이실까, 강 사장님! 옥님 언니 돈 떼어먹고 도망갔다는 분이 돈 갚아주러 나타나셨나?"

"돈을 떼어먹고 도망가다니? 소문도 참! 주는 공사비대로 집을 짓다 일부 마무리 공사만 잠시 미루고 있을 뿐인데........ 그렇게 말들을 해? 누가 그래?"

"누가 그러긴요. 동네 사람들 다 알고 있는데. 거기다 강 사장님 가 버린 이후 옥님 언니가 집안에만 틀어박혀 꼼짝도 안 해, 누가 찾아가 보니 머리를 싸매고 끙끙 앓고 누워 있다던데."

"끙끙 앓아? 언제까지?"

"지금도 두문불출하고 있다니 그야 모르죠. 그만큼 강 사장님 때문 에 받은 충격이 크다는 거 아니겠어요?"

"모두들 우리 두 사람에 대해 이러쿵저러쿵 말이 많겠구만?"

"말이라고. 모두 강 사장님에 대해 좋게 말할 리 없지만, 옥님 언니 도 다들 손가락질 하죠."

"나야 그렇지만 그 사람에게 왜 손가락질?"

"솔직히 그렇잖아요. 남편 술만 먹여 죽게 하더니 젊은 강 사장 불 러들여 사는 꼴 다들 시기했는데, 이제는 정말 꼴 좋구나, 하는 식이 죠, 뭐."

이런 얘기를 주고받으며 소주를 마셨다.

민수는 식당 아줌마에게 술 한 잔 따라 주며 분명하게 강조했다.

"아줌마! 다른 사람 말은 다 소용없고 당사자인 내 말 들어 봐! 그 사람과 나는 끝난 게 아니야. 아니 절대 헤어질 수 없는 사이야. 집 공사 문제로 잠시 의견충돌이 있을 뿐이지. 알았어? 우린 절대로 끝난 사이가 아니란 말이야."

민수는 식당을 나와 도시로 돌아왔다.

잘 되어갈 것 같은 예감에 마음은 한결 가벼웠다.

여자가 근 열흘이나 끙끙 앓고 누워 있을 정도로 충격이 크다면 그에 따른 반응 또한 당연히 크기 마련이다.

반응은 그로부터 사흘 후에 왔다. 저녁 무렵 민수의 휴대전화에 여자의 번호가 떴다.

민수가 침을 꿀꺽 삼키고 전화를 받았다.

"여보, 나야!"

"매정한 사람......."

여자가 머뭇거리다 울먹이는 목소리로 말했다.

"어쩜 그렇게........ 코빼기도....... 안비치고."

"미안해, 당신!"

민수가 태연하게 시치미를 떼고 덧붙였다.

"나 없이도 그동안 잘 지내고 있겠지?"

"나........ 보고 싶지 않았어? 궁금하지도........ 않고?"

"보고 싶지. 매일매일 보고 싶지. 하지만 당신이......."

"그럼 당장 집으로 들어와! 알았지?"

"알았어. 지금 출발할게."

"빨리 와! 기다릴게."

여자의 목소리가 한결 가벼워졌다.

민수가 주먹 쥔 손을 불끈 하늘로 치켜들고 야호-, 환호성을 질렀다.

여자는 안방에다 거나하게 한 상을 차려놓고 기다리고 있었다.

민수가 방에 들어서자 여자가 몸을 던지듯 품에 안겨왔다.

풍만한 육체가 요동치며 밀착해오자 야릇한 향수 내음이 찡하게 콧속을 자극했다. 여자는 속이 야하게 들여다보이는 핑크색 네글리제를 입고 있었고, 거무스름한 얼굴에 하얗게 분을 발라 화장까지 했다.

처음 보는 네글리제에 화장까지 한 것은 민수를 환영하기 위해 세심하게 준비했다는 뜻이다.

민수가 여자의 몸을 으스러지도록 힘주어 껴안고, 얼굴에 키스세례를 퍼부은 후 자리에 앉았다.

바짝 몸을 붙여 앉은 여자가 잔에 술을 따르며 말했다.

"여보, 나 당신 내보내고 얼마나 후회한 줄 알아? 그리고 반성하고 반성했는데, 결국 난 당신 없이는 못 산다는 거 깨달았어."

"정말?"

"그럼. 난 이제 당신 절대 놓치지 않을 거야. 당신도 이제 죽을 때까지, 아니 영원히, 날 떠날 수 없다는 걸 명심해! 알았지?"

"알았어!"

민수는 몸이 후끈 달아올랐다. 꿈틀거리며 밀착해오는 여자의 익숙했던 몸뚱이 내음과 찡한 향수 내음이 뒤범벅되면서, 그 자신 당장 몸을 발산하지 않고는 도저히 참을 수 없게 만들었다.

민수는 그 자리에서 여자의 향긋한 네글리제를 풀어 헤치며, 풍만하게 꿈틀대는 몸뚱이 위로 올랐다.

"여보! 나 못 참아. 당장 끼어 줘!"

"뭘?"

"당신 항상 준비한 거 있잖아? 콘돔."

"이젠 그딴 거 필요 없어."

"정말? 그럼 애가 생겨도 괜찮아?"

"그럼. 당신은 이제 내 남잔데 뭘!"

민수는 여자의 교태 어린 흥얼거림에 흥분이 배가되어, 밑에서 요동치는 몸뚱이를 더욱 거세게 파고들었다.

민수의 인간승리였다.

희망의 끈을 붙잡고 차근차근 목표를 세워 집요하게 공략했으며, 결코 서두르지 않고 끈질기게 기다려온 결과다.

여자가, 이제 난 당신 거에요, 라며 백기를 들고 투항해온 것이다. 민수 나름의 사고방식으로는 여자의 투항은 몸과 마음의 투항만 의미하는 것이 아니고, 곧 여자의 재산까지 포함한 모든 것의 투항을 의미했다.

그래서 빚더미란 역경에서 희망을 품고 꿈을 달성한, 나름대로의 값진 인간승리인 셈이다.

다음날부터 민수가 콧노래를 흥얼거리며 건축 내장공사를 마무리했다.

여자를 꼭 옆에 데리고 다녔다. 벽지와 타일의 재질이며 색깔을 상의하여 골랐고, 부엌 싱크대도 여자의 취향대로 선택했다. 물론 대금은 여자가 두 말 않고 자신의 통장에서 재깍재깍 결제해주었다.

드디어 공사가 마무리되었고 준공검사도 받았다.

거무스름한 얼굴에 흡족한 표정을 짓던 여자가 방긋 웃으며 이렇게 말한 것이 아닌가!

"여보! 이 집 전세를 주면 보증금으로 일 억은 받을 거야. 그걸로 당신이 진 빚 일부라도 차츰 갚아나가자고. 내 말 무슨 뜻인지 알지, 당신?"

까맣고 작은 여자의 눈을 들여다보며 민수가 감격하여 말했다.

"그럼. 알고말고!"

그가 여자의 입술에 키스했다.

그녀의 두툼한 입술과 혀가 그토록 달콤할 수가 없었다.

여자의 말대로 완공된 주택은 시골서 전원생활을 원하는 도시 사람에게 보증금 일 억에 전세로 금방 나갔다. 그 돈에 도시에서 혼자 살고 있던 원룸 보증금까지 빼서 빚의 일부를 갚고 나니, 민수는 어깨가 들먹거릴 정도로 절로 흥이 났다.

민수는 한층 가벼워진 허리춤을 흔들어대며 여자 곁에 껌 딱지처럼 붙어 다녔다. 밭으로 가면 밭으로, 논으로 가면 논으로, 산으로 가면 산으로…….

그렇게 빈둥빈둥 꿈같은 세월을 보낸 지 두 달이 지날 무렵이었다.

민수에게 운명의 전화가 걸려왔다.

"강민수 씨인가요?"

"그렇습니다만?"

"나는 군 보건소장입니다. 보건소로 나와 주셔야겠습니다."

"보건소요? 제가 왜?"

"직접 뵙고 설명 드리지요. 오시면 바로 소장실로 나를 만나주십시오."

일 면식도 없는 보건소장의 웬 뚱딴지 같은 호출?

도무지 감을 잡을 수 없는 일이었다. 뭔가 꺼림칙하고 불안한 예감이 들어 민수는 곧바로 보건소로 달려갔다.

흰 가운을 입은 보건소장은 반쯤 벗겨진 머리칼이 하얗고 넓은 이마가 환 하여, 중후하면서도 온화한 인상이었다. 소장실 안에서 혼자 책상에 앉아 서류를 보고 있었다.

민수가 들어가자 서류를 제쳐두고 옆 둥글 의자에 앉게 했다.

환자를 진찰하는 의사의 분위기였다.

보건소장이 민수의 혈기 넘치는 각진 얼굴을 잠시 들여다본 후 헛기침으로 목을 가다듬었다. 뭔가 엄숙한 얘기를 할 태세다.

"강민수 씨는 HIV라고, 소위 인간면역결핍바이러스에 대해 들어본 적 있습니까?"

".......?"

"HIV는 병원체로부터 몸을 지켜주는 면역세포 중 하나인 헬퍼T세포라는 림프구에 감염됩니다. 그러면 2주에서 8주 사이에 발열이나 권태감 등 감기 같은 증상이 나타나는데, 이 증상이 지속되면 마침내 후천성면역결핍증으로 진전됩니다. 이게 바로 AIDS죠."

"왜 저에게 이런 말을?"

"정옥님 씨가 HIV 보균자입니다."

"네!? 설마요. 건강한데........"

"보균자라도 많은 경우 몇 년에서 몇 10년 동안 증상이 없다 뒤에 AIDS로 발전됩니다."

"그래서요? 저와 무슨 관계가 있다고........"

"후천성면역결핍증 예방법이란 법이 있습니다. 그 법에 따른 시행령과 시행규칙도 있고요. 법에 따라 보균자인 정옥님 씨는 정기적으로 이곳 보건소에서 검진을 받게 되어 있어요. 소장인 나에게 그간의 생활과 전파경로도 진술할 의무가 있어요. 보균자는 법 시행령 제 23조에 타인에게 전파를 방지하기 위해 반드시 콘돔을 사용하도록 명시되어 있는데, 정옥님 씨가 진술에서 강민수 씨와 수 개월 전부터 동거하고 있고, 콘돔도 사용하지 않는다고 말했습니다."

민수는 머리 속이 어질어질해지면서 현기증이 도는 것을 느꼈다.

여자가 분명히 말했었다. 이제부터 콘돔은 필요 없어........ 당신은 죽을 때까지, 영원히 내 남자니까........

몸에서 힘이 빠져나가는 것을 느낀 민수가 가늘게 물었다.

"그래서요? 이제 저도 감염되었다고 보시는 겁니까?"

"그렇습니다. 법에 의해 강민수 씨도 이제 엄격한 관리대상자이며,

조금 후에 간호원이 오면 채혈하여 역학조사를 하고, 6개월 간격으로 정기검진을 받게 됩니다."

빚좀 갚기 위해 그동안 여자에게 기울인 집요한 노력의 대가가 바로 이것이란 말인가?

몸에서 힘은 빠졌지만 민수는 악이라도 쓰고 싶었다.

"도대체 그 사람은, 옥님 씨는, 어떻게 보균자가 됐답니까?"

"6년 전에 사망한 남편이 에이즈로 죽었습니다."

"네? 다들 술 땜에........ 간암으로 죽었다고 하던데?"

"그렇게들 생각하는 것이 당연합니다. 왜냐 하면 법에 비밀누설금지 조항이 있어 극히 일부 관계자와 당사자 외에는 사망원인이나 감염자에 관한 정보가 엄격히 관리되기 때문입니다. 물론 이 조항은 이제 강민수 씨에게도 적용된다는 사실을 명심해야 합니다."

민수 자신이 치웠던 액자, 눈이 휑 하고 얼굴에 살이 없어 해골처럼 턱이 길게 늘어진, 여자의 남편 사진이 떠오르자, 머리가 멍해지면서 허공이 온통 노오랗게 보였다.

주) 후천성 면역 결핍증 예방법(1987.4.28. 법률제3943호).
제7조(비밀 누설 금지) 국가 또는 지방자치단체에서 후천성 면역 결핍증의 예방과 그 감염자의 보호 관리에 관한 사무에 종사하고 있는 자, 감염자의 진단검안 및 간호에 참여한 자와 감염자에 관한 기록을 유지 관리하는 자는 재직 중은 물론 퇴직 후에도 정당한 사유 없이 감염자에 관하여 업무상 알게 된 비밀을 누설하여서는 아니된다. (법 시행령 : 위반시 3년 이하의 징역 또는 1000만원 이하의 벌금에 처함).

작품 독기

  수준 높은 추리소설이란 독자에게 재미와 흥미를 유발하여 다 읽고 난 후 큰 감흥과 함께 추리소설의 묘미가 이런 거구나, 하고 감탄하게 만드는 작품이다. 이 감탄을 자아내는 묘미는 어디서 오는가? 이것은 추리작가가 독자가 사전에 눈치 채지 못하도록 결말부분에 꾸며놓은 '반전효과'(reverse impact)에 달려 있다. 이 반전효과가 크면 독자가 맛보는 감탄의 크기가 그만큼 클 것이고 반전효과가 흐지부지하면 독자도 감흥을 맛보지 못하고 실망한다.

  장편추리소설과 단편추리소설의 구분은 스토리의 전개 길이에 따른 구분일 뿐 독자가 맛보는 감흥과 묘미는 이 반전효과의 크기에 달려 있음은 마찬가지다. 이런 연유로 필자는 추리작가의 입장에서 장편추리소설보다 단편추리소설의 창작에 더 관심을 갖고 집착하고 있다. 단편추리소설이 그 짧은 길이에 비해 독자에게 짧은 시간 안에 주리소설로서의 감흥과 묘미를 한껏 맛보게 할 수 있는 경제적인 장르라 여기고 있기 때문이다.

이 단편집 에로틱 미스테리 '핑크 스카프'에 단순하지만 가벼운 반전효과를 맛볼 수 있는 - 그러면서도 단편이므로 쌈박한 - 작품 위주로 골랐다. 보기에 따라 너무 에로틱해서 야한 작품이라 여길지 모르지만 소위 음란한 내용과는 거리가 있고, 인간의 본성인 에로티시즘을 통해 남자와 여자간의 심리적 충돌과 갈등을 사실적으로 표출하여 작품마다 읽고 난 후 감흥과 여운을 맛볼 수 있기를 작가는 기대한다.

사실 추리소설의 감흥과 여운은 결말부분의 반전효과의 크기에 달려 있다. 이 반전효과의 크기는 또 독자의 작품을 읽는 몰입도의 차이에 따라 달라질 수밖에 없다. 이 단편집의 작품들은 스토리 구도(plot)가 단순한 편이라 결말에 독자에게 다가오는 반전효과가 심플하면서도 확실할 것이라 생각되지만, 독자의 취향과 의식의 흐름의 차이로 결말의 반전효과의 묘미는 약해질 가능성도 있다. 이런 차이가 있기 때문에 독자의 수준에 따라 작품을 읽고 난 후의 뒷맛의 느낌이 달라 작품별 호 불호가 갈릴 것이라 생각한다.

아무튼 독자에게 추리소설의 묘미인 반전효과를 흡족하게 안겨드리지 못한 것은 전적으로 추리작가의 책임이니 죄송함을 금할 수 없으며 앞으로 배전의 노력을 다짐한다.

이 책의 출간을 맡아주신 '가나북스'에게 진심으로 감사한다.

- 2015년 7월 최종철.

초판발행 2015년 8월 5일
지은이 최종철
펴낸이 배수현
디자인 정닭비
제작 송재호

펴낸곳 가나북스 www.gnbooks.co.kr
출판등록 제393-2009-000012호
전화 031-408-8811(代)
팩스 031-501-8811

ISBN 979-11-86562-10-9(03800)
‖ 가격은 뒤 표지에 있습니다.
‖ **잘못된 책은 구입하신 곳에서 교환해 드립니다.**